逍遥一卷经

五代诗人与诗风

（香港）罗婉薇　著

暨南大學出版社
JINAN UNIVERSITY PRESS
中国·广州

图书在版编目（CIP）数据

逍遥一卷轻：五代诗人与诗风/罗婉薇著．—广州：暨南大学出版社，2009.11

ISBN 978－7－81135－350－1

Ⅰ．逍…　Ⅱ．罗…　Ⅲ．古典诗歌—文学研究—中国—五代（907—960）Ⅳ．I207.22

中国版本图书馆 CIP 数据核字（2009）第 147179 号

出版发行：暨南大学出版社

地　址：中国广州暨南大学
电　话：总编室（8620）85221601
　　　　营销部（8620）85225284　85228291　85220693（邮购）
传　真：（8620）85221583（办公室）　85223774（营销部）
邮　编：510630
网　址：http：//www.jnupress.com　http：//press.jnu.edu.cn

排　版：暨南大学出版社排版设计中心
印　刷：佛山市浩文彩色印刷有限公司

开　本：787mm×1092mm　1/16
印　张：14
字　数：260 千
版　次：2009 年 11 月第 1 版
印　次：2009 年 11 月第 1 次

定　价：29.00 元

序　一

唐诗宋词，一代文学，论者殊多，可可胜数。五代居唐、宋之间，乃唐诗之末流、宋词萌芽之时也。五代词人，若韦（庄）、牛（希济）二家、南唐二主（李璟、李煜），研究之者不少，惟五代诗人，上自帝王将相，下至娼妓樵渔，虽数逾五百（见《全五代诗》），一般文学史书，罕有言及，故率多靡闻，而当代学者，嚆矢论之，盖二三人耳，然则五代诗有待吾人探赜也。

古人评五代诗，讥其“诗格卑弱”、杂乱无章，是从体制言之，其与唐诗相较，确属如此，但从其内容观之，则可反映时人之心态与社会状况者，如时主失政、国家紊乱、追求名利、醉心享乐、遁世隐居、访道求仙等，殆有助研究五代之史事与文化也。

本书研究五代诗，视之为当时社会文化成分之一，援引中外学者之理论以阐述其说。先统计五代诗人、诗篇、诗集之数量以证当时诗歌之广泛流行；次分析五代诗之主题内容，以见一时之史实；继讨论五代诗风格之特点，最后综合其说，以为五代诗乃唐诗转型至宋诗之其中阶段也。全书言之有物，言之有序，乃椎轮之于大辂欤！

何沛雄

己丑年兰月书于香港大学中文学院

序　二

在众多的文学史著作中，谈到五代文学，都只谈五代词，很少谈五代诗。正如罗婉薇博士在本书所说，五代诗向来不受人重视，很少视之为一独立之诗歌创作时期，宋代计有功《唐诗纪事》、元代辛文房《唐才子传》及清人所编之《全唐诗》，都将五代诗人附于唐末；而清代厉鹗《宋诗纪事》及陆心源《宋诗纪事补遗》，则将五代诗人缀于宋初，都没有将五代作为一个独立的历史时期来研究五代诗。这一方面固然是由于五代政局混乱，“才士凌夷，干戈纷攘，文艺阙如，即诗歌间有之，亦多比于浮靡噍杀，嗷然亡国之音者皆是也。”（牛运震《五代诗话·序》）五代诗处于唐诗与宋诗两高峰之间，是一个过渡时期，并没有产生伟大的诗人。除此一因素外，五代只有短短五十三年，诗坛上有名的诗人或由唐入五代，如罗隐、郑谷、黄滔、贯休、卢延让、王贞白等；或由五代入宋，如李昉、欧阳炯、徐铉等。由于这些诗人都身处易代之际，五代诗是否需要作为一个独立时期的文学来研究，不是完全没有异议。不过，这些诗人虽然经历朝代更替，但他们的主要生活和创作年代非唐非宋，而是五代，因此，五代自应有其一代之诗。如果忽略了五代诗，古代诗歌史之历史面貌将会不完备。

在过去，五代诗虽然受到忽略，但也不是完全空白。康熙年间，王士祯用了十余年时间，辑成《五代诗话》初稿两册十二卷。乾隆十三年（1748），王氏门人郑方坤等重新校订，刊为十卷。十二卷本原有642条诗话，郑方坤等删去216条，补入789条，共存1215条。经过郑方坤等作大规模的删补之后，《五代诗话》遂斐然可观。到了乾隆四十三年（1778），李调元鉴于《五代诗话》“所载者事迹，诗或缺焉”，于是编成《全五代诗》九十卷。把五代诗看作一个独立的搜罗与研究对象，《五代诗话》和《全五代诗》可说道夫先路，它们为五代诗人及其作品的研究，提供了比较完备的资料。

近人较早研究五代诗的，有何金兰在台湾大学撰写的博士论文《五代诗人及其诗》。何氏主要研究五代诗的特色，以及五代年间十位重要的诗人——韦庄、韩偓、司空图、罗隐、杜荀鹤、和凝、花蕊夫人、徐铉、贯休和齐己的生平与诗歌内容。何氏论文偏颇及不足之处，本书已有言及。

何氏的论文完成于1979年。1988年，陈顺烈、许佃玺选注的《五代诗选》出版，从《全五代诗》中选录了107人的诗，共298首。《五代诗选》的一些问题，本书及张兴武的《五代作家的人格与诗格》均有谈及。

到了90年代，有好几篇关于五代诗的学刊论文面世，包括许总的《论五代诗》(发表于《学术论坛》1994年6期)、张兴武的《论五代诗在中国诗歌发展史上的位置》[发表于《西北师范大学学报（哲社版)》32卷3期]，以及贺中复的《五代十国诗坛概说》（发表于《北京社会科学》1996年4期)、《五代十国的温李、贾姚诗风》[发表于《阳山学刊（社科版)》1996年1期]、《论五代十国的宗白诗风》（发表于《中国社会科学》1996年5期)。这些论文的独到之处，本书均有所阐发。

2000年，张兴武的《五代作家的人格与诗格》出版。此书于五代诗之研究、五代诗之背景、诗人之人格、诗歌主题之取向，以及五代诗之艺术，均研精究微，卓然有见。本书作者罗婉薇博士指出，张著的优点在于概括出五代诗的轮廓，把历来对五代诗人的观点（如功利入世、因乱尚隐、沉迷享乐酒色等）作较丰满的陈述，但作为筚路蓝褛之作，其所描画的五代乱世，犹如一般的乱世，其所述五代诗人，亦犹如一般的乱世人，似未细致掌握五代作为唐宋过渡期的历史特征，亦未说明五代诗如何反映这种时代特征。

除评论前人之作外，本书强调需从社会文化角度研究文学，认为这样始能平实探讨五代诗。本书第二章指出，五代之世，政权更替频仍，不少文化水平不高之辈，转眼变成权贵，或身登大宝，或位居宰衡，操持文柄，作诗者为了让这些身不就学、口不知书的君主、上宰明白他们所写的诗，诗风不得不走向平易浅近一路，“白居易体”由是取得当时的主导地位。这正好解释为什么需从社会文化角度去研究五代诗。

本书第三章主要论述五代诗的“退隐”内容。面对纷乱的世局，不少五代诗人选择隐居避世，以求安身立命；也有部分诗人亦官亦隐，仕隐相兼。但不管真隐还是吏隐，诗人的隐逸生活，都充满文化艺术气息。琴、棋、书、画、藏书、读书，既是退隐的生活内容，也是士人的新型范。五代与琴、棋、书、画相关的诗不少，正是这种士人型态的反映。这进一步说明为什么研究五代诗需从社会文化角度入手。

在本书第四章中，罗婉薇博士指出，五代诗写退隐的很多，但谈淑世情怀的，则少之又少。只有在咏史诗里，才看到诗人的用世襟抱，因此，本书辟一专章以讨论五代的咏史诗。大概由于身处乱世，诗人为了远祸保身，因此不直接评论时政，而透过咏史诗以古喻今、借古抒怀。由此可进一步了解研究五代诗为什么需从社会文化角度切入。

第五章中，罗博士主要讨论五代诗的白居易派和贾岛派，尝试从“语言批评”（linguistic criticism）的“搭配”（collocation）观点来说明两派的特征。罗博士指出，这两派不但在五代诗坛占主导地位，而且是承唐启宋的重要桥梁，对宋诗发展有积极意义。

五代十国之世，四海鼎沸，才士凌夷，论者多以为诗格卑靡，无复风雅。本书则认为：“五代乱世，后人以‘衰敝’目之，但乱世诗人顽强以求存者，历历可见，此事实即表明‘衰敝’非可以囿限五代，其中必有积极奋发之精神，甚或成为日后宋人豁达开扬之种子。”罗隐《长明灯》诗云“破暗长明世代深”，“孤灯破暗”，于是论五代诗人与诗风，而有“逍遥一卷轻”之感。

2009 年 11 月 1 日

文农单周尧于香港大学

目　录

第一章　引　论

一、五代诗研究的意义

陈寅恪（1890—1969）在《论韩愈》一文中提出：

> 唐代之史可分前后两期，前期结束南北朝相承之旧局面，后期开启赵宋以降之新局面，关于政治社会经济者如此，关于文化学术者亦莫不如此。①

本篇研究五代（907—960）诗，就是将它放在唐后期到北宋这个文化转型过程中去考察。五代诗的研究意义之一，就是从文学方面来描述这个意义重大的转型过程。

关于唐宋转型的过程，社会经济这方面，日人用力最勤，其中内藤虎次郎（1866—1934）提出“唐宋变革论”，他指出唐代和宋代在文化上有显著差异，唐代是中国中世的结束，而宋代则是中国近世的开始。内藤将君主独裁政治、货币经济、打破经疏旧说，以及文学成为庶民之物等特点，视为宋代巨大变化的具体表现。“总而言之，中国中世和近世的大转变出现在唐宋之际。”② 第二次世界大战之后，前田直典（1915—1949）对“唐宋变革论”学说进行批判，提出“唐代末年古代终结说”。他认为唐代并非是“中世”的终结，而是“古代”的终结；宋代并非是“近世”的开端，而是“中世”的开端。③ 继之而起者有仁井田、宫

---

① 陈寅恪：《陈寅恪论文集之二：金明馆丛稿初编》（上海：上海古籍出版社，1980 年），页 296。

② 内藤虎次郎：《概括的唐宋时代观》，原载《历史与地理》（日文），9 卷 5 号，1910 年；今引录自黄约瑟译，刘俊文编：《日本学者研究中国史论著选译》第一卷（北京：中华书局，1992 年），页 18。又参张其凡：《关于“唐宋变革期”学说的介绍与思考》，《暨南学报（哲学社会科学版）》，23 卷 1 期，2001 年 1 月，页 125。

③ 前田直典：《东亚古代的终结》，原载《历史》（日文），1 卷 4 号，1948 年；中译见《日本学者研究中国史论著选译》第一卷，页 125 – 152。另参张其凡：《关于“唐宋变革期”学说的介绍与思考》，页 127。

崎市定、堀敏一、周藤吉之、中村哲等。①

关于思想转型，则有 Peter K. Bol 的皇皇巨著 *This Culture of Ours*：*Intellectual Transitions in T'ang and Sung China*。他提出“士文化”由重“文”向重“道学”转化，士身份循着由贵族而官宦而乡绅这条轨道转化。② 至于文学的转型，一般多关注古文运动的形成、词的兴起，诗则或以韩愈（768—824）为宋诗的发端，如叶燮（1627—1703）《原诗》所说：

> 韩愈为唐诗之一大变，其力大，其思雄，崛起特为鼻祖，宋之苏（舜钦，1008—1048）、梅（尧臣，1002—1060）、欧（阳修，1007—1072）、苏（轼，1036—1101）、王（安石，1021—1086）、黄（庭坚，1045—1105），皆愈为之发端，可谓极盛。③

或以白（居易）诗为宋诗之祖，④ 如许学夷（1563—1633）《诗源辨体》说：“以文为诗，亦开宋人之门户。”⑤ 明（1368—1644）胡应麟（1551—1602）亦认为杜牧（803—852）、李商隐（813—858）议论化的绝句“皆宋人议论之祖”⑥。中晚唐诗歌倾向散文化、议论化，一般认为这对宋人影响既深且巨，⑦ 但绝少有像社会经济研究或学术思潮研究这种细致而全面的论述。文学转型研究的空白领域，就是唐末五代这短短一百年左右。这一时期并不是如一般所说的是文化空白时代，正如本田济所说，无论那个时代多么混沌，在那个混沌的世界过生活的

---

① 周藤吉之和宫崎市定对唐宋社会的转变，特别是经济方面，各提出不同的看法，张其凡将他们相互的论点，概略地胪列在文中。详见张其凡：《关于“唐宋变革期”学说的介绍与思考》，页127－128。另有关“唐宋变革期”学说的发展，可参宫泽知之：《唐宋社会变革论》，《中国史研究动态》，1999年6期，1999年6月，页22－27。中国学者的研究，近著有邱添生《唐宋变革期的政经与社会》（台北：文津出版社，1999年）、赵雨乐《唐宋变革期之军政制度》（台北：文史哲出版社，1994年）等。

② Peter K. Bol, *This Culture of Ours*: *Intellectual Transitions in T'ang and Sung China* (Stanford: Stanford University Press, 1992). Bol 书以外，谈思想转型的尚有燕国材《唐宋心理思想研究》（长沙：湖南人民出版社，1987年）等。

③ 叶燮：《原诗》，见于丁福保辑：《清诗话》（上海：上海古籍出版社，1978年），页570。

④ 有人以为白居易绝句数量最多，议论亦多。开中、晚唐绝句议论化风气之先的诗人是韩愈、白居易和刘禹锡。见张学忠：《唐宋绝句议论化的差异及衍变》，《陕西师范大学学报（哲学社会科学版）》，25卷4期，1996年12月，页76。

⑤ 许学夷：《诗源辨体》（北京：人民文学出版社，1987年），卷28，页277。

⑥ 胡应麟：《诗薮》（上海：上海古籍出版社，1979年），内编，卷6，页122。

⑦ 张学忠：《唐宋绝句议论化的差异及衍变》，页76。

人，他们的言谈和活动中，一定有些新的社会精神气质。[①] 理清这个时期的文学动态，是掌握好文学转型的一个重大环节，而唐末五代文学之中，诗的研究是尤其重要的一项。

历史的发展，不可能超越五代，诗歌创作也一样，五代诗承唐诗而启宋诗，不可能越过五代诗，直接由唐诗发展为宋诗，叶燮《原诗》中说："乃知诗之为道，未有一日不相续相禅而或息者也。"[②]所以，正如陈顺烈《五代诗选》所说："五代时间短，将五代诗并入唐诗成为一部分，是不妥当的，五代自有其一代诗歌。"[③]

二、五代诗研究概况

五代诗歌向来不受学人重视，也很少被视为一独立体，如宋（960—1279）计有功（1121—1161）《唐诗纪事》、元（1206—1368）辛文房《唐才子传》及清人所编之《全唐诗》，都将五代诗人附于唐末；清（1644—1911）厉鹗（1692—1752）《宋诗纪事》及陆心源（1834—1894）《宋诗纪事补遗》，则将五代诗人缀于宋初，由此可见很少有人以一个独立阶段来研究五代诗。有人认为造成这种现象的原因有两个：一是五代时局混乱，"才士凌夷，干戈纷攘，文艺阙如，即诗歌间有之，亦多比于浮靡噍杀，噭然亡国之音者皆是也。"[④] 二是五代时期前后不过五十多年，诗坛上有名的诗人或为由唐入五代，如罗隐（833—909）、郑谷（851？—910？）、黄滔、贯休（832—912）、卢延让、王贞白等；或为由五代入宋的，如李昉（925—996）、欧阳炯、徐铉（916—991）等。由于诗人生活的年代超越了朝代的更替，客观上造成了人们对五代诗能否作为一个独立个体看待的怀疑。[⑤] 以下尝试回顾一下过去对五代诗所作的研究和资料整理的成果，总结一下前人的经验。

---

① 本田济：《五代の风气と文章》，载氏著：《东洋思想研究》（东京：创文社，1987 年），页348。

② 叶燮：《原诗》，页 565。

③ 陈顺烈、许佃玺选注：《五代诗选》（上海：上海古籍出版社，1988 年），前言，页 5。

④ 牛运震：《五代诗话》，载王士禛著，郑方坤补：《五代诗话》（北京：人民文学出版社，1989 年），序，页 1。

⑤ 张兴武：《论五代诗在中国诗歌发展史上的位置》，《西北师范大学学报（哲学社会科学版）》，32 卷 3 期，1995 年 5 月，页 23。

（一）原始资料的整理

1.《五代诗话》

《五代诗话》及《全五代诗》两书，最早将“五代诗”的时代涵义和“五代”这个历史阶段作出相应区别，并对五代诗的上、下限作出判断。① 《五代诗话》经郑方坤删补，“抄撮群言，计不下千五百种，不敢攘古自益，必分注其书名于本条下，庶便考订”②。该书原本有十二卷，共六百四十二条，后删去二百一十六条，实存四百二十六条，又补入七百八十九条，共计有一千二百一十五条，分为十卷。③ 这十卷各立了一个标题，分别为第一卷：国主、宗室；第二卷：中朝；第三卷：南唐；第四卷：前蜀、后蜀；第五卷：吴越、南汉；第六卷：闽；第七卷：荆南；第八卷：宫闺、女仙鬼、缁流；第九卷：羽士、鬼怪；第十卷：杂缀。

书中一个引起争议的地方是关于五代上限的问题，王士禛（1634—1711）、郑方坤将五代的上限定于唐昭宗（李晔，867—904，889—904 在位）一代，因此一些死于唐亡之前的作家，也被收进《五代诗话》中。《四库提要》曾批评说：“原本方干、郑谷、唐求诸人，上连唐代，方坤既已刊削，而司空图之不受梁官，韩偓之未食闽禄，例以陶潜称晋，仍是唐人，列之五代，亦乖断限。”④ 近人傅璇琮对此另有见解，他认为唐自光启元年（885）开始，各地节镇乘机拥兵自立，中央朝廷名存实亡，所以郑氏所定的断限不但可取，而且是具识见的做法。⑤

此外，全书分为十卷，书中将诗人按地域来归类。剔除了鬼怪神仙之流，也收录了两百多位诗人的数据，如此有系统之整理，是以往所没有的。只是有些诗人的身份与他书所载略有出入，如下表所列的 13 位诗人的身份便和《全五代诗》的分类有别：

---

① 张兴武：《五代作家的人格与诗格》（北京：人民文学出版社，2000 年），页 2。

② 郑方坤：《五代诗话》，载王士祯：《五代诗话》，序，页 4。

③ 王士禛：《五代诗话》，总目，页 1。

④ 王士禛：《五代诗话》，前言，页 18。

⑤ 傅璇琮：《五代诗话》，前言，页 18 – 19。按：张兴武赞同将五代上限断在唐昭宗一代的观点，并且又补充了两点理由（详见氏著：《五代作家的人格与诗格》，页 5 – 8）。

诗人名字	《全五代诗》中所列的朝代	《五代诗话》中所列的朝代
裴说	楚	中朝
刘山甫	闽	中朝
王贞白	南唐	中朝
曾庶几	南唐	中朝
沈彬	吴	南唐
陈黯	闽	南唐
孙鲂	吴	南唐
丁成序	楚	南唐
廖凝	楚	南唐
唐朝美	后唐	南唐
王正己	楚	前后蜀
刘鲁风	楚	吴越、南汉
翁承赞	后梁	闽

其实列国有兴亡，诗人有流迁，要准确地界别诗人属于某朝某国，是一个颇为困难的问题。

2.《全五代诗》

李调元（1734—1803）编辑的《全五代诗》，共有100卷，补遗1卷，收作家五百五十多人，诗六千六百九十余首，堪称五代诗歌的总集。有人指出《全五代诗》与《全唐诗》有相同的地方，也有不同的地方。相同的是有些诗人的作品，两书都包括了，特别是部分跨唐到宋的诗人。不同的是“有些诗人及其作品《全五代诗》有，《全唐诗》却没有；有些是同一首诗，二书系于不同作者的名下；有些是同一作者，诗的数量却不同；有些是诗中的字句，互有异文”①。

有关《全五代诗》与《全唐诗》的差异，日本学者今井清作了详细的研究，将两书的诗人姓名有出入的地方，作了一个对照；② 又指出哪些是《全唐诗》辑选了的诗，而《全五代诗》是没有收录的，其功亦伟。③

① 陈顺烈、许佃玺选注：《五代诗选》，前言，页8。

② 今井清：《全五代诗について》，《东方学报（京都）》，41册，1970年（昭和45年）3月，页348－352。

③ 今井清：《全五代诗について》，页352－362。

3. 《五代诗选》

陈顺烈、许佃玺选注的《五代诗选》，是从《全五代诗》选辑而来，选取了107人的诗，共有298首。[①] 陈氏认为李调元编的《全五代诗》并不是摘录自《全唐诗》，李氏所录的作家有一定的参考价值。陈氏选诗时，也定了一些原则，据他在“前言”中所述，他的标准如下：

为了表现五代诗在历史上的地位，说明它对唐诗、宋诗的承启关系，体现它的诗风，表明它的艺术特色，……选入思想内容较好、艺术成就较高的诗作时，也选入一些思想性不高，但有一定艺术性的作品，以反映一代诗风。……此外，又选入几首内容贫乏的宫词和文字游戏的回文诗，无非是以备一格之意。《全五代诗》收入酬和赠别的诗特别多，共一千二百多首，几占全体的五分一。本书也从中选入几首，以反映一时风尚。[②]

陈、许二人按以上标准选取五代的诗作后，加以注释，“注释或只注字义词解，不注句意；或解词之外又有句意；或采取串讲；或引用出处的原文”[③]。

《五代诗选》一书包罗了不同题材的诗作，如闺怨、山水、田园、怀古、酬赠、宫词等。陈、许二人强调他们选诗的准则为“内容较好，艺术成就较高”，此外，二人提到他们为了“反映一时风尚”，也选入一些“思想性不高，但有一定艺术性的作品”，这看似客观，但是不免让人觉得有点抽象，究竟如何判别？以什么作准绳？“思想性不高”一语，显示出选注者别有政治立场，盖因编选之年，尚在20世纪80年代。

总观《五代诗选》，全书选注了107位诗人的作品，值得注意的是其中66位诗人仅获选录1首作品，[④] 16人获选录了2首作品，[⑤] 即超过75%的诗人只获选录1或2首作品，这够代表性吗？作为研究五代诗的材料，其价值也就颇有局限。

---

① 陈顺烈、许佃玺选注：《五代诗选》，前言，页7。

② 陈顺烈、许佃玺选注：《五代诗选》，前言，页8。

③ 陈顺烈、许佃玺选注：《五代诗选》，前言，页8。

④ 按：这66人中，有些诗人的诗作现存的可能不多，如李家明（《全唐诗》中仅载有4首诗）、徐锴（《全唐诗》中仅载有5首诗）、欧阳炯（《全唐诗》中仅载有6首诗）等；但也有些诗人现存的作品是不少的，如唐求（《全唐诗》中载有1卷，35首诗）、伍乔（《全唐诗》中载有1卷，21首诗）。

⑤ 按：收录在《全唐诗》中曹松的诗有2卷，共139首；李建勋的诗有1卷，共94首。

（二）近世有关五代诗学的研究成果

1. 总论五代诗的发展

总论五代诗发展的论文不多，较可观者有许总《论五代诗》①、张兴武《论五代诗在中国诗歌发展史上的位置》② 和贺中复《五代十国诗坛概说》③ 等。

以上三篇文章都讨论到五代诗歌的数量、诗人数目，以及诗人群体的形成，甚至五代诗学兴盛的原因。许总提到五代的文学性质改变了，“文人生活的贫寒化以及文化进程的世俗化，使得文学的本质属性表现为与宫廷文学的贵族化截然相反的平民化特征”④。许氏认为五代诗学的发展有其独特性，文中谈到五代诗的风格，并论及五代流行的师承酬唱的问题，指出“游宴应酬、同题赋咏之诗”，在“君臣逸乐的小朝廷中”固然多，就是在民间的文化圈中，诗歌创作亦被视为社交应酬的工具，因此“诗人交游论诗，实已蔚为一时风气”⑤。这是很有见地的论断。

张兴武费了不少篇幅论述五代诗在文学上的断限标准（包括上限和下限）。关于五代诗的上限，张氏认为傅璇琮为李珍华点校的《五代诗话》作序时，提出断在昭宗朝的基本论点，是符合实际的。⑥ 至于下限，张氏则认为应以宋真宗（赵恒，968—1022，998—1022 在位）一代为止。同时他指出五代诗处于唐诗和宋诗的过渡期，所以具备特有的五代特色，在诗歌史上，五代是一个整体的过渡期，贯穿始终的诗风流变线索主要有四：①元白通俗诗风；②孟郊（750—814）、贾岛（779—843）苦吟诗风；③李商隐（813—858）以后的学者诗风；④词代诗兴。张氏特别在文中讨论到白体诗流变的过程。据张氏所言，唐末五代宋初，效白居易（772—846）为诗，或有意标榜白诗者，显著者有十家，分别为张为、吴融（850—?）、黄滔、郑谷、卢延让、孙鲂、冯道（882—954?）、陶谷、李昉和王禹偁（954—1001）。张氏此文篇幅虽不太长，但讨论的问题却颇有意思，尤其是有关白诗的发展。

贺中复一文考订了诗人与诗作的数目，他以《全五代诗》、《全唐诗》、《全宋诗》和《全唐诗续拾》为据，指出五代诗人和诗作的数目都很可观。贺氏又提到

---

① 《学术论坛》，1994 年 6 期，1994 年 6 月，页 69 – 74。
② 《西北师范大学学报（哲学社会科学版）》，32 卷 3 期，1995 年 5 月，页 23 – 27。
③ 《北京社会科学》，1996 年 4 期，1996 年 11 月，页 87 – 94。
④ 许总：《论五代诗》，页 70。
⑤ 许总：《论五代诗》，页 73。
⑥ 张兴武：《论五代诗在中国诗歌发展史上的位置》，页 24。

五代诗人诗格类的著述也大量涌现，当中所论不囿于诗歌的形式、字句，还涉及选材、内容等方面，“对诗歌创作经验、规律所作的某些探讨和总结，对此期诗歌创作起了一定导向作用”①。贺氏探讨了五代诗坛活跃的原因，又按当时区域的划分，简述西蜀、闽、楚、吴越、吴和南唐诗坛的发展概况，篇幅虽然不多，却简要地勾画了当时的情况，并且能点出该地诗歌的特色。他指出五代蜀诗的美刺精神尤为突出，“关键取决于关注国计民生的诗人们积极以诗干预现实”②。许氏提出闽诗坛在五代时，经闽王王审知（862—925）的推动，才一改昔日的冷寂。至于楚诗坛因地理关系，与中原、吴地联系紧密，“直接造成诗界人才的交流与诗风的融合”。据许氏所言，楚诗坛有两个相当稳定的诗人群体：一是台阁诗人，以徐仲雅、何仲举为主；一是隐逸诗人，以王正己、王玄为主。唐时，“吴越固多诗人”，五代时诗坛尤为活跃，再加上吴越有“佛国”之称，建寺造塔“倍于九国”，僧人诗、赠僧诗自是不少。另外，“吴越之地自古受中原等外来文化冲击较少，五代时所作的回文诗、六言诗、双声叠韵诗都是地方性的体现，尤以运用方言俗语最为突出。”③ 吴诗坛是“唐末以来经济、文化重心南移的基础上率先形成的地域性诗坛中的强者”，为南唐诗坛的崛起奠定了基础。至于南唐诗坛，盛况尤为可观，贺氏更认为由于南唐诗坛“有较长时间与后周、北宋南北对峙，南风北渐为开启宋初诗坛风气起了重大作用”④。五代十国的诗坛发展，北方明显不及南方，而十国诗坛的地域性特色却十分鲜明。总括而言，贺文注意地域特色，在五代诗研究领域中，可谓异军突起。

2. 论述五代诗风及流派

有关五代诗风及流派的研究，主要有贺中复的《五代十国的温李、贾姚诗风》⑤ 及《论五代十国的宗白诗风》⑥。正如贺氏在前述一篇文章《五代十国诗坛概说》中提到，十国诗坛的地域性特色颇强，“吴越诗的宗白和楚诗的追风贾、姚之类也表现突出。”⑦ 这两篇论五代十国诗风的文章，分别探讨了当时最重要的三个派别。温庭筠（812—870）、李商隐二人，代表晚唐绮丽靡艳的诗风，贺氏在《五代十国的温李、贾姚诗风》一文中提出温庭筠诗的地位在五代高居李商隐

① 贺中复：《五代十国诗坛概说》，页 88。
② 贺中复：《五代十国诗坛概说》，页 89。
③ 贺中复：《五代十国诗坛概说》，页 91。
④ 贺中复：《五代十国诗坛概说》，页 93。
⑤ 《阳山学刊（社会科学版）》，1996 年 1 期，1996 年 3 月，页 7－15。
⑥ 《中国社会科学》，1996 年 5 期，1996 年 9 月，页 140－152。
⑦ 贺中复：《五代十国诗坛概说》，页 94。

之上，五代学温诗的人“继承了温庭筠‘琢刺歌’的精神，集中取法温作于江南一带以六朝亡国之君为吟咏对象的长篇乐府”[①]。至于学贾（岛）姚（合）派的，由学贾转向于学姚，诗风也趋向于平淡；作者特别提出以往论者总认为宋初的晚唐体是上接唐代的贾姚派，事实上，宋初“晚唐体”诗人学的不是唐人贾岛，而是主学姚合的方干等五代诗人。[②]

贺中复在《论五代十国的宗白诗风》中概述了宗白诗风的基本特征，[③] 他认为追踪贾姚一派的诗人人数较多，实力较强，诗风也较之晚唐有显著新变，但由于诗人多穷居山寺僻壤，终难成为五代诗歌的主流；反之，五代诗风最盛当推宗白一派。[④] 作者对五代宗白派诗人的诗歌内容和表达形式，作了鸟瞰式的综述；同时于文末指出在宋初诗坛占主导地位的是宗白派诗［“宗白”派除了指取法自白居易，当然也包括取法自元稹（778—831），只是在五代时，白居易的地位明显地高于元稹］，而非元白诗，因为宋诗人所效的是学白的五代诗人，如李昉、徐铉等，而非直接学效中唐的元白。

3. 总论五代诗人及其作品

有关这方面的研究，有何金兰的《五代诗人及其诗》[⑤] 和张兴武的《五代作家的人格与诗格》。

何金兰的《五代诗人及其诗》共有五章，首尾两章为绪论和结论，第二章论及五代诗的政治和社会背景，第三章谈到五代诗的特色，第四章为全书的重点所在，分论五代年间十位重要诗人的生平和诗歌内容，这十人分别为韦庄（836？—910）、韩偓（844—923）、司空图（837—907）、罗隐、杜荀鹤（846—907）、和凝（898—955）、花蕊夫人、徐铉、贯休和齐己（861—940）。何氏将五代诗独立地看待，认为五代是“文学史上不能抹杀的一个时期，略而不谈，使之成为一片空白的态度是不应该的”[⑥]。

此文可谓较早以五代诗为研究范围的论文，因此引用的数据多为原始材料，少用其他的参考文章。另外，作者指出文中所论的十位诗人在五代的地位十分重要，相对而言，其他诗人（如张蠙、陈陶、韩熙载、南唐二主、冯延巳、李建勋、伍乔、徐仲雅、黄滔、聂夷中、李山甫等）或仅以词著称，或诗作太少，与

① 贺中复：《五代十国的温李、贾姚诗风》，页 8。
② 贺中复：《五代十国的温李、贾姚诗风》，页 14。
③ 贺中复：《论五代十国的宗白诗风》，页 150 – 152。
④ 贺中复：《论五代十国的宗白诗风》，页 141。
⑤ 国立台湾大学博士学位论文，1979 年。
⑥ 何金兰：《五代诗人及其诗》，页 418。

他所选的十家相比，“多属次要作家”①，此说未免稍偏，不够中肯。比如《全唐诗》中黄滔有诗三卷（卷704至706），以数量言，就胜过仅得一卷的和凝和花蕊夫人，也比得上同样是有诗三卷的司空图（卷632至634）。文中亦引述一些文献资料作为对上述十位诗人的评价，作者无疑下了一定的资料整理和归纳的工夫，只是稍欠个人的见解，往往一点即止。

张兴武一书所包含的内容相当丰富，而且较系统地论述了五代诗学的发展和诗人的风格，但作者并不是个别地研究某些诗人的风格，而是如他所言，是从作家的群体人格入手。

> 所谓群体人格，是指一时代之全体作家（至少是大多数人）在对社会历史、政治形态、时代文化、世风人情，以及人生态度等各方面所表现出来的共同态度和一致追求，群体人格是个体人格的集合，每一位作家在由个别反映一般时虽各有其侧重点，但从整体上看，任何人很难超越那个特定的时代。……从群体人格的演变入手，我们便能够对五代几十位作家进行全面的检讨。……②

全书分为八章，除了第一章总论五代诗的研究现状及该书的研究方向之外，其余各章论及五代历史环境的变化，社会的转变改写了文学史的发展，文化中心亦随之南移。面对突变的社会，诗人的人格也受到影响，有的由守道到顺时，有的从追求功名到讲求名利，有的徘徊于仕与隐之间，有的醉入花间。作者按五代诗的内容将其分为五类：战乱与流离、怀古与咏物、乡思与友情、隐逸、艳情。其中两章分别就诗人的个体人格和群体人格来探讨诗歌艺术的衰落。最后一章论及五代诗的特色。

书末的两个附录，一为南唐诗人陈陶考，一为五代作家的综合年表。五代不少诗人身份成谜，南唐诗人陈陶便是其一，以前虽有人考证过陈陶的事迹，但张氏梳理有关材料，重申陈陶确有其人，并提出可分三个阶段来考察其生平。最后得出结论：“陶之卒年不可考，‘仙去’之说尤不足信。”③ 从而厘正了历来有关两个陈陶的疑惑。

五代作家的综合年表（简表），是按编年的形式，由唐僖宗（李儇，862—888，873—888在位）中和五年（光启元年，885）始，至宋太宗（赵光义，

---

① 何金兰：《五代诗人及其诗》，页418。

② 张兴武：《五代作家的人格与诗格》，页28。

③ 张兴武：《五代作家的人格与诗格》，页252。

939—997，976—997 在位）太平兴国四年（979）止。作者考证诗人的身世生平，按年份和地域列出有关的大事，虽名为简表，但当中的考证功夫殊不简单。不过，作者在第一章讨论五代断限时，提到“五代诗”并非指五代五十多年间的诗歌，“五代诗”的时间范围包括了从唐昭宗到宋真宗时期近百年的漫长岁月，① 按理推论，综合年表所定的年限是不是该延长至宋太宗以后的四十多年？

（三）小结

综上所述，有关五代诗的资料整理，目前最全面的还是清李调元的《全五代诗》，这本书在收纳材料方面，长于广征博引而失之粗滥，这一点，我们在下章还会谈到，暂且按下不说。至于研究方面，完整成书的著述仅有张兴武和何金兰两位先生的大作。何著胪列旧说而少分析，其成书年月较早，研究工具（如电子媒体、各种索引等）不如现今之丰富便捷，材料上也欠缺像陈尚君辑《全唐诗补遗》一类严谨的资料集编辅助，后人的研究能青出于蓝，当指日可待。而张兴武先生的研究，其优点在于概括出五代诗的轮廓，把历来直至近人对五代诗人的观点（譬如功利入世，或因乱尚隐，或沉迷享乐酒色等）作了较为丰满的陈述，但作为筚路蓝缕之作，其所描画的五代乱世犹如一般的乱世，其五代诗人亦为一般的乱世人，似未细致掌握五代作为唐宋过渡期的历史特征，亦未说明五代诗如何反映这种时代特征。何张两书以外，其他论述都是短篇概览。有趣论题，缤纷入目，但精微严细之论则阙如。总之，五代诗甚至五代文学的研究，其实尚需学者多方开发，从不同角度去发微剔抉，我们才有希望达至真切确实的了解。

三、本篇的研究旨趣

本篇之研究五代诗，是把诗看成社会文化的一个成分来研究。所谓文化，依 Raymond Williams 的界说：

> Culture is a description of a particular way of life, which expresses certain meanings and values not only in art and learning but also in institutions and ordinary behaviour. The analysis of culture, from such a definition, is the clarification of the meanings and values implicit and explicit in a particular way of life, a particular culture. ②

---

① 张兴武：《五代作家的人格与诗格》，页 4 – 9。

② John Frow, *Cultural Studies and Cultural Value* (Oxford: Clarendon Press, 1995), p. 8.

文化就是对一套生活模态的总述。这套生活模态，其实是代表了某些价值、某种意义，通过文艺、学术、社会制度与寻常的生活习惯表露出来。把文学看成文化研究的一部分并不新奇。Andrew Milner 的 *Literature*，*Culture and Society*，其中一节标题为“From literary to cultural studies：the sociological turn”，正反映了 20 世纪 60 年代以来，文学研究转向文化研究（Cultural Studies）的一个大趋势。传统文学研究把文学视为具永恒价值的建构，而“文化研究就把所有文化价值（包括文学价值）都视为特定模式的社会制造出来的”[①]，那么文学研究就离不开对时代社会文化的探索。

有名的伯明翰当代文化研究中心（Birmingham Centre for Contemporary Cultural Studies）成立于 1964 年，其创始者 R. Hoggart 是伯明翰大学的英国文学教授，这正标志着英国的文化研究，其实是文学研究所催生的，文化研究的开山大师 Raymond Williams，R. Hoggart 等，本身都是文学研究者，这也同时意味着 20 世纪 60 年代以来，文学研究的一种发展趋势就是朝文化研究转向，[②] 而这种转向的特点，其基础之一，如 Andrew Milner 所说：

> Contemporary cultural studies had emerged from out of literary studies essentially by way of a very simple move：by shifting attention from an exclusive focus on the canon of high literary texts to an，in principle，inclusive focus on all cultural texts. [③]

Milner 的话，正好说明文化研究的角度为什么适合五代诗研究。五代诗一向被诋评为“诗格卑弱”、“哇俚浅下，乱杂无章”[④]，一直够不上“经典”（canon）的资格。这类传统的价值判断正好提示我们：要平实探讨五代诗，最好是跳出传

---

① 原文为：“Where traditional literary studies had defined literature as a timeless ‘aesthetic’ category，cultural studies would tend to see cultural value as socially constructed.” 参 Andrew Milner，*Literature*，*Culture and Society*（N. Y.：New York University Press，1996），p. 11.

② H. Bloom 在他的名著 *The Western Canon* 中预言说：“What are now called ‘Department of English’ will be renamed Department of ‘Cultural Studies’，where Batman comics，modern theme parks，television，movies，and rock will replace Chaucer，Shakespeare，Milton，Wordsworth，and Wallace Stevens.”（N. Y.：Harcourt Brace，1994），p. 519. 可见 20 世纪 90 年代文化研究方兴未艾，实有取文学研究而代之之势。

③ Andrew Milner，op. cit.，p. 16.

④ 见朱翌：《猗觉寮杂记》（《学海类编》本），卷上，页 16 上；黄伯思：《东观余论 · 跋石晋熊皦诗后》（《丛书集成初编》本），卷下，页 61 - 62。

统价值的框架。文化研究所开放的空间，是最适合五代诗研究不过的。①

诗的文化研究应怎么样进行呢？R. Williams 在 *The Long Revolution* 中说：

It was certainly an error to suppose that values or art-works would be adequately studied without reference to the particular society within which they are expressed. ②

基本上，我们的研究也是把文学视为社会现象，这种现象又和其他的社会现象互为作用，息息相关。这其实又近似中国文学研究中一个具有深厚传统的方法，即孟子（前372—前289）所谓“知人论世”。“知人论世”本是孟子的“颂其诗，读其书，不知其人可乎？是以论其世也”③ 这句话的压缩，本身具有“诠释”意图（hermeneutic purpose），把探索作者本志作为研究的终极。但我们的立足点，反而是更接近 R. Williams 的说法：

The art is there, as an activity, with the production, the trading, the politics, the raising of families... It is... not a question of relating the art to the society, but of studying all the activities and their interrelations, without any concession of priority to any one of them we may choose to abstract... I would define the theory of culture as the study of relationships between elements in a whole way of life. ④

R. Williams 心目中的文化研究，就是研究一种生活模态的各个成分之间的关系。因此本篇的结构方式，其表面与旧文学史的结构方式很相似，但其内蕴又与旧文学史稍有不同。我们对五代诗的研究，就是把诗作为文化的一个成分来看待，结合社会阶层的变迁、科举制度造成的崇文风气、文人出处生活的细节等，来看诗的模态。第一章（即本章）为引论，第二章先讨论五代诗人的身份。什么人作诗？作诗给什么人看？当中会提到由于五代诗人群体壮大，作诗几乎成为一种普及的活动，这与过去作诗代表上层知识分子的身份很不一样，而这与当时的

① 这里不得不提的是，西方的文化研究实有两类：一类为狭式文化研究（modest version），即以大众文化（popular culture）为研究焦点，对传统高雅文学敬而远之；另一类是广式文化研究（immodest version），即除了大众文化，还包括以传统高雅文学为研究对象。R. Hoggart 与 R. Williams 的研究当然就是“广式”的（详见 Andrew Milner, op. cit., p. 18）。本文所采取的立场，当然也是广式文化研究的立场。

② R. Williams, *The Long Revolution* (Harmondsworth: Penguin, 1965), p. 61.

③ 杨伯峻译注：《孟子译注》（北京：中华书局，1984 年），册上，万章（下），页 251。

④ R. Williams, *The Long Revolution* (Harmondsworth: Penguin, 1965), pp. 61 – 63.

历史、社会应有一定的关系。

五代诗人的诗主要谈什么？用什么方式去谈？第三章和第四章从诗的内容入手，从“出”与“处”两方面来谈五代诗的内容。出处之迹，差不多就概括了读书人的整个生活，也展露了他们的精神思想面貌。所以从“出”与“处”入手，是最能提纲挈领的方法。“处”——退隐生活——这方面，诗谈得很多。我们会从“处”的活动细节，即琴棋书画、读书、看山等，看看一个所谓“高雅”的生活模式是如何固定下来，如何催化出一种新的士人型范的。至于“出”的方面，尤其是诗人用世的行迹，如何理庶务、安百姓，诗是谈得很少的。唐末五代以来，诗愈来愈向闲隐这方面靠拢，吟咏变成公退或闲逸生活的一部分。像宋张咏《许昌（按：即唐代薛能）诗集序》云：

> 洎诗人失正，采诗官废，淫词嫚唱，半成谑谈，后世作者虽欲立言存教，直以业成无用，故留意者鲜，有如山僧逸民，终老耽玩，搜难抉奇，时得佳句，斯乃正始之音，翻为处士之一艺。[①]

相对而言，谈“出为世用”的内容就不多。因此，要探讨诗人对社会世道的观感关怀与淑世襟袍——也就是广义的“出”，我们应把焦点放在咏史诗上。诗人论史，间接也论世，这表现了他们对社会时势的一种体会。五代诗人咏史的态度，甚至咏史诗的体式、语言，都别具一格，所以我们选取了咏史诗这样一种在晚唐五代最为突出的诗体，来探讨文人对“世”道的关怀与评论。

第五章谈到诗的风格，我们选取了最主要的两派来讨论，即姚贾派与元白派。这两派不但在五代诗坛起了主导的作用，而且是作为承唐启宋的一条重要的桥梁，对宋诗的发展有积极的意义。第六章即为全篇结论。

最后要提的还有两点：第一，五代人的诗文，以单行本流传至今的并不多，经后人细心校订过的就更少。我们引用的五代诗，基本上是采用《全唐诗》本，《全唐诗》虽有编排上的缺陷，如诗人时代前后倒置，诗人小传又多讹误不实，但自从钱谦益（1582—1664）、季振宜的《全唐诗稿本》[②] 问世以来，我们都知道《全唐诗》的底本其实不少是钱、季庋藏的善本，何况还稍经钱、季及《全唐诗》编者校订。因此，在五代诗尚未经全面整理，以及在《全唐诗》易得易检的情况

---

① 张咏：《许昌诗集序》，《乖涯集》（台湾商务印书馆《景印文渊阁四库全书》本），卷 8，页 15 上。

② 钱谦益、季振宜：《全唐诗稿本》（台北：联经事业出版公司，1979 年）。

下，我们引用五代诗主要还是依《全唐诗》本。黄滔、韩偓、徐铉等人固然有专集行世，但在与《全唐诗》本无大出入的情况下，我们还是采用《全唐诗》本，以求统一与方便读者。

第二，我们的五代诗研究有意撇开文学价值的判断。传统的文学思想认为文学价值在于作品本身，而且是永恒不变，万古不可磨灭的，所有伟大的艺术品都有超历史的特质，使它们永垂不朽。我们采用文化研究的观点，与之稍有不同。文化研究者主张价值的判断不能脱离判断者其人：其人之背景、素养、经验、心理、写作目的等，都构成价值判断的结果。因此，价值判断是历史的，也是暂时的。用 Terry Eagleton 的话说就是：

> There is no such thing as a literary work or tradition which is valuable in itself, regardless of what anyone might have said or come to say about it. "Value" is a transitive term: it means whatever is valued by certain people in specific situations, according to particular criteria and in the light of given purposes. ①

因此，本书没有采用一般文学研究的方式去品评作品的美学价值。美学价值判断，要是依 Terry Eagleton 的说法，就应该是读者研究的一部分，这已经大大超出了本书的研究范围了。

① Terry Eagleton, *Literary Theory: An Introduction* (Oxford: Basil Blackwell, 1983), p. 11.

第二章　五代诗学兴盛的情况与背景

第一节　从诗人、诗歌、诗文集的数量看五代诗学概况

五代在中国历史上是一个极短促的历史时期，自朱温（后梁太祖，852—912）篡唐自立（907），开五代十国纷乱局面，至赵匡胤（宋太祖，927—976，960—976 在位）建立宋朝，这段时期共 53 年（907—960）。在这 53 年中，活跃于诗坛的诗人极多，流传下来的诗篇甚为丰富，讨论诗歌写作的诗格也不少；虽然数量上与有唐一代相比，[1] 是小巫见大巫，但若以短短五十多年来看，其成果不能不叫人惊异，足以说明其时诗学之蓬勃。

一、五代诗人的概况

（一）前人对五代诗的断限

五代诗歌向来不为人重视，所以五代诗人多被归入晚唐时代，不作独立处理。李调元编《全五代诗》时便提到："五代诗向无全本，编诗者率皆附之唐末宋初之间，并少专辑。"[2] 明代曹学佺（1574—1647）编《石仓历代诗选》和近人陈伯海编《唐诗品汇》时，都是将晚唐和五代的诗人并合为一。明代胡震亨（1569—1645）著《唐音癸签》时，在晚唐以外，别立"闰唐"一栏，将五代诗人收纳其中，共 143 人，[3] 这是把五代诗独立看待的先声。此后，清王士禛编《五代诗话》和李调元编《全五代诗》，才真正将五代十国的诗人分类编排，从晚唐独立开来，作专题处理。

---

① 冒襄原提到："国朝圣祖（玄烨，1654—1722，1662—1722 在位）御制《全唐诗》，凡二千二百六十余人，得诗四万八千九百三十余首，分为九百卷。"参氏著《葚原诗说》，卷 3，载郭绍虞（1893—1984）编：《清诗话续编》（上海：上海古籍出版社，1983 年），册下，页 1607－1608。

② 李调元：《全五代诗》（成都：巴蜀书社，1991 年），序，页 1。

③ 胡震亨：《唐音癸签》（上海：上海古籍出版社，1981 年），卷 30，页 312－313。

《全五代诗》和《五代诗话》的编辑刊行，无疑对日后的五代诗歌研究有着极大的帮助。然而，五代时期毕竟太短促，前后才不过53年，当中有些诗人或为由唐入五代者，亦不乏由五代入宋者，诗人生活年代超越了朝代的界限，在客观上容易造成人们对五代诗能否作为独立阶段而存在的怀疑。[①] 所以李调元和王士禛二人编辑《全五代诗》和《五代诗话》时，究竟以什么作为这一时期的断限标准，是值得留意的。

《五代诗话》的上限断在唐昭宗一代，书中卷二列司空图为五代诗第一人，而杜荀鹤、张乔、任涛、王贞白等虽为唐末人，但都被采纳。[②]《全五代诗》的断限，基本上与《五代诗话》一致，傅璇琮为李珍华点校的《五代诗话》写前言时，重申此书的时代上限断在昭宗一朝是有见识的。[③] 因为韦庄、韩偓、杜荀鹤、郑谷、黄滔等人都是由唐入五代的，他们的诗风主要对五代和宋初有影响，所以傅氏认为这个断限的看法很可取，只是对具体诗人的取舍略有失误。[④] 近人张兴武虽然指出书中所收录的部分诗人的资料不实，证据不强，未可足信；但是他认为傅氏的论断是合乎实际的。[⑤] 不过，他对五代诗的下限却提出了一些新的见解。

张兴武指出赵匡胤代周自立，并不是五代割据历史的结束，当时南唐、后蜀、吴越、荆南、南汉、北汉等割据政权依然存在，到宋太宗灭北汉，天下才一统，然而文学的流变并不是与朝代更替同步，更何况五代的诗歌风气甚至在统一南北之后，仍持续了一段时间，所以五代诗歌的下限该定于何时，这就成为一个颇具争议的问题。张氏认为应以宋真宗一代的诗人为下限，[⑥] 因此王禹偁、杨亿(974—1020)、刘筠等都包括在内。但平心而论，他们三人虽号称继承了五代余风，但各人在诗歌的发展上都有所突破，清吴之振《宋诗钞·小畜集钞》在序文中便强调：

> 元之（王禹偁）独开有宋风气，于是欧阳文忠（欧阳修）以承流接响。文忠之诗，雄深过于元之，然元之固其滥觞矣。[⑦]

---

① 张兴武：《论五代诗在中国诗歌发展史上的位置》，页23。
② 参王士禛原编，郑方坤点补：《五代诗话》，卷2。
③ 王士禛原编，郑方坤点补：《五代诗话》，前言，页18。
④ 王士禛原编，郑方坤点补：《五代诗话》，前言，页18－19。
⑤ 张兴武：《论五代诗在中国诗歌发展史上的位置》，页24。
⑥ 张兴武：《论五代诗在中国诗歌发展史上的位置》，页25。
⑦ 《宋诗钞·小畜集钞》（《景印文渊阁四库全书》本），卷1，页2上。

刘熙载（1813—1881）《艺概》有言：

杨大年（亿）、刘子仪（筠）学义山（李商隐）为西昆体，格虽不高，五代以来未能有其安雅。[①]

《四库全书总目》提到杨亿和刘筠所倡的西昆体时，说：

时际升平，舂容典赡，无唐末五代衰飒之气。[②]

从以上的评论来看，王禹偁、杨亿、刘筠等人对宋初诗坛的影响相当巨大，特别是他们变革了五代遗下的白风，突破了宋初情俗词浅的白体，为宋代诗歌发展奠定了基础，[③]这些诗人既然在宋代诗坛扮演如此重要的角色，与五代诗断然有所分别，若将他们归入五代，显然有点不合情理。

（二）五代诗人的数目

我们再看看前人与近代学者所计算的五代诗人总数。李调元“取昔人所附之唐末宋初之间者”[④]，编成《全五代诗》，李氏选取诗人的准则颇宽，他在“凡例”中便明确地说明有关的标准：

五代诗人率多事不一君，今惟按其事实于何代最著，则断以某代。至有唐人而入五代，五代而入宋者，不加采入，则五代诗人不全，故备收之，庶无遗失。[⑤]

另外，他又续提到：

五代中，十国多有奉五代正朔者。如吴越、闽、荆南、楚、南唐，时叛时附，故抄五代之诗而不附十国，则无以观其全。……[⑥]

---

① 刘熙载：《艺概》（上海：上海古籍出版社，1978 年），卷 2，页 65。

② 《四库全书总目·集部·别集类》（《景印文渊阁四库全书》本），卷 152，《武夷新集》，提要，页 12 下。

③ 有关杨、王、刘等人对诗歌革新和宋诗发展的影响，详参程千帆、吴新雷：《两宋文学史》（上海：上海古籍出版社，1991 年），页 2－22。

④ 李调元：《全五代诗》，凡例，页 1。

⑤ 同上。

⑥ 同上。

从李调元所持的原则来看，他编选的《全五代诗》中所包罗的诗人范围颇广，诗人的数目也较多。以下按《全五代诗》载录的诗人，作一统计：

后梁（907—923）：57人①

后唐（923—936）：28人②

后晋（936—947）：10人③

后汉（947—950）：10人④

后周（951—960）：28人⑤

吴：25人⑥

南唐：93人⑦

前蜀：48人⑧

后蜀：50人

南汉：20人⑨

楚：57人⑩

吴越：44人⑪

闽：33人⑫

---

① 李调元在“凡例”中提到编书的次第是按官爵、隐逸、道释、闺媛、神仙鬼怪、歌谣杂谶、乐章等来排列的。（参李调元：《全五代诗》，凡例，页2）由于本节所作的统计是以统计人数为目的，因此，凡属歌谣杂谶、乐章等类，均不计算在内。按此原则，收录于卷八的“河北谚、王彦章谚语、长安中鬼、高丽镜文、梁太庙乐舞辞”不包括在内。（同上，卷8，页191－195）

② “清泰三年歌、后唐军士谣、后唐宗庙乐舞辞”不计算在内。（同上，卷10，页250－251）另，有一篇收录在卷十的联句，作者为“姊妹三人”，因此，诗人的数目亦以三人计算。

③ 这部分没有把“马重绩繇辞、辽述律后谣、晋出帝咏天诗、晋朝飨乐章、晋昭德成功舞歌”计算在内。（同上，卷12，页275－277）

④ 这部分没有把“汉宗庙乐舞辞”计算在内。（同上，卷14，页307－308）

⑤ “度世古元歌、显德道宫石记、涟水古冢瓶文、周郊祀乐章、周宗庙乐舞辞”不计算在内。（同上，卷17，页373－381）

⑥ “甘露寺鬼、汪少微砚铭、鱼腹丹书”没有计算在内。（同上，卷23，页500－502）

⑦ 这部分不包括“天祐中江南童谣、升元殿基下石记、江州风坠诗、广陵古冢石刻、砚滴铭、梦中语、证空徒赞”在内。（同上，卷39，页828－830）

⑧ 这部分没有计算“秦人竹俞谣、秦城芭蕉谣、蜀童谣、眉州歌、瓦棺铭、成都罗城北门石记”在内。（同上，卷56，页1151－1152）

⑨ “刘龑石谶、邵谒鬼、罗浮古剑篆文、广州童谣”不计算在内。（同上，卷61，页1420－1421）

⑩ “马殷浚城石碣篆、马希振葬地碣、湘中童谣、长沙童谣”不包括在内。（同上，卷65，页1322－1324）

⑪ 这部分不包括“富春沙际鬼、牡丹妖、郭璞谶、钱氏琴、谑、无名氏”在内。（同上，卷74，页1515－1518）

⑫ 这部分没有计算“王霸谶记、福州记、黄涅槃谶、陈智广谶、福州谣、闽伶官戏主延政语”在内。（同上，卷87，页1774－1776）

荆南：12 人

北汉：5 人

综合上述的数字，李调元编《全五代诗》时，选录了520 位诗人的作品。

较李调元约早一百年的王士禛，编辑了《五代诗话》，由于该书“编非以选诗”[①]，只是选辑“五姓十国之遗闻轶事”，使“五季以来数十百诗人之声音笑貌，宛然明白”[②]，编者将这“数十百诗人”的轶事，按国主、宗室、中朝、南唐、前后蜀、吴越、南汉、闽、楚、荆南、宫闺、女仙鬼、缁流、羽士、鬼怪等分卷编次，以下为各卷所载诗人数目的统计：

各卷篇目	诗人数目
国主　宗室	38
中朝	66
南唐	73
前蜀　后蜀	51
吴越　南汉	16
闽	17
楚　荆南	43
宫闺　女仙鬼　缁流	63
羽士　鬼怪	41
总数	408[③]

从上表可见，十国中独欠北汉，郑方坤在“例言”中慨叹：

北汉建国历三十年，并无一诗人可纪，则固未全乎十之数矣。[④]

李调元编《全五代诗》时，北汉虽未至“无一诗人可纪”，但也仅得五人而已，此五人为李恽、谭用之、荆浩、大愚和太原妓。[⑤] 其中是否真有其人，也存

① 王士禛编：《五代诗话》，例言，页3。

② 王士禛编：《五代诗话》，序，页1。

③ 这个统计是以人为单位的，所以，卷十《杂缀》部分没有计算在内。

④ 王士禛编：《五代诗话》，例言，页1。

⑤ 《全五代诗》，册下，卷100，页2002－2015。

在疑问，北汉诗坛荒凉，想来也是事实。

无疑，王士禛《五代诗话》中提及的大部分诗人都收在李调元编的《全五代诗》中，但不能忽略的是，仍有一部分诗人的名字没有同时在两本书中出现。细检王士禛《五代诗话》，其中有216位诗人的名字可以在《全五代诗》中得见，这就是说王氏《五代诗话》中另有191位诗人没有载于《全五代诗》内。这可能是李调元和王士禛辑选时的标准不同，结果也相异，当然也还有一个原因：《五代诗话》提到的诗人，并没有诗歌留存到后世。无论如何，若将这191位诗人和李调元《全五代诗》中所载录的诗人数目加在一起，五代十国的诗人数目为711人，这个数字就算撇除了其中的可疑之数，也是极为可观的。

然而，如上节提到，五代的断限具有不少争议的地方，加上《全五代诗》和《五代诗话》确实有不全之处，因此，在统计五代诗人数目上难免有遗漏。我们在此先立两个准则：凡生于唐末而入于五代的，都计算为五代诗人，这与《全五代诗》断限在昭宗一朝，基本上差别不大，但又可以避免把身世不入五代的诗人视为五代诗人的尴尬。另外，凡生于五代而三十岁或以后始入宋的，亦计算在内。唐人以及五代人，一般是童蒙学诗，到了而立之年，诗风已经基本上成熟。而且依此断定五代诗人下限，其创作时期的主要部分都在吴越亡年（979年）（后蜀亡于965年，南唐亡于975年）之前，其时尚系五代余波，天下未归一统。所以三十岁或以后始入宋的诗人，其诗视为五代诗，亦合情理。而且以此划定下限，则王禹偁、杨亿、刘筠等都不在五代诗人之列。从文学发展的角度来说，是合乎实际的。由于《全唐诗》和《全唐诗补编》均具有相当的权威性，以下尝试按以上所定的两项标准，按《全唐诗》和《全唐诗补编》作一统计，从而更确切地反映出五代诗人的盛况。由于《全唐诗补编》内的《全唐诗续补遗》和《全唐诗续拾》，都按五代十国来编排，[①] 编制上较有系统，因此先从这两部分作一统计。《全唐诗续补遗》辑录了一些《全唐诗》中遗逸的作品，其中部分五代诗人的名字并未见于《全唐诗》，现录于下：

书中仅收录一首诗作的诗人：

李琪、孙偓、韦洵美、唐朝美、田敏、独孤贞节、福全、李暻、汤悦、危仔昌、卢郢、唐希雅、谦明、屠环智、韦谦、陈长官、牛峤、杨义方、尹鹗、蒲禹

① 童养年辑《全唐诗续补遗》时说："至于五代十国诗在《全唐诗》中混而不分，现也略依《全五代诗》，并参照《五代史》、《十国春秋》加以区分。"参陈尚君辑校：《全唐诗补编》（北京：中华书局，1992年），册上，页321。

卿、卢诰、马彦珪、冯铢、郑云从、向瓒、勾龙逢、杜仁杰、勾令玄、宋自然、慈觉、王承旨、石仲元、陈谊、浪淘子、村寺僧、卖药道人、蒋肱、清豁、杨凝式、张蠙、赵节。

书中仅收录两句或四句诗的诗人：

清澜、陶晟、李度、张振祖、法常、王贞白、张泌、乔舜、皇甫继勋、钱弘偡、任翻、拓善、范禹偁、马希振、王元、[1] 曾弼、蒋维东、胡擢、栖岩。

书中收录多于一首诗作的诗人：

杨焕、陶谷、杨溥、朱存、许坚、钱弘佐、钱弘倧、钱弘俶、刘隐辞、冯涓、陈裕、杨德辉、李如实、令孤峤、张峤、慧棱、翁宏、[2] 曹崧、任鹄、孟嘏、陆蟾。[3]

以上共81人。另外又以陈尚君辑校的《全唐诗续拾》作一添补，以见《全唐诗》及《全唐诗续补遗》两书遗漏的诗人：

书中仅收录一首诗作的诗人：

郑郎中、敬新磨、卢道者、李愚、任赞、陶敞、张盈润、烟萝子、苏允平、贾纬、同州判官、智晖、翟奉达、法觐、延禅师、窦仪、窦俨、归晓、欧阳持、谢建、彦光、金昌宗、临川小吏、善道、法满、毛大仙、隐微、相里宗、志端、宝津、可勋、赵晟、王仲简、唐镐、徐熙、任右元、许坚、查元方、杨文郁、李明、乐史、卢郢、蒋宗简、薛正明、重恽、钱朗、重机、师静、小静、义昭、神禄、钱元瓘、灵照、丽天和尚、措多、钱弘儇、吴党、德韶、永安、契从、瑜禅师、保初、范赞时、钱师悦、江景防、遇臻、洪寿、志懃、从范、普闻、晖和尚、

---

① 陈尚君指出王元为宋初人，《全唐诗》误为唐末五代人。[陈尚君：《〈全唐诗〉误收诗考》，见氏著：《陈尚君自选集》（桂林：广西师范大学出版社，2000年），页164。] 按：本文上节论及五代断限时，提到凡生于五代而三十岁或以后始入宋的，俱视之为五代诗人。《全唐诗续补遗》限定为五代，今无证据否定之，则本篇仍从《全唐诗续补遗》列为五代诗人。

② 陈尚君指出翁宏为宋初人，本篇仍列为五代人，理由同上注，见前氏著：《陈尚君自选集》，页166。

③ 这里所列的诗人是据《全唐诗续补遗》卷10至卷14所载而来的。参《全唐诗补编》，册上，页451－521。

光云、王十八郎、严禅师、黄子棱、如体、章文谷、王涤、文彧、陈文亮、定御、陈致雍、戴偃、守安、廖匡齐、何景山、李观象、蒋钧、廖处士、启柔、丰禅师、郁山主、云端和尚、璘禅师、道寻、梁嵩、智寂、朗上座、慧坚、孙光宪、欧阳彬、郑奕、田淳、李仁悦、王处厚、灵岩、开宝中江南叟、李善宁之子。

书中只收录两句或四句诗的诗人：

黄匪躬、韦说、郄殷象、后唐厨官、王思同、宇文翰、程逊、胡徽、张休、杜四郎、李鹗、徐台符、五代外值官、李沼、骆仲舒、魏丕、游士藻、刘东叔、谢调、薛熊、符昭远、方为、陶彝之、殷文圭、李升、江文蔚、潘佑、江直木、李从谦、皮光业、钱元瓘、黄夷简、王审知、杨凫、韦添、张仲达、程嵩、林楚材、怀濬、李简、王家乐、张格、掌聿修、梓潼双灯寺僧。

书中收录多于一首诗作的诗人：

孙棨、匡仁、智闲、李存勖、秀登、史松、徐巡官、龚霖、胡峤、符蒙、李涛、张文伏、范质、赵匡胤、王溥、延沼、陈抟、匡白、徐知证、匡山和尚、文益、绍修、常察、冯延鲁、用虚、梅远、宋维、秦钦、陈德诚、道恒、李煜、朱贞白、张泊、王操、杜棱、契此、师鼐、钱镠、道忞、令参、德谦、延寿、赞宁、晓荣、本先、钱惟治、钱昱、师备、义存、道溥、神晏、皎然、翁承赞、慧救、省澄、慧忠、玄应、郑元弼、钱熙、张连、居遁、虚中、惟劲、卢承丘、缘观、王鼎、陈用拙、文偃、缘密、周渭、胡君防、竟脱、处默、卢延让、宋光嗣、王衍、花蕊夫人、可朋、孟昶、晓峦、李尧夫、欧阳炯、卞震。[1]

上述所列共235人。以下再以《全唐诗》所收入的五代诗人作一增补：[2]

书中仅收录一首诗作的诗人：

邓洵美、李京、王易简、朱褒、卢文纪、崔居俭、李涛、赵延寿、高辇、韩

---

① 以上所收录的诗人名字乃据《全唐诗续拾》卷41－52而来的，参《全唐诗补编》，册下，页1319－1554。

② 在《全唐诗》卷734－767，编者列明皆为五代诗人，因此文中的诗人名字主要从这些卷中列出，其余的则以他们的生卒年，与内文所列的两项标准，互相参补而列出。好几个诗人的存诗其实比《全唐诗》所收为多。如李眩、李存等，存诗不止一首，参《全唐诗》即可得之。

昭裔、张仁溥、李瀚、杨昭俭、刘坦、韦遵、冯延巳、李征古、李昉、马致恭、[①]张义方、韦鼎、陈贶、刘洞、高越、包颖、查文徽、马彧、韩定辞、何昌龄、李羽、梁藻、陈沆、李询、韩垂、陈彦、孙岘、谢仲宣、钟蒨、乔舜、王沂、陈元裕、周庠、张格、王锴、朱希济、李浩弼、杨鼎夫、顾夐、张令问、刘义度、刘义叟、幸夤逊、丁元和、何仲举、伍彬、杨徽之、王正己、[②]张观、刘章、路洵美、梁震、杜建徽、沈韬文、王继勋、刘乙、夏鸿、刘山甫、张昭。

书中收录多于一首诗作的诗人：

司空图、罗隐、郑谷、韩偓、卢汝弼、韦庄、罗绍威、罗衮、王镕、许鼎、黄损、张袞、赵光逢、和凝、王仁裕、冯道、卢士衡、熊皦、熊皎、宋齐丘、韩熙载、潘佑、李建勋、孟宾于、廖匡图、廖凝、左偃、江为、张泌、孙鲂、沈彬、伍乔、陈陶、李中、徐铉、徐锴、钟谟、许坚、王感化、李家明、汤悦、萧彧、孟贯、成彦雄、冯涓、杨玢、韩昭、蒋贻恭、李珣、徐光溥、欧阳炯、詹敦仁、詹琲、张立、刘昭禹、李宏皋、徐仲雅、王元、廖融、[③]杨夔、颜仁郁、王延彬、谭用之、王周、[④]刘兼、[⑤]孙元晏、贯休、齐己、修睦、杜光庭、郑遨。

总计为139人。我们又依据前面所定标准，另外从《全宋诗》中检出可归入五代的诗人共20人：

郭从义、贾玭、宋温、杨克让、赵文度、何承裕、释道真、宋温舒、宋琪、赵逢、郭廷谓、赵普、王祜、曹翰、释遇安、朱昂、释遇贤、释省念、梁周翰、王著。

合以上四书所引有诗传世的诗人，可归入五代者共有475人。

---

① 陈尚君指出马致恭为宋初人。(陈尚君：《〈全唐诗〉误收诗考》，见氏著：《陈尚君自选集》，页163-164) 按：本文上节论及五代断限时，提到凡生于五代而三十岁或以后始入宋的，俱视之为五代诗人。

② 陈尚君指出王正己为宋初人，同上，页165。

③ 陈尚君指出廖融为宋初人，同上，页164-165。

④ 陈尚君指出王周为宋代庆历年间人，同上，页151-152。按陈氏所考，此人实不能算为五代诗人。

⑤ 陈尚君指出刘兼为宋初人，同上，页166。本页注①至⑤共5人，本篇依所定时代断限，仍列作五代人，理由同前第22页注①。

相对于《全五代诗》,《全唐诗》(包括《全唐诗补编》)所收录的五代诗人的数目是少了一点。下表为《全五代诗》、《五代诗话》、《全唐诗》和本书所见的五代诗人数目:

书 名	五代诗人数目
《全五代诗》	520
《五代诗话》	107
《全唐诗》①	130
本书所统计	475

各书去取,固然有出入,但四百之数,应为切实。区区五十多年之间,诗人有四百多之谱,比于有唐(三百多年共二千二百多人),其实是毫不逊色。今人许总以《全唐诗》和林大椿编选的《唐五代词》所得的统计资料,来说明五代词的发展情况之兴盛,远胜于五代诗的发展,并以《全唐诗》中所胪列的诗人数目(130人),得出以下的结论:

……由时代落实到作家、作品上,比例显然呈大幅度递减趋势,这正是五代时期诗体创作衰弊的明证。②

虽然许总在文中亦曾指出五代诗歌“仍然应当在诗史上占有相应的一席之地”③,但是提出“五代时期诗体呈现衰弊之势”一说,却显然是值得商榷的。

在此必须一提的是,我们对五代诗的上限既然涉及唐末,则本书的讨论是不能不引用唐末诗为例子,与五代诗互为发明。有时追源溯流,甚至唐前期的诗文亦偶尔及之。历史的发展,虽有不同阶段的独特模态,但本身并无分期的明晰界限,在历史叙述中有跨期越界,其实是事所必然的。

---

① 彭定求在《全唐诗》的目录中清楚地以“以下五代”四字作为五代与晚唐诗人的分界,但划分在这部分的诗人并未包括僧道、妇女等诗人。参彭定求等编:《全唐诗》(北京:中华书局,1960年),册21-22,卷734-767。

② 许总:《论五代诗》,《学术论坛》,1994年6期,1994年11月,页70。

③ 许总:《论五代诗》,同上,页71。

（三）五代诗人的身份

五代诗人数量众多，这是可以肯定的，但之所以能够造就一个这样庞大的诗人群体，这与当时各阶层的人士皆有志于诗艺有关。事实上，有唐一代，诗歌大盛，也与此有密切关系。贺贻孙（1606？—?）《诗筏》云：

> 唐诗大振，妇女奴仆，无不知诗，远及外域，亦喜吟咏。……似有唐三百年，人人能诗矣。①

胡应麟在《诗薮》中记：

> 唐诗人上自天子，下逮庶人，百司庶府，三教九流，靡所不备。……人主……，宗室……，将相……，宰辅……，三省……，六卿……，学士……，舍人……，布衣……，散人……，羽流……，缁流……。他如宫苑……，闺闱……，女郎……，女冠……，妾媵……，娼妓……。又如寒山、拾得以显化，钟离、吕岩以神仙，……张志和以渔，卫岳居民以樵，天竺童子以牧，海印以尼，……诸如此类，不能尽述。②

从唐发展至五代，各阶层的人都努力写诗，一如胡应麟所言，除了士人学子之外，君主、僧道，甚至后妃、女妓等，皆有诗篇传世，而且人数亦不少。以下按《全五代诗》及《五代诗话》作一统计，如上文所说，《全五代诗》与《五代诗话》并不完全可靠，不过两书条目分明，按之以观其大概，还是可以的：

身份	《全五代诗》中的诗人数目	《五代诗话》中的诗人数目
君主	11	15
僧人	54	39
羽士	35	27
后妃	8	9
女妾	10	6
妓	10	1

① 贺贻孙：《诗筏》，载《清诗话续编》，册上，页193－194。

② 胡应麟：《诗薮》，外编，卷3，页170－172。

《全五代诗》中录载11位君主，分别为后唐庄宗李存勖（892—926）、后吴后主杨溥（901—938）、南唐先主李昪（888—943）、南唐中主李璟（916—961）、南唐后主李煜（937—978）、前蜀前主王建（847—918）、前蜀后主王衍、后蜀后主孟昶、吴越武肃王钱镠（852—932）、吴越忠懿王钱俶（929—988）及闽四主王继鹏（？—939）。至于《五代诗话》，王士禛除搜罗了以上11位君主的诗事之外，还另外提及3位五代十国的君主，他们为后梁太祖朱温、后晋出帝石重贵（914—964）、荆南高平王高从海，据说他们都曾作过诗。

至于僧人，《全五代诗》中所载的54人，分别为：

后梁——张无梦、怀楚；
后唐——可止；
后汉——恒超、净显；
后周——僧缄；
吴——云表、归仁、隐峦、泠然、修睦、栖一；
南唐——元寂、若虚、文益、无则、行因、谦光、南唐寺僧；
前蜀——贯休、昙域、扫地和尚、（尼）海印；
后蜀——张峤、勾令元、丁元和、可朋、远国、慈觉、尔鸟、村寺僧；
南汉——卿云；
楚——虚中、乾康、栖蟾、栖岩；
吴越——文喜、无作、延寿、赞宁、处默、仲休、吴越僧、杭州还乡和尚；
闽——慧棱、常雅、文炬、清豁、耽章、上蓝和尚；
荆南——怀濬、尚颜、齐己、大愚。

《五代诗话》中亦辑录了39位诗僧的逸事，其中只有18位诗僧的名字与上述《全五代诗》所述的相同，其余21位诗僧的名字并不见于《全五代诗》内，这21位僧人的名字为：志嵩、谦明、亚栖、福全、法常、义存、契盈、师贵、如体、体静、法辉、云门、法眼、可隆、远公、智亮、清豁、至聪、双灯寺僧、张居士（峤）和句居士（令玄）。① 从这两本书所提及的诗僧名字来看，活跃于五代的诗僧数目几近80位。

然而，若以《全唐诗》和《全唐诗补编》所载的诗人来和《五代诗话》及

① 王士禛编：《五代诗话》，卷8，页312－344。

《全五代诗》作一对照，其中有很大部分的诗僧并不见于前两书，包括《全五代诗》所提及的张无梦、恒超、僧缄、云表、无则、行因、扫地和尚、海印、丁元和、远国、文喜、仲休、杭州还乡和尚、文炬和上蓝和尚。至于只有《五代诗话》录入该诗僧的诗篇，而《全唐诗》和《全唐诗补编》不见有记载的，这些诗僧包括：志嵩、亚栖、义存、契盈、师贵、体静、法运、云门、法眼、可隆、远公、智亮、志聪、张居士和句居士。

至于道士，胡应麟评游仙诗时曾说："羽士诗竞于唐，若吴筠（？—778）曹唐辈。"① 在唐直至五代诗史上，羽士占了相当的地位，载录在《全五代诗》内的羽士有35人：

后梁——陆禹臣、刘元英、黄冠野夫、子兰；
后唐——程子霄、吴涵虚；
后晋——郑遨；
后汉——钟离权、吕岩；
后周——陈抟；
吴——黄冠道人、郭仁表梦中道士；
南唐——许坚、谭峭、蓝采和；
前蜀——杜光庭、张令闻、黄万祐、杨勋、尔朱先生；
后蜀——杜仁杰、宋自然、李浩、彭晓；
南汉——石仲元；
楚——罗道成、孟珉、伊用昌、许鹊、张白、徐钓者；
吴越——殷天祥、舒道纪、吴仁璧；
闽——虞皋。

除上述35人外，《五代诗话》另多收载了7位：张逸人、李真、伊梦昌、吴含灵、卢道者、贺水部和吴崇岳。这42人中，有若干可能是出自稗史之流的道听途说，与上述提及诗僧的情况相似，收录在《全五代诗》中的道人，仅有9人见于《全唐诗》和《全唐诗补编》，包括：郑遨、吕岩、陈抟、黄冠道人、许坚、杜光庭、杜仁杰、宋自然和石仲元。至于《五代诗话》所载的7人，更是无一见于《全唐诗》和《全唐诗补编》两书。固然《全五代诗》和《五代诗话》并非

① 胡应麟：《诗薮》，外编，卷2，页155。

完全可靠；不过，五代时期僧道能诗者确实不乏其人。

据《全五代诗》及《五代诗话》两书所载，能诗的后妃有：前蜀太后徐氏、前蜀太妃徐氏、昭仪李舜弦、蜀宫人李玉箫[①]、后蜀花蕊夫人徐氏、后蜀妃张太华、蜀宫人、闽后陈氏、南唐周后及南唐小周后[②]，合计10人。

宫闱女妾方面，综合上述两书所见，计有：陈玉兰、薛媛、严氏、赵氏、蒋氏、王霞卿、越溪杨女、任氏、黄崇嘏、崔素娥[③]、李芳仪、耿先生和南楚材妻[④]，共13人。

《五代诗话》又说："李唐伶奴，取当时名士诗句入歌曲，盖常事也。……五代犹有此风。"[⑤] 伶人歌伎唱诗固然是常事，而当时很多居于坊曲中的妓女都能作诗，这种现象却是颇为独特的。这些歌伎不单偶尔赋一两首诗，有些甚至把诗篇结成诗集。[⑥] 事实上，五代时能吟咏诗歌的娼妓确实不少，名字见于《全五代诗》及《五代诗话》的有：王福娘、杨莱儿、杨苎萝、韩续姬、莲花妓、徐月英、灼灼、张窈窕、薛涛、太原妓[⑦]和单氏[⑧]。她们的诗歌也不乏佳作，如单氏（成都妓女）赠诗陈希夷，诗云："帝王师不得，日月老应难。"据说当时的名士皆称许单氏的诗。[⑨]

五代诗人的范围甚至推广至社会上的低下阶层，赋诗不再单是上层知识分子的事，《唐语林》便有以下一段记载：

下人多文词，至于樵夫，往往能言诗。尝有广州幕府夜闻舟中吟曰："野鹊滩西一棹孤，月光遥接洞庭湖。堪憎回雁峰前过，望断家山一字无。"问之，乃

---

① 蜀宫人李玉箫的名字只见于《全五代诗》中，李调元辑了李玉箫的一首《宫词》，参《全五代诗》，卷56，页1144。

② 南唐周后和南唐小周后的事见于《五代诗话》，据王士禛所载，南唐周后曾缀谱制成《邀醉舞破》和《恨未迟破》，两篇均在乱离之后不复传。［原见于吴任臣（1628？—1689？）：《十国春秋》（北京：中华书局，1983年），卷18，页269。另参王士禛：《五代诗话》，卷8，页293］但"破"是一种乐曲的体裁，并不是诗歌。至于南唐小周后的事，王士禛并没有提及她能诗，只是后主曾为她制乐府诗。所以严格来说，她们不算是诗人。

③ 以上十人均见于《全五代诗》；任氏、黄崇嘏和崔素娥三人的逸事，亦同时见于《五代诗话》。

④ 以上三人的事见于《五代诗话》，卷8，页303－304、306。

⑤ 王士禛：《五代诗话》，卷1，页20。

⑥ 五代时江淮间娼者徐月英，著有诗集。见于孙光宪：《北梦琐言》（上海：上海古籍出版社，1981年），卷9，页72。

⑦ 上述名字见于《全五代诗》。

⑧ 《五代诗话》中仅记有单氏赠诗的轶事。见《五代诗话》，卷8，页307。

⑨ 《五代诗话》，卷8，页307。

其所作也。[①]

李调元《全五代诗》亦引《谷音》所言，记崔璆夜泊湘江，听见有人吟唱诗歌，当他询问那人的姓名和居处时，那人便弃置了钓竿而去。[②] 另外，《五代诗话》记载吴越武肃王第五子元懿曾多次向一方姓卜士问卜，该卜士后来送了一首诗给元懿。[③] 这些故事未必为实事，但这些故事之产生，多少反映了《唐语林》所谓“下人多文词”这种社会背景。据这些故事所载，五代时的樵夫、舟子、钓叟、卜士颇有能诗者，当然这些樵夫钓叟之流，可能本来就是隐士，像南唐史虚白以“渔父”自称一样。无论如何，从五代诗人数量之多和范围之广来看，五代诗学的发展是颇为蓬勃的。

二、五代诗歌的流传

（一）五代诗歌篇数

诗人群体的壮大，自然亦造成诗歌数量增加的情况。究竟流传下来的五代诗歌有多少呢？以下尝试从辑录了大量五代诗歌的总集中作一统计，通过比较，以便得见五代诗歌的情况。

书 名	诗人数目	诗歌数目（首）	卷 数
《全唐诗》	2 873[④]	49 403	900
《全五代诗》	520	6 329[⑤]	100

《全唐诗》收录的诗篇，已包括了大部分五代诗人的作品，即是说《全唐诗》的编者共收录了唐五代三百多年间四万八千九百多首诗歌，按年数和诗作数目的

① 王谠撰，周勋初校证：《唐语林校证》（北京：中华书局，1987 年），册上，卷 2，页 170。

② 李调元：《全五代诗》，册下，卷 65，页 1320。

③ 王士禛：《五代诗话》，卷 1，页 40。

④ 有关《全唐诗》内所载诗人的数目及诗篇篇数，冒葚原《葚原诗说》举出诗人共 2 260 人，诗共 48 930 篇，但《全唐诗》卷帙浩繁，冒氏只举约数而已。本篇依罗宗强所统计，见氏著：《唐诗小史》（西安：陕西人民出版社，1987 年），页 1。

⑤ 这里只计算完整的诗篇在内，即那些只有一句的《晋出帝咏天诗》（卷 12，册上，页 274）；只有两句的《河北谚》（卷 8，页 191）、《王彦章谚语》（同上，页 192）；或句式不整齐、夹杂着三字、七字句的，如《高丽镜文》（同上）均不计算在内。

比例来说，大约是1∶140。至于五代的情况，以五十多年算，存诗六千三百多首，年数和诗作数目的比例是1∶120，比有唐一代的平均数相距不远。今人张兴武据《全唐诗》、王重民《补全唐诗》、孙望《全唐诗补逸》、童养年《全唐诗续补遗》及陈尚君《全唐诗续拾》等书，对该时期诗歌的现存数量进行了详尽的统计，指出现存五代作家的诗歌总数为7 607首，① 据此则更接近上述唐代年数与诗数的平均比例。

另外，韩国的典籍中尚存有不少未见于《全唐诗》的唐代逸诗，譬如高丽时期由高丽人编订的唐诗选集《十诗抄》，其中收录了中晚唐30位诗人（包括4位新罗人）的作品，这些作品都是七言律诗，每人十首，共300首。其中温庭筠、许浑、杜荀鹤、方干、秦韬玉五人之诗，《全唐诗》都有收录，另外的21人，却都有未收的逸诗，② 少则1首，多则10首。③

从数字来看，五代诗篇的数目略逊于唐的诗数，但差距也不算很大，而且有一点是不能忽略的，五代十国期间，不但朝代更换得极快，而且诗人的流动性极大，究竟有多少诗篇是在这个流迁的过程中遗失了？又或是在战火之中毁灭了？总之，上述的比例已把情况具体地说明出来：流传下来的五代诗篇为数可观，可想见五代诗坛是甚为热闹的。

（二）五代诗文集的流传

五代诗人著作丰富，作品汇辑成集者，在宋人的书目中可以找到不少。据郑樵（1103—1162）《通志》所载，五代时的别集有27部，共247卷，④ 包括：

罗绍威《政余集》	5卷
高　辇《丹台集》	3卷
罗　隐《罗隐集》	20卷

① 张兴武：《五代作家的人格与诗格》，页74。张氏在书中指出吴与南唐现存的诗歌总数为2 228首，前后蜀诗歌总数为1 321首，闽940首，荆南894首，吴越767首，楚75首。

② 这21人为：刘禹锡、白居易、张籍、章孝标、杜牧、李远、雍陶、张祜、赵嘏、马戴、韦蟾、皮日休、曹唐、李雄、吴仁壁、韩琮、罗邺、罗隐、贾岛、李山甫和李群玉。（牛林杰：《韩国文献中的〈全唐诗〉逸诗考》，《文史哲》，1998年5期，1998年5月，页119）

③ 逸诗的具体数量分别为刘禹锡1首、白居易4首、张籍4首、章孝标10首、杜牧1首、李远6首，雍陶7首、张祜8首、赵嘏4首、马戴10首、韦蟾10首、皮日休9首、曹唐8首、李雄10首、吴仁壁10首、韩琮9首、罗邺9首、罗隐8首、贾岛4首、李山甫10首和李群玉10首。（详见牛林杰：《韩国文献中的〈全唐诗〉逸诗考》，页119）

④ 郑樵：《通志》（北京：中华书局，1987年），册1，卷70，《艺文（8）》，页823。

罗　隐《江东后集》	3卷
罗　隐《吴越掌记集》	3卷
李　琪《金门集》	10卷
崔　拙《（崔拙）集》	2卷
贾　纬《（贾纬）集》	20卷
贾　纬《续草堂集》	1卷
梁　震《（梁震）集》	1卷
公乘亿《珠林集》	1卷
张（阙）《飞集》	1卷
王仁裕《紫阁集》	11卷
王仁裕《乘轺集》	5卷
熊　皦《屠龙集》	5卷
李　愚《白沙集》	10卷
李　澣《应历小集》	10卷
和　凝《演编集》	50卷
和　凝《游艺集》	50卷
《郦炎集》	1卷
孙光宪《巩湖编玩》	3卷
薛廷珪《（薛廷珪）集》	1卷
孙开物《（孙开物）集》	16卷
王　朴《（王朴）集》	3卷
冯　道《（冯道）诗》	10卷
邱光业《（邱光业）诗》	1卷
刘昭禹《（刘昭禹）诗》	1卷

另外，据郑樵《通志·艺文志》所载，“伪朝”（即闰唐）的别集有36部，共394卷。[①]《通志·艺文志》内还载有“别诗集”169部，共540卷，其中可以算为五代诗作的有71部，共189卷。[②] 将以上的数字相加，可见收于《通志·艺文志》内有关五代的诗文集总数为134部，共830卷。

除了郑樵《通志》之外，其他宋人的书目亦有五代诗文集的记录，在《新唐

① 郑樵:《通志》，册1，卷70，《艺文（8）》，页823。
② 郑樵:《通志》，册1，卷70，《艺文（8）》，页824。

书·艺文志》中，五代诗文别集有112部，共450卷；王尧臣（1001—1056）修撰的《崇文总目》，其中所收的五代别集有126部，共415卷。此外，明代胡震亨编《唐音癸签》时，“校除重复，参合有无”①，据胡氏的载录，五代时期的诗文集有1 418卷，② 数目之多，远超上述所引列的书。再加上陈振孙编的《直斋书录解题》，后人对五代流传下来的别集便有一个较为完整的认识。以下尝试就《通志》、《唐书》、《崇文总目》、《直斋书录解题》和《唐音癸签》（闰唐部分）中所载的五代诗文别集作一统计：

编著者/书名	书中所载五代诗文集的部数	书中所载五代诗文集的卷数
1. 郑樵《通志》	134	830
2. 欧阳修《唐书》	112	450
3. 王尧臣《崇文总目》	126	415
4. 陈振孙《直斋书录解题》	81	208
5. 胡震亨《唐音癸签》（闰唐部分）	182	1 418

然而，若以诗文集卷数之多，网罗的诗人群体之庞大，则莫过于顾栋三编的《补五代史艺文志》的记载，书中收录的五代诗文集类共有2 476卷。③ 再加上近人陈尚君在唐代石刻史料中找到的材料，发现王仁裕还有好几本作品是未为他书提及的，④ 另外，从五代诗人的诗题中，还可以再多补充一些“漏网之鱼”，如高辇《新唱和集》⑤、欧阳侍郎《示新集》⑥、元愿上人《檀溪集》⑦、徐巡官《五七

① 胡震亨：《唐音癸签》，卷30，页310。

② 按：胡氏书中所载闰唐诗人诗文集有1 229卷，但未计算僧道、宫闺等，若将齐己、栖白、尚颜、贯休、修睦、处默、昙域、可朋、楚峦、詈光、花蕊夫人、郑遨和杜光庭13人都计算在内，则共有诗人156人。再加上廖匡图等的《廖氏家集》，则共1 418卷。参胡震亨：《唐音癸签》，卷30，页312－314。

③ 杨家骆编：《唐书经籍艺文合志》（台北：世界书局，1963年），附《补五代史艺文志》，页15－18。

④ 陈尚君文中提到王仁裕的《锦江集》、《归山集》、《东南行》、《二十二样诗赋图》等，都未在上文所征引的书中提过。参陈尚君：《石刻所见唐人著述辑考》，参氏著：《陈尚君自选集》，页132－133。

⑤ 齐己：《谢高辇先辈寄新唱和集》，《全唐诗》，册24，卷841，页9499。

⑥ 齐己：《谢欧阳侍郎寄示新集》，《全唐诗》，册24，卷842，页9507。

⑦ 齐己：《谢元愿上人远寄檀溪集》，《全唐诗》，册24，卷844，页9538。

字诗集》[①]、秦府推官《丹台集》[②]、《楚峦上人卷》[③] 及《延栖上人卷》[④]。在短短五十多年间，无论是部数，还是卷数，都显示了五代诗文集的数量之多，这也可以说明五代诗坛的盛况。

三、五代诗格的涌现

晚唐五代诗人辈出，有些不但热衷于写诗，而且亦喜探究格式技巧，并且把成果编撰为“诗格”，以备后学者参考。虽然大部分诗格句图已经散佚，今天不复再见，但从现存一些记录中，仍可看出五代期间，诗人的确费了不少心思在诗歌写作的研究上，这些理论可以说是他们诗歌创作体验的总结。

有人说过：“五代十国此类著述（按：指诗格句图等）仅见诸载记的就有十种以上。”[⑤] 近人张伯伟对五代诗格进行校考，考证到以下诗格应该出于五代，[⑥] 现列于下：

著　者	书　名	卷　数
1. 郑谷	《国风正诀》	1卷
2. 王叡	《炙毂子诗格》	1卷
3. 齐己	《玄机分明要览》	1卷
4. 齐己	《分别六义诀》	1卷
5. 神彧	《诗格》	1卷
6. 徐蜕	《诗律大（文）格》	1卷
7. 佚名	《骚雅式》	1卷
8. 佚名	《吟体类例》	1卷
9. 佚名	《诗林句范》	5卷
10. 徐三极	《律诗洪范》	1卷

① 齐已：《谢武陵徐巡官远寄五七字诗集》，《全唐诗》，册24，卷844，页9539。
② 齐已：《谢秦府推官寄丹台集》，《全唐诗》，册24，卷844，页9542。
③ 齐已：《酬西川楚峦上人卷》，《全唐诗》，册24，卷839，页9469。
④ 齐已：《览延栖上人卷》，《全唐诗》，册24，卷839，页9469。
⑤ 贺中复：《五代十国诗坛概说》，《北京社会科学》，1996年4期，1996年11月，页88。
⑥ 张伯伟：《全唐五代诗格校考》（西安：陕西人民教育出版社，1996年），页361－471及551－552。

（续上表）

著　者	书　名	卷　数
11. 徐衍	《风骚要式》	1卷
12. 僧虚中	《流类手鉴》	1卷
13. 王梦简	《诗格要律》	1卷
14. 李宏宣	《缘情手鉴诗格》	1卷
15. 徐寅	《雅道机要》	2卷
16. 齐己	《风骚指格》	1卷
17. 王玄	《诗中旨格》	
18. 阎东叟	《风骚格》	1卷
19. 郑谷、齐己、黄损	《新定诗格》	
20. 和凝	《赋格》	1卷

上述20种之中，据张氏考证，现存的五代诗文赋格仅有以下10种：郑谷《国风正诀》、齐己《玄机分明要览》、齐己《分别六义诀》、徐蜕《诗律大（文）格》、佚名《骚雅式》、佚名《吟体类例》、佚名《诗林句范》、徐三极《律诗洪范》、阎东叟《风骚格》和和凝《赋格》。①

从五代诗人的数目、五代诗歌的数量、五代诗文别集的传世和五代诗格句图的记录来看，在五代十国这个纷乱而短暂的时期，无论诗歌创作或诗评理论，其数量之增长，都取得了极为丰富的成果，这也否定了“五代时期诗坛呈现衰弊之势，质量平庸”之说，②“质”暂且不说，起码“量”是绝不平庸的。

第二节　五代社会诗学蓬勃的具体现象

唐代诗学大盛，至五代期间，并没有因为时局动乱，政治不稳，而大大影响了诗歌的发展，其诗歌发展之盛况，已如上文所述，诗人及诗篇的数量，都有惊人的成果。以下试从社会风尚、科举考试和文人活动三方面，进一步说明五代诗学蓬勃的现象。此等现象，既系唐代诗学蓬勃之果，其出现亦推动诗学发展不衰。

① 张伯伟：《全唐五代诗文赋格存目考》，《全唐五代诗格校考》，附录4，页551－555。
② 许总：《论五代诗》，页71。

一、崇诗的风尚

（一）崇拜诗人，好诗成风

唐朝社会一般都对诗人极为仰慕，唐人多梦想成为诗人才子，[①] 又向慕李白（701—762）、白居易等，甚至到了几近盲目崇拜的地步，明王世贞（1526—1590）《宛委余篇》云：

柳子厚记李赤死厕鬼事，以为其人慕李白，故名赤，已可笑矣。《霏雪录》所载：慕太白者，张碧，字太碧；慕乐天者，黄居难，字乐地；又当家子杜四郎，自号荀鸭，以比杜荀鹤者，尤可笑也。[②]

这不但反映了唐代社会对诗人的仰慕，而且更显示出社会上的一种价值取向——崇尚文人。这种崇文的风气，演至晚唐五代时，丝毫没有退减，社会上对享负诗名的人敬慕有加，如罗绍威（870—910），他喜好文学，癖于七言诗，当时江东罗隐早有诗名，罗隐以所著的文章诗赋酬寄与罗绍威，罗绍威大为倾慕，并称他为“罗江东”，至于自己所写的诗，则自称为《偷江东集》。[③] 李洞比杜四郎和罗绍威更甚，他崇慕贾岛，“铸铜像其仪，事之如神”[④]。另一个与李洞行径相类的为唐懿宗（李傕，843—873，859—873 在位）年间的张孜，他“图写李白真仪，日夕虔祷”，后来甚至梦见李白从天而降，当庭而坐，与其对饮论诗。[⑤] 这些文人几近疯狂的行为，间接说明了唐末社会崇文的风尚，享负盛名的诗人所受到的崇慕，远超过后人的想象。

由于风气使然，台阁公卿固然多工于诗赋，甚至藩镇节将也雅好文学，如于頔、高骈（？—887）等人，他们也以吟诗自喜，如高骈幼年好诗，据载：

高骈……雅有奇藻，属情赋咏，横绝常流，时秉笔者多不及之。故李氏之

---

① 龚鹏程：《论唐代的文学崇拜与文学社会》，载（台）淡江大学中文系编：《晚唐的社会与文化》（台北：台湾学生书局，1990 年），页 67。

② 王世贞：《弇州四部稿》（《景印文渊阁四库全书》本），卷 162，页 12 上下。《霏雪录》为明刘绩所撰。张碧事见于《唐才子传校笺》，卷 4，页 340。黄居难、杜四郎事俱见《类说》，卷 26，页 21 下、22 上。（原见高若拙《后史补》）

③ 王仲镛：《唐诗纪事校笺》（成都：巴蜀书社，1988 年），册下，卷 61，页 1657。

④ 王定保：《唐摭言》（北京：中华书局，1959 年），卷 10，页 109。

⑤ 见后蜀何光远：《鉴诫录》（《学海类编》本），卷 9，“梦太白”条，页 1 上下。

季，言勋臣有文者，骈其首焉。集遇乱多亡，今其存者盛传于时。[①]

至于罗绍威、王智兴等将领，他们则“兼逞词翰”，时有“李陵章句右军书”之伝。[②] 文人武将皆好文学，这对推动诗歌写作，起了积极的作用。部分更因自己爱文，而招揽才士，优礼待之，如罗绍威“于厅所之侧，别立学舍，招延四方游士，置于其间，待以恩礼”[③]。另外，韩熙载（902—970）为了招揽人才，也大开门馆，延纳隽彦，凡有一技一能之士，都加意收采。他乐于奖掖后辈，是以一时豪杰，如冯延巳、徐铉、徐锴（920—974）等，皆集于其门。[④] 写诗成为一种风尚，有人甚至穷毕生之力以为之，王仁裕（880—970）便是一个典型的例子：

仁裕喜为诗，……生平作诗满万首，蜀人呼为诗窖子。[⑤]

虽然现存王仁裕的诗并没有万首之数，[⑥] 但是从当时他的呼号来看，他应该是一个埋首作诗的“多产”诗人。

此外，社会上不论贤愚，都有“好诗成癖”的倾向，[⑦] 像“好诗成癖”的张孜，他的诗歌写得并不高明，据说“二十余年不成卷轴”，因此，他虽然与李山甫为友，但亦为李山甫所鄙。[⑧] 与张孜的经历截然不同的是沈彬，他少好读书，有能诗之誉，身处唐末乱离之世，后来南游湘湖，并隐居云阳山十多年，与虚中、齐己俱有诗名，互相酬唱，为流辈所慕。[⑨] 沈彬隐居深山多年，却因诗名而为时人倾慕；张孜与李山甫为友，却因诗艺无所成而为友所鄙，这两件强烈对比的事例，正好说明了五代时人对文学的崇敬，若没有诗名，有时甚至要遭受同侪

---

① 原载谢蟠：《杂说》，引自李昉：《太平广记》（北京：中华书局，1961 年），册 4，卷 200，页 1507。

② 原载《刘后村集》，现转引自王士禛：《五代诗话》，卷 1，页 32。

③ 引《罗绍威传》，李昉：《太平广记》，卷 200，页 1507。

④ 吴任臣：《十国春秋》，卷 28，页 4 下。

⑤ 吴任臣：《十国春秋》，卷 44，页 644。

⑥ 按：《全五代诗》中仅录有王仁裕 14 首诗。（参李调元：《全五代诗》，册上，卷 13，页279－284）有关王仁裕的创作，参赖峰：《王仁裕和他的诗歌创作》，《社科纵横》，1999 年 5 期，1999 年 9 月，页 45。

⑦ 贾匡“诗癖甚”（见贯休：《思匡山贾匡》，《全唐诗》，卷 829，页 9344）；陆龟蒙与皮日休“共有吟诗癖”（见陆龟蒙：《北禅院避暑联句》，《全唐诗》，卷 793，页 8927）；禅师一公“诗癖难医”（见贯休：《秋来寄武昌一公》，《全唐诗》，卷 835，页 9412）。

⑧ 王仲镛：《唐诗纪事校笺》，卷 67，页 1818。

⑨ 陆游（1125—1210）：《南唐书》（《四部备要》本），卷 7，页 6 上下。

的白眼。

诗歌流传深远，也刺激了诗学的蓬勃。晚唐五代时，诗歌流传得异常迅速。如生于咸通（860—874）年间的李昌符（？—887），他在中进士之前已有诗名，却久不登第，后来他想出一奇招，乃作婢仆诗五十首，并于公卿间行之，“满篇皆中婢仆之讳。浃旬，京城盛传其诗篇”，终于是年登第。[①]“浃旬”而诗歌得以遍传京师，这除了因为诗的题材触目之外，还应与时人爱诗有关。[②] 唐诗的传播，是采用最公开的方式，往往是首先题于驿亭、寺观、关津、屋壁之地，此等地方有的设有诗版，达官士宦，以至于贩夫走卒都能阅读，然后抄录流传。试看部分诗题，便可知其大略，如《题侯仙亭》、《题五松驿》、《题武关》、《题善光寺》、《题自然观》、《题道院壁》、《题刘华书斋》、《题小松》、《题蒲葵扇》和《题桐叶》。又《北梦琐言》有以下的记载：

咸通中……榜内孤贫者公乘亿，赋诗五百首，人多书于屋壁。[③]

五代的冯道好诗，他的诗亦为时人传颂：

道尤长于篇咏，秉笔则成，典丽之外，又含古道，必为远近传写。[④]

贯休在《山居诗》的自序中说：

愚咸通四五年，于钟陵作山居诗二十四章，放笔，稿被人将去，厥后或有散书于屋壁，或吟咏于人口，一首两首，时而闻之。[⑤]

这种书于屋壁、讽于人口、远近传写的开放型的传播渠道，对诗学之兴盛实有推波助澜的作用。

---

① 按：时李昌符所写的诗有：“春娘爱上酒家楼，不怕归迟总不留。推道那家娘子卧，且留教住待梳头。”又有诗云：“不论秋菊与春花，个个能噇空肚茶。无事莫教频入库，一名闲物要梦梦。”参孙光宪：《北梦琐言》，卷10，页84。

② 按：晚唐年间，诗歌的传播面是相当广的，据皮日休（834？—883？）《伤严子重》“序”中忆说自己年幼在乡校读书时，见简上抄有杜牧的诗，村学竟也有杜牧的诗集，可证诗歌流布甚广。参王仲镛：《唐诗纪事校笺》，册下，卷66，页1786。

③ 孙光宪：《北梦琐言》，卷2，页9。

④ 《旧五代史》，册5，卷126，《周书》17，页1657。

⑤ 贯休：《山居诗二十四首（并序）》，《全唐诗》，册23，卷837，页9425。

（二）君主提倡

唐代君主不但好吟咏诗歌，并且大力推动，《唐音癸签》有云：

> 唐人诗集，多出人主下诏编进，如王右丞（按：王维，701—761）、卢允言诸人之在朝籍者无论；吴兴昼公，一释子耳，亦下敕征其诗集置延阁。更可异者，骆宾王（640—684）、上官婉儿（664—710），身既见法，仍诏撰其集传后，命大臣作序，不泯其名。重诗人如此，诗道安得不昌？[①]

初盛唐的君主如此，中晚唐时君主亦如是，如德宗（李适，742—805，780—805在位）好为诗，以诗赐戴叔伦（732—789）；文宗（李昂，809—840，826—840在位）、宣宗（李忱，810—859，847—859在位）皆曾赠诗与大臣；[②] 此外，文宗好为五言诗，尝欲置诗学士七十二员。[③]

晚唐以后，五代十国的君主承前朝之风气，几乎大部分皆好诗，如南唐元宗（李璟，916—961）于保大五年（947）元日，诏太弟以下登楼展宴赋诗，并召李建勋、徐铉、张义方等人赋诗，彼此应和，侍臣皆有兴咏，为一时佳话。[④] 前蜀后主王衍（？—926）有才思，尤好靡丽之诗，常集艳体诗二百篇，号曰《烟花集》，凡有所著，蜀人皆传诵；[⑤] 吴越王钱俶（929—988）“平生好吟诗，在国中编三百余篇，目曰‘政本’，国相元德昭、翰林学士陶谷皆撰序。后文僖公搜寻遗坠，总集为十卷，撰后序行于世”[⑥]。南唐吉王李从谦“风采峭整，喜为律诗”[⑦]；他七岁时，后主与臣弈棋，他侍奉在侧，后主命赋《观碁》诗，诗云：

> 竹林二君子，尽日竟沉吟。
> 相对虽无语，争先各有心。
> 恃强知易失，守分固难侵。
> 若算机筹处，沧溟想未深。

---

① 胡震亨：《唐音癸签》，卷27，页284。
② 孙光宪：《北梦琐言》，卷15，页111。
③ 王谠撰，周勋初校证：《唐语林校证》，册上，卷2，页149－150。
④ 王士禛：《五代诗话》，卷1，页5－6。
⑤ 吴任臣：《十国春秋》，卷37，页531。
⑥ 王士禛：《五代诗话》，卷1，页32。
⑦ 马令：《南唐书》（《墨海金壶》本），卷7，页6上。

后主见之，赏叹良久，可见从谦的诗才。① 晋王李景在兄李璟继位之后，获立为储副，他“喜与宾僚宴咏，投壶赋诗”②。楚武穆王长子马希振“工诗句，耽吟咏，常延诗僧虚中于斋阁，酬答不厌”③。后蜀孟昶（919—965）“能文章，好博览，知兴亡，有诗才”④。至于以词闻名的南唐后主李煜亦能为诗，开宝初年，李从镒出镇宣州时，后主率近臣赋诗，饯于绮霞阁，并亲为之序。⑤ 及南唐亡，宋王师入建康，曹彬监守后，后主与二弟、太子登舟赴汴，后主在船上流泪赋诗：

江南江北旧家乡，三十年来梦一场。
吴苑宫闱今冷落，广陵台殿已荒凉。
云笼远岫愁千片，雨打归舟泪万行。
兄弟四人三百口，不堪闲坐细思量。⑥

后主降后，宋太祖得悉后主“在国中好作诗”，因而请他举出最得意的一联，后主沉吟再三，咏诵《咏扇》中的两句：

揖让月在手，动摇风满怀。⑦

据载，他临终时还有诗：

万古到头为一醉，死乡葬地有高原。⑧

从李煜的事例来看，可见五代年间，词学虽然大盛，但是诗作亦复不少。

此外，像朱全忠这样的武夫据说也能为诗，难怪明于慎行《笔尘》有以下

---

① 阮阅（1126？—？）编：《诗话总龟·前集》（北京：人民文学出版社，1987年），卷1，页7-8。

② 文莹：《玉壶清话》（北京：中华书局，1984年），卷10，页102。

③ 吴任臣：《十国春秋》，卷71，页987。

④ 王明清《挥麈余话》（《津逮秘书》本），卷1，页42下。

⑤ 王明清《挥麈余话》（《津逮秘书》本），卷19，页280。

⑥ 《全唐诗》，册1，卷8，页72。按：亦有谓此诗为杨溥所作。参佟培基：《全唐诗重出误收考》（西安：陕西人民教育出版社，1996年），页7-8。

⑦ 王陶：《谈渊》，载陶宗仪：《说郛》（涵芬楼百卷本），收于《说郛三种》（上海：上海古籍出版社，1988年），册1，卷34，页22下。

⑧ 原载于《翰府名谈》，现引自周勋初编：《唐人轶事汇编》（上海：上海古籍出版社，1995年），册下，卷34，页1884。

的话：

以全忠之凶悍，而能为歌诗，可与青陵嗣响矣。[1]

当时连外族的君主宗室亦有好诗的，如突厥别部沙陀族的后唐庄宗李存勖(885—926)“爱自作歌诗”；其子秦王从荣“聚集进士浮薄之子，以歌诗吟咏为事”[2]。他又鼓励朝中大臣及士子进诗，时高辇尤能为诗，于是李从荣与高辇“宾主相与甚欢”，而“出入门下者，当时名士有若张杭、高文蔚、何仲举之徒，莫不分庭抗礼，更唱迭和”。[3] 由于李从荣好文，引起武夫不满，终招致大祸，高辇弃市，但这亦反映了诗人士子受到礼遇的情况。

五代君主赏识奖励诗人的例子不少，如闽人陈贶“隐于庐山四十年，衣食乏绝，不以动心。苦思于诗，得句未成章，已播远近，南唐元宗闻其名，召见”。元宗见他衣服单薄，赠以绫绮，并授他江州士曹掾，但陈贶没有接受，后卒于山中。[4] 同样获君主赏赐的诗僧可朋，他作诗千余篇，好饮酒，家穷无以偿酒债，唯有以诗赗之，蜀主孟昶赐可朋钱十万，帛五十尺。[5] 以此等钱帛的数目，真可知当时诗价若何。

五代君主好吟咏，有助于推动写诗的风气；此外，他们又乐于奖掖扶助诗人，所以五代诗学能够蓬勃发展，实不能忽视政治权势的支持。

（三）僧道好诗

五代社会弥漫着一片崇文的风气，不同阶层的人都以能诗为荣，连隐居深山寺院的道士僧人也不例外。中晚唐诗僧尤多，其中被公认为成就最高的三位诗僧为皎然、齐己和贯休，据统计他们有诗 1 920 首。[6] 贯休和齐己都是五代人，以齐己为例，齐己以诗酬赠的僧人就有四十多人。《白莲集》中记载与齐己交游论诗

---

① 王士禛：《五代诗话》，卷 1，页 1。按：唐昭宗（李杰，867—904，889—904 在位）驻跸华州，以歌词赠王建（847—918），以诗及《杨柳枝词》赠朱全忠，朱全忠于是回赠以《杨柳枝词》五首，虽今日已不复见其词，但相信多是七言绝句。

② 孙光宪：《北梦琐言》，卷 19，页 134。按：后唐光祖本出于西突厥，后世自号沙陀。

③ 陶岳：《五代史补》（《豫章丛书》本），卷 2，页 3 下 -4 上。

④ 陆游：《南唐书》，卷 7，页 6 下 -7 上。

⑤ 吴任臣：《十国春秋》，卷 49，页 72。

⑥ 萧丽华：《唐代诗歌与禅学》（台北：东大图书股份有限公司，1997 年），页 175。

论禅的僧人至少有四十多人,[①] 现有诗传世并确知其为诗僧的，有文益、文秀、无可、贯休、尚颜、虚中、修睦等,[②] 其中贯休、尚颜、虚中、修睦等都是五代有名的诗僧。

齐己有《戒小师》诗，诗中责备小师云：“不肯吟诗不听经”[③]，可见吟诗已成为五代僧人应有的素养。另五代入宋的诗人廖融又说：“僧是诗家奴”[④]，亦可见诗与僧的密切关系。

至于道者作诗，除了有名的杜光庭，还有上清大洞道士柳冲用[⑤]、杨玄一[⑥]，以及一般被认为是唐末五代时期的吕洞宾[⑦]，他们都以诗体论内外丹的修炼，奇葩异彩，别出蹊径。

有些能诗的僧道之流虽然隐于山林，但由于诗名远播，甚至吸引了其他人前往探问。如号桂华子的石仲元，他是七星山的道士，负能诗名，《五代诗话》中有以下一段记载：

……世传其警句，如“石压木斜出，岸悬花倒生”之类甚多。学诗者不远千里而来，有南岳处士廖融者亦至。时杨徽之守湘源，融因诵仲元数篇，徽之大称赏，目为玉方响。[⑧]

二、诗赋为士人进身之阶

(一) 科举取士

严羽《沧浪诗话》中记：

① 萧丽华：《唐代诗歌与禅学》，页177。按：作者在书中列出的诗僧名字，有方干、益公、修睦、秘上人、贯休、中上人、胤公、尚颜、文秀、兴公、微上人、耿处士、无上人、惠空上人、明月山僧、广济、梵峦上人、延栖上人、言之、僧达禅师、可准、楚萍上人、乾昼上人、灵蹬上人、虚中上人、本上人、西寄、仁用、自牧、康禅师、愿公、昼公、白上人、凝密大师、元愿上人、贯微上人、谷山长老、南雅上人、仁公、实仁上人、岳麓禅师、体休上人、光上人等。

② 萧丽华：《唐代诗歌与禅学》，页178。

③ 齐己：《戒小师》，《全唐诗》，册24，卷847，页9595。

④ 见陶岳：《荆湖近事》，见曾慥：《类说》（北京：书目文献出版社，景印天启六年岳钟秀刻本，1988年），卷22，页3上。

⑤ 柳冲用著有《巨胜颂（十首）》，柳为唐末五代人，见朱越利：《道藏分类解题》（北京：华夏出版社，1996年），页306。

⑥ 杨玄一诗见《全唐诗补编》，页1613。

⑦《全唐诗》收录了吕洞宾的诗约二百余首，见《全唐诗》，册24，卷856－859，页9675－9716。

⑧ 原见《粤西丛载》，卷11，今转录自王士禛：《五代诗话》，卷9，页365－366。

或问：唐诗何以胜我朝？唐以诗取士，故多专门之学，我朝之诗所以不及也。[①]

王嗣奭《管天笔记》中亦说：

唐人以诗取士，故无不工诗。竭一生精力，千奇百怪，何所不有？[②]

严羽和王嗣奭都肯定了唐代诗学之兴盛，与以诗取士有密切的关系，严羽甚至认为宋诗不及唐诗，和宋代非以诗取士有关。[③] 欧阳修《六一诗话》中亦提到：

（宋）自科场用赋取人，进士不得留意于诗，故绝无可录者。[④]

对于以诗赋取士促使唐诗大盛之说，王世贞（1526—1590）对此提出异议，他在《艺苑卮言》中说：

人谓唐人以诗取士，故诗独工，非也。凡省试诗类鲜佳者。[⑤]

王世贞认为省题诗实为唐诗的糟粕，因此不能证明以诗取士与唐诗大盛有关。不可否认，很多省题诗并非上佳之作，然而，不能不承认，唐人以诗取士，的确激发起士子专心写诗的兴趣，他们“以诗为专门之学”，[⑥] 这对唐诗的发展有着积极的推动意义。[⑦] 事实上，唐试士初重策，兼重经，后来才重诗赋。天宝二年（743）及八年（749），拟定帖经不及格的，可以试诗以取代帖经的成绩，虽然只有文名高的人才能获得这种待遇，但也说明了诗歌在进士考试中的地位大大提高

---

① 严羽著，郭绍虞校释：《沧浪诗话校释》（北京：人民文学出版社，1962年），页147。

② 原见王嗣奭：《管天笔记》，今引录自程千帆：《唐代进士行卷与文学》（上海：上海古籍出版社，1980年），页40。

③ 宋代选举的科目有进士、诸科、武举。神宗（赵顼，1048—1085，1068—1085在位）时始罢诸科，而分经义、诗赋取士，自此宋代亦有以诗赋取士，只是不再着重于诗。参脱脱（1313—1355）：《宋史》（北京：中华书局，1977年），册11，卷155，志108，《选举（1）》，页3604－3623。

④ 欧阳修：《六一诗话》，载何文焕辑：《历代诗话》（北京：中华书局，1981年），册上，页272。

⑤ 王世贞：《艺苑卮言》，载丁福保辑：《历代诗话续编》（北京：中华书局，1983年），册中，卷4，页1015。

⑥ 蔡絛：《西清诗话》（台北：广文书局，1973年），卷上，页91。

⑦ 程千帆对王世贞的言论，提出了很多值得商榷的地方，并加以驳斥。详参氏著：《唐代进士行卷与文学》，页46－53。

了；以诗赋作为进士录取的重要标准，也是在天宝年间确定的。[①]

把诗赋作为重要的考科，促使诗人更讲究诗歌的写作技巧，傅璇琮便指出科试诗赋讲究声韵对偶，刺激了文人对声律的研究。凡应进士科考试的士子，必须在文学方面有相当的训练，尤其要在诗赋上下工夫，所以有唐一代，进士试与诗学蓬勃实在有极密切的关系。[②] 胡震亨亦有以下的意见：

> 士益竞趋名场，殚工韵律。诗之日盛，尤其一大关键。[③]

五代时期，选举方法仍然沿用旧制。以科举作为一种取士制度，中原五朝始终不废，宋韩恩有《五代登科记》，记五代五十三年之中，停行科举仅六年而已。十国中的前后蜀、南唐、闽、南汉也都时有实施。[④] 因此，应进士试继续成为士人的进身之阶，五代诗学蓬勃，与其时仍袭用科举取士不无关系。

（二）士子热心应举

以诗赋取士，固然有助推动诗学的作用，但若士子不是有心于求取功名，则诗赋取士亦未必能促成诗学的蓬勃。五代不少士子读书抱着求取功名的目的。如宋初人李畋《该闻录》记蜀人范禹偁年少时生活不检，"以飞走为事"，后来遇一道士将他点化：

> 子，国家名器也，何不读书以取禄位？须是改易姓名，必及第焉。候至戌年，后归本姓，善自保爱。[⑤]

范禹偁后来改换姓名，参加科试及第，历任监察御史、翰林学士；范遇道士之事，当然难知真伪，但道士谓"读书以取禄位"，其实是反映了社会上读书求禄的强烈意识。另一蜀翰林学士欧阳彬，他屡次干谒不果，寄住娼家之中，后来

---

① 权德舆（759－818）在《故尚书工部员外郎赠礼部尚书王公神道碑铭（并序）》中便提到："自开元天宝间，万方砥平，仕进者以文讲业，无他蹊径。"［参董诰（1740—1818）编：《全唐文》（北京：中华书局，1983年），册5，卷500，页5096。］

② 傅璇琮：《唐代科举与文学》（西安：陕西人民出版社，1986年），页403－419。按：傅氏在书中提到科举考试对诗学发展的消极作用，但同时他又指出科举考试对文学创作亦有好的影响。

③ 胡震亨：《唐音癸签》，卷27，页284。

④ 见宛委山堂本《说郛》，《说郛三种》（上海：上海古籍出版社，1987年），号51，册5，页2351－2353。另参贺中复：《五代十国诗坛概说》，页93。贺文未提及韩恩书。

⑤ 原载《该闻录》，引自周勋初编：《唐人轶事汇编》，册下，卷38，页2070－2071。

欧阳彬决意入蜀，离开前向歌伎瑞卿表白云：

吾以干谒不遂，居于汝家，未尝有倦色，其可轻弃乎？然士以功名为不朽，不于此时图之，恐贻后悔。今吾他适，庶几有成，勿以为念。[1]

此事见于五代王定保的《唐摭言》。“士以功名为不朽”，这句话应不单是欧阳彬的心声，亦是不少五代士人的心底话。不过，我们还得注意，唐代士人对进士考试的热衷，到了几近迷信的程度，中举本身的荣耀，已超过随之而来的富贵的价值，因而“缙绅虽位极人臣，不由进士，终不美矣”[2]。以致士子“有老死于文场者，亦无所恨”[3]。难怪有人穷一生之力，不管面对多少次失败，仍然努力地参试。譬如刘得仁“出入举场三十年，竟无所成”[4]。他死后，僧栖白写诗吊唁他，诗云：

为爱诗名吟至死，
风魂雪魄去难招。
直须桂子落坟上，
生得一枝冤始消。[5]

坟上生桂，其实是从“折桂”（即登第）化出的想象。可见在唐人心目中，出入举场的主要目的是一第之荣，至于随后的富贵事业倒还是其次。其他如徐夤考了十七年，[6] 黄滔考了二十三年，[7] 孟棨考了三十多年。[8] 他们花了几十年时间

① 原载《该闻录》，引自周勋初编：《唐人轶事汇编》，册下，卷38，页2071。

② 王定保：《唐摭言》，卷1，页4。

③ 同上。

④ 王定保：《唐摭言》，卷10，页108。

⑤ 栖白：《哭刘得仁》，《全唐诗》，册23，卷823，页9278。按：这首诗有几个不同的版本，《宋诗话辑佚》记：“忽苦为诗来到此，冰魂雪魄已难招。直教桂子落坟上，生得一枝冤始消。”［参郭绍虞编：《宋诗话辑佚》（北京：中华书局，1980年），页467］另外，《唐摭言》记：“忍苦为诗身到此，冰魂雪魄已难招。直教桂子落坟上，生得一枝冤始销。”（参王定保：《唐摭言》，卷10，页109）

⑥ 徐夤在《赠垂光同年》一诗中记：“丹桂攀来十七春，如今始见茜袍新。须知红杏园中客，终作金銮殿里臣。”（《全唐诗》，册21，卷709，页8163－8164）；又参傅璇琮：《唐才子传校笺》（北京：中华书局，1980年），页292。

⑦ 黄滔：《唐黄御史公集》（《景印文渊阁四库全书》本），卷8。后附明黄崇翰《年考》云：“（滔）以咸通壬辰登荐，年三十三，所谓壮随计也。又越二十三年，乃登第。”

⑧ 王定保：《唐摭言》，卷4，页47。按：书中《与恩地旧交》一节记：“孟棨年长于小魏公，发榜日，棨出行曲谢，沆泣曰：先辈，吾师也。沆泣，棨亦泣。棨出入场籍三十余年。”

去应举，同时也表示他们用了不少时间在诗歌写作上。还有更多诗人差不多耗了大半生的时间去应试，如曹松、王希羽、刘夏、柯崇、郑希颜等人，他们都在天复元年（901）及第，“皆以诗卷及第，亦皆年逾耳顺”。当时曹松和王希羽已年逾七十，时称五人为“五老榜”①。士人对科场的眷恋，一方面促使他们勤于雕章琢句；另一方面，屡试不第的失望和辛酸，又为他们提供了不少写诗的题材，如罗邺应考失败，有《落第书怀寄友人》：

清世谁能便陆沉，相逢休作忆山吟。
若教仙桂在平地，更有何人肯苦心？
去国汉妃还似玉，亡家石氏岂无金。
且安怀抱莫惆怅，瑶瑟调高尊酒深。②

另外，他的《下第》诗更让人体会到他落第后的怅惘心情：

谩把青春酒一杯，愁襟未信酒能开。
江边依旧空归去，帝里还如不到来。
门掩残阳鸣鸟雀，花飞何处好池台。
此时惆怅便堪老，何用人间岁月催。③

另一首《落第东归》：

年年春色独怀羞，强向东归懒举头。
莫道还家便容易，人间多少事堪愁。④

张蠙的《下第述怀》说：

十载长安迹未安，杏花还是看人看。
名从近事方知险，诗到穷玄更觉难。

---

① 王定保：《唐摭言》，卷8，页90－91。
② 《全唐诗》，册19，卷654，页7514。
③ 《全唐诗》，册19，卷654，页7515。
④ 《全唐诗》，册19，卷654，页7525。

世薄不断云路晚，家贫唯怯草堂寒。
如何直道为身累，坐月眠霜思枉乾。[①]

有些诗人因为屡试不第而愁思满怀，但对于科举功名仍恋恋不舍。当然也有人是不乐应举，却为人所逼的。李群玉便是其中一例，他虽有诗名，但“散逸不乐应举”，后在亲友的催迫下，终由裴休为他延誉，获授为弘文馆校书。[②] 不管愿意与否，应试成为士子最主要的出路，在这大势所趋之下，只好专注于作诗。五代诗学蓬勃可以说是时势使然。

（三）干谒成风

举人干谒风气的盛行，始于唐高宗（李治，628—683，650—683 在位）武后（武曌，624—705）时代，开元（713—742）天宝（742—756）以后更是蔚为一代风气。[③] 唐人所谓干谒，亦即行卷，举人在应试前，将作好的诗文，预先投于朝中的显要或主司，借其扬誉，以增身价，然后再求登第。[④] 由于参加进士科试的人极多，录取者少，竞争之激烈可想而知，所以举子们在考试前投诗献文，干谒奔走，是很重要的。[⑤] 进士科本已重文词，加上投卷的主要内容为呈献诗文，因此，举子们无不努力提高自己的创作水平，以求打动显贵；[⑥] 如中唐时李贺（790—816）以诗谒韩愈，韩愈读至李贺的《雁门太守行》，便立即束带迎见李贺。[⑦] 这种故事的流传，未尝不是反映出士子群体的干谒心理与梦想。

在盛唐、中唐时期，不少日后颇负诗名的人都曾以诗谒当时的名人贵要，如仕进之心极切的王昌龄（698—757）便曾屡次干谒，他在《郑县宿陶太公馆中赠冯六元二》一诗中提到：“云龙未相感，干谒亦已屡”[⑧]。此外，《唐摭言》亦有关于李白干谒之说：

---

① 《全唐诗》，册 20，卷 702，页 8081。

② 孙光宪：《北梦琐言》，卷 6，页 47。

③ 罗龙治：《进士科与唐代的文学社会》（台北：国立台湾大学文学院，1971 年），页 54。

④ 举人除了在省试前先投卷干谒主司或显要之外，他们擢第后，也会再以诗文呈献权要，以求入仕，这种行为也称为“干谒”。详参程千帆：《唐代进士行卷与文学》，页 3－12；罗龙治：《进士科与唐代的文学社会》，同上，页 36－37。

⑤ 傅璇琮：《唐代科举与文学》，页 351。

⑥ 龚鹏程便有以下的论述：“进士得第是尊贵，但一人若文章佳美，已获得公众的认可，考试虽未考上，也不妨碍他的荣耀。”（参氏著：《论唐代的文学崇拜与文学社会》，页 13）

⑦ 王谠撰，周勋初校证：《唐语林校证》，册上，卷 3，页 278。按：这件事反映了当时投谒者众，只有文学才能出众的人，才较易吸引有关人的注意。

⑧ 《全唐诗》，册 4，卷 140，页 1423。

李白始自西蜀至京，名未甚振，固以所业贽谒贺知章（659—744）。知章览《蜀道难》一篇，扬眉谓之曰："公非人世之人，可不是太白星精耶？"[①]

和李白一样，白居易在"名未振"时，也曾携诗谒顾况，还遭顾况戏谑。[②]不管是"谪仙人"的李白，还是"居天下不难"的白居易，他们都曾以诗投谒，这说明当时不管是对功名不太热衷的诗人，还是亟亟求仕的士子，他们都有投诗以期获得赏识的经历，干谒风气之盛由此可见一斑。有诗才的文人士子遇到爱才若渴的公卿显要，获得提拔，这固然是美事；然而，后期却发展成只为请谒，不问诗才的情形，以致有"唐末举人不问士行文艺，但勤于请谒"之说。[③]

承袭盛中唐的做法，干谒之风在晚唐五代更炽，为求见用，往往不只投谒一人，罗隐便是一例。罗隐曾十举不试，他在大中十三年（859）游同州时，写了一首《投同州杨尚书启》，投于杨汉公；[④]又曾献卷于郑畋，《全唐诗》内便收录了一首《投宣武郑尚书二十韵》的长诗，[⑤]当时郑畋的女儿非常仰慕罗隐的诗才，及后从帘下看见他容貌丑陋，便终身不读罗隐诗；[⑥]罗隐又曾与顾云投谒高骈，为高骈门下戏笑。[⑦]及后遭逢战乱，罗隐避乱归家乡，时钱镠（852—932）守东南，罗隐于是投诗给钱镠，他在《暇日投钱尚父》一诗中表明自己年事已高，不为世用的落拓心情：

牛斗星边女宿间，栋梁虚敞丽江关。
望高汉相东西阁，名重淮王大小山。
醴设斗倾金凿落，马归争撼玉连环。
自惭麋鹿无能事，未报深恩鬓已斑。[⑧]

此外，《全唐诗》内还收载了他好几首诗，从诗题来看，应该是罗隐向当时

---

① 王定保：《唐摭言》，卷7，页81。

② 同上。

③ 孙光宪：《北梦琐言》，卷4，页26。

④ 吴在庆：《罗隐〈投同州杨尚书启〉之杨尚书及作年》，载氏著：《唐五代文史丛考》（南昌：江西人民出版社，1995年），页314。

⑤ 《全唐诗》，册19，卷665，页7619。

⑥ 王仲镛：《唐诗纪事校笺》，册下，卷69，页1851。

⑦ 阮阅编：《诗话总龟·前集》，卷37，页359－360。

⑧ 《全唐诗》，册19，卷660，页7574。按：《全唐诗》内还收录了罗隐投钱镠的另外两首诗，题为《春日投钱塘元帅尚父二首》，载《全唐诗》，册19，卷661，页7585。

的公卿贵要投谒时所写，包括《临川投穆中丞》[①]、《投寄韦右丞》[②]、《投浙东王大夫二十韵》[③] 等，其人勤于投谒由此可知。

杜荀鹤老而未第，[④] 也写了不少投谒诗，当中流露出怀才不遇的感伤，他在《投长沙裴侍郎》中说：

此身虽贱道长存，非谒朱门谒孔门。
只望至公将卷读，不求朝士致书论。
……[⑤]

另外，他在《投从叔补阙》一诗中又写道：

吾宗不谒谒诗宗，常仰门风继国风。
空有篇章传海内，更无亲族在朝中。
其来虽愧源流浅，所得须怜雅颂同。
三十年吟到今日，不妨私荐亦成公。[⑥]

他在《投李大夫》一诗中，更直截了当地表示自己老无所成的感伤情怀：

自小僻于诗，篇篇恨无奇。
苦吟无暇日，华发有多时。
进取门难见，升沉命未知。
秋风夜来急，还恐到京迟。[⑦]

杜荀鹤在这些诗篇中所表现的感伤，一方面是他有感而发，另一方面也可能是他希望以诗歌打动当路津者，期望他们怜才拔用。事实上，五代期间，士人干谒已不单是为扬诗名，让社会名流有力者为之作荐；而且是为了求世致用，所以

① 《全唐诗》，册19，卷658，页7557。
② 《全唐诗》，册19，卷659，页7568。
③ 《全唐诗》，册19，卷665，页7619。
④ 杜荀鹤在大顺三年（892）登进士第，时年四十六岁。参阮阅编：《诗话总龟·前集》，卷5，页48。
⑤ 《全唐诗》，册20，卷692，页7956。
⑥ 《全唐诗》，册20，页7952。
⑦ 《全唐诗》，册20，卷691，页7939－7940。

他们会直接向节镇幕府、州牧刺史，甚或十国君主请谒行卷，这样获得赏识任用的机会就更大。如宋齐丘（？—959）得知姚洞天为淮南骑将，加上姚氏好用人，于是他便以诗文投姚洞天，略云："有生不如无生，为人不若为鬼。"又说："其为诚恳万端，只为饥寒两字。"终获姚氏怜悯，并加以扶助。① 另贯休曾以诗投吴越君主钱镠，钱镠爱其才，唯诗中用字，各不相让；② 后贯休入蜀，再以诗谒后蜀主孟知祥（874—934），终获蜀主重用。其《陈情献蜀皇帝》云：

河北江东处处灾，唯闻全蜀勿尘埃。
一瓶一钵垂垂老，千水千山得得来。
奈苑幽栖多胜景，巴歈陈贡愧非才。
自惭林薮龙钟者，亦得亲登郭隗台。③

五代诗人以诗干谒投卷者不少，以下从《全唐诗》中略举数位名家投谒的诗篇，④ 以便反映当时的情况：

诗　人	篇　名	篇　数
1. 黄滔	《投翰长赵侍郎》⑤ 《投刑部裴郎中》⑥	2
2. 殷文圭	《省试夜投献座主》⑦ 《次韵九华杜先辈重阳寄投宛陵丞相》⑧	2

① 宋齐丘投诗姚洞天后，姚洞天不满宋齐丘之言过大，拒绝接见他，宋齐丘在窘急之下才再作一诗以上，姚洞天怜悯他，加以扶助。见陶岳：《五代史补》，卷2，页9上下。

② 贯休呈《献钱尚父》一诗与钱镠，诗中有一句"一剑霜寒十四州"，钱镠劝他改为"四十州"，但贯休不允，并表示："州亦难添，诗亦难改，闲云野鹤，何天不可飞！"于是入蜀。诗见《全唐诗》，册23，卷837，页9436。

③ 《全唐诗》，册23，卷835，页9413。按：亦有书记载贯休以此诗投前蜀君主王建。参王仲镛：《唐诗纪事校笺》，卷75，页1955。

④ 这个统计表是以《全唐诗》册19－24及《全五代诗》上下册中所录的诗篇为据，计算只以诗题中书明"投"字为准。

⑤ 《全唐诗》，册21，卷706，页8127。

⑥ 同上。

⑦ 《全唐诗》，册21，卷707，页8133。

⑧ 《全唐诗》，册21，卷707，页8137。

（续上表）

诗　人	篇　名	篇　数
3. 陈陶	《投赠福建路罗中丞》① 《投赠福建桂常侍二首》②	2
4. 韦庄	《投寄旧知》③	1
5. 张蠙	《投翰林张侍郎》④ 《投翰林萧侍郎》⑤ 《投所知》⑥	3
6. 贯休	《陈情献蜀皇帝》⑦ 《献钱尚父》⑧	2
7. 罗隐	《投所思》⑨ 《得宣州窦尚书书因投寄二首》⑩ 《逼试投所知》⑪ 《新安投所知》⑫ 《临川投穆中丞》⑬ 《投浙东王大夫二十韵》⑭ 《投宣武郑尚书二十韵》⑮ 《投寄韦右（一作左）丞》⑯	11

① 《全唐诗》，册21，卷746，页8480。

② 《全唐诗》，册21，卷746，页8492。

③ 《全唐诗》，册20，卷698，页8038。

④ 《全唐诗》，册20，卷702，页8079。

⑤ 同上。

⑥ 《全唐诗》，册20，卷702，页8081。

⑦ 《全唐诗》，册23，卷835，页9413。这首诗的诗题虽然没有“投”字，但由于这首诗明显是献呈给蜀主的，所以也算在内。

⑧ 《全唐诗》，册23，卷837，页9436。按：这首诗的诗序中明确地记述贯休以此诗投钱镠。

⑨ 《全唐诗》，册19，卷655，页7532。

⑩ 《全唐诗》，册19，卷655，页7534。

⑪ 《全唐诗》，册19，卷657，页7552。

⑫ 《全唐诗》，册19，卷658，页7555。

⑬ 《全唐诗》，册19，卷658，页7557。按：《全五代诗》（卷69，页1404）中记此诗题为“临州”，临州在西陲，罗隐未尝涉足。《罗昭谏集》卷三亦作“临川”，当以“临川”为正。

⑭ 《全唐诗》，册19，卷665，页7619。

⑮ 同上。

⑯ 《全唐诗》，册19，卷659，页7569。

(续上表)

诗　人	篇　名	篇　数
7. 罗隐	《暇日投钱尚父》① 《春日投钱塘元帅尚父二首》② 《出试后投所知》③	11
8. 杜荀鹤	《郊居即事投李给事》④ 《近试投所知》⑤ 《下第投所知》⑥ 《冬末投长沙裴侍郎》⑦ 《下第出关投郑拾遗》⑧ 《投李大夫》⑨ 《投从叔补阙》⑩ 《投长沙裴侍郎》⑪ 《出关投孙侍御》⑫ 《投江上崔尚书》⑬ 《书事投所知》⑭ 《下第投所知》⑮ 《投郑先辈》⑯	13

① 《全唐诗》，册19，卷660，页7574。
② 《全唐诗》，册19，卷661，页7584。
③ 李调元:《全五代诗》，册下，卷68，页1392。
④ 《全唐诗》，册20，卷691，页7929。
⑤ 《全唐诗》，册20，卷691，页7933。
⑥ 《全唐诗》，册20，卷691，页7936。
⑦ 《全唐诗》，册20，卷691，页7937。
⑧ 《全唐诗》，册20，卷691，页7938。
⑨ 《全唐诗》，册20，卷691，页7939。
⑩ 《全唐诗》，册20，卷792，页7952。
⑪ 《全唐诗》，册20，卷792，页7956。
⑫ 李调元:《全五代诗》，册上，卷3，页85。
⑬ 《全唐诗》，册20，卷692，页7957。
⑭ 同上。
⑮ 《全唐诗》，册20，卷692，页7962。
⑯ 《全唐诗》，册20，卷692，页7970。

（续上表）

诗　人	篇　名	篇　数
9. 郑谷	《投所知》① 《感怀投所知》②	2
10. 齐己	《往襄州谒郑谷投诗》③	1

从上表的数据，大致可以了解五代诗人以诗投谒的情况。

诗是个人声名功业之所系，风气使然，于是努力写诗便成为时人的第一大业。但“文章千古事，得失寸心知”，像刘得仁向极为自负的薛能投卷，就被薛能不留情面地批评过，④《北梦琐言》记云：

薛许州能，以诗道为己任，还刘得仁卷，有诗云：“百首如一首，卷初如卷终。”讥刘不能变态。⑤

《太平广记》也记载了一则有趣的故事：

唐郎中李播典蕲州日，有李生称举子来谒。会播有疾病，子弟见之，览所投诗卷，咸播之诗也。既退，呈于播，惊曰：“此昔应举时所行卷也，唯易其名矣。”明日，遣其子邀李生从容诘之曰：“奉大人咨问，此卷莫非秀才有制乎？”李生闻语，色已变，曰：“是吾平生所著，非谬也。”子又曰：“此是大人文战时卷也，兼笺翰未更，却请秀才不妄言。”遽曰：“某向来诚为诳耳。二十年前，实于京辇书肆中以百钱赎得，殊不知是尊贤郎中侍制，下情不胜恐悚。”子复闻于播，笑曰：“此盖无能之辈耳。”……⑥

刘得仁和李生这两个例子，反映了当时两种情况：①在干谒成风的背景下，士子要获得荐用，需携诗往见社会上或政治上的重要人物，这种在士流之间的贬

---

① 《全唐诗》，册20，卷675，页7734。

② 《全唐诗》，册20，卷676，页7747。

③ 李调元：《全五代诗》，册下，卷90，页1813。

④ 薛能极为自负，曾写诗讥讽李白：“我生若在开元日，争遣名为李翰林。”又有诗说：“李白终无取，陶潜固不刊。”（参王仲镛：《唐诗纪事校笺》，册下，卷60，页1643－1644）

⑤ 孙光宪：《北梦琐言》，卷6，页48。

⑥ 李昉：《太平广记》，引《大唐新语》，册6，卷261，页2036。

誉，会播于人人之口，对于投卷的人，造成极大的舆论压力。有了这种舆论压力的驱策，当然是能激发人在诗艺上猛进的。②士子求名心切，无真艺而不择手段，投机取巧者，社会上应有不少。如李生碰巧为李播识穿，可能只是少数的“不幸”者，其他“无能之辈”，或许已为荐用。不过所行之卷，能于书肆中购得，亦可说明唐五代诗传播的渠道是极开放而多样化的，其有助于诗学之繁荣，自不待言。[1] 因此，五代年间，诗人以诗投谒，无疑能刺激诗学创作，从数量而言，五代诗自当丰多不歉。

三、诗歌为应酬之用

在唐五代，以诗歌应制、奉和、酬答，已在宫廷和社会上形成一种风气。[2]事实上，诗歌不单被视作一种有点奉承意味的应制工具，而且已成为士人生活中重要的部分。文人宴集，论文赋诗，这是历来文人的活动之一，在初盛唐时期，这种文人宴会是常见的，《唐音癸签》说：

> 唐朝士文会之盛，有杨师道安德山池宴，于志宁宴群公于宅，高正臣晦日置酒林亭、晦日重宴及上元夜效小庾体等诗。并吟流之佳赏，承平之盛事。……[3]

这种宴游在盛平之时固然不绝，在纷乱的年代也实在不少，宴集吟唱甚至可以说是一种暂时逃避现实、宣泄愁苦的方法，所以五代的诗人很喜欢宴集同游、唱酬论诗，他们甚至结成诗社、吟社。

“诗社”之名，最早殆见于五代。吴中李建勋、孙鲂、沈彬等人便结有“诗社”的组织。[4] 齐己诗《赠无本上人》云：“往年吟月社，因乱散扬州。”此“吟月社”当为诗社，齐己与沈彬等有旧，此或即李建勋、沈彬等之诗社。另高骈诗《寄鄠杜李遂良处士》云：“吟社客归秦渡晓”，又《途次内黄马病寄僧舍呈诸友人》诗云“好与高阳结吟社”[5]，可知五代诗人组织诗社，当无疑问。而当时西蜀江南各地，都有互通声气的诗人群体，像韦庄、卢延让、牛希济、杜光庭、王仁裕、孙光宪等人又结成一个“蜀诗人群体”；廖图、刘昭禹、李宏皋、徐仲雅、

① 关于唐人行卷的风气，可参程千帆：《唐代进士行卷与文学》，页112。
② 吴宗国：《唐代科举制度研究》（沈阳：辽宁大学出版社，1997年），页152。
③ 胡震亨：《唐音癸签》，卷27，页285－286。
④ 吴任臣：《十国春秋》，卷31，页445。
⑤ 《全唐诗》，卷840，页9481。又卷598，页6917－6918。

蔡昆、韦鼎、释虚中、齐己在湖南马氏群幕下，形成一个“楚诗人群体”。[①] 楚文昭王马希范“好学，善诗”[②]。他在天福四年（939）仿效唐太宗（李世民，597—649，627—649在位）开天策府，设文学馆，立天策府十八学士，有徐仲雅、廖匡图、何仲举等湖湘地区的著名诗人，这实为一个典型的以权贵领导的文学集团。[③] 韩偓、吴融、黄滔、崔道融、王标、王拯、王倜等诗人避地于闽，互通声气，成为闽诗坛上另一个诗人群体。[④] 这些诗人的聚会，基本上都离不开赋诗，所以吟咏诗歌成为诗人群体中一种重要的应酬工具。

宴飨聚集需要以诗来应酬，文人之间的交往也习惯彼此以诗相赠，有时甚至一段友谊的开展，也是由赠诗而来的。如韩定辞担任镇州王镕书记时，他聘燕帅刘仁恭（？—914），于是命幕客马彧延接，马彧先赠诗与韩定辞：

燧林芳草绵绵思，尽日相携陟丽谯。
别后巏嵍山上望，羡君时复见王乔。

韩定辞回应一首《答马彧》：

崇霞台上神仙客，学辨痴龙艺最多。
盛德好将银笔述，丽词堪与雪儿歌。[⑤]

当时座上众人皆讶称为妙句，韩马二人“两相悦服，结交而去”[⑥]。此外，诗人以诗来作庆贺应酬之具，范围越来越广。天佑元年（904），翁承赞以右拾遗受诏，册王审知为琅玡王，黄滔便赠诗与翁，有“建水闽山无故事，长卿严助是前身”的诗句；梁开平四年（910），翁为闽王册礼部使，黄滔再次赠诗与翁：“衣锦还乡翻是客，迴年谒帝却为归。”[⑦] 这是非常的任命，以诗相庆，不足为奇。不过一般新命，在唐末五代都开始有以“新命”为题的庆贺应酬之诗，如黄滔《喜侯舍

① 王士禛：《五代诗话》，卷7，页267。
② 欧阳修：《新五代史》（北京：中华书局，1976年），册3，卷66，《楚世家》6，页826。
③ 陶敏：《试论马楚时期的湖湘文学》，《求索》，1996年6期，1996年11月，页100。
④ 陶敏：《试论马楚时期的湖湘文学》，《求索》，1996年6期，1996年11月，页255。
⑤ 《全唐诗》，册22，卷757，页8610。
⑥ 孙光宪：《北梦琐言·逸文》，卷2，页153。
⑦ 王士禛：《五代诗话》，卷6，页256。

人蜀中新命三首》①、《贺清源仆射新命》②、唐彦谦《贺李昌时禁苑新命》③。又有贺人生日的诗，在此之前，杜甫有《宗武生日》，张说有《奉和圣制千秋节宴应制》④、晚唐李郢有《为妻作生日寄意》⑤ 等，还不是一般常例的应酬，张说的诗是给皇帝的，杜甫、李郢的诗则别有用意，与社会应酬诗不同。但唐末五代有罗隐《钱尚父生日》⑥、《简令生日》⑦、徐夤《府主仆射王溥生日》⑧，就是以诗向人祝寿应酬之例。宋以后此风大盛，不但有庆寿诗，更发展为庆寿词，其风气成于唐末五代，不可不辨。

应酬诗的另一大宗，是座主门生之间的唱和。座主是掌贡举的主司，门生就是主司所取录的众进士。⑨ 上座主的诗，中唐以来已经不少，所谓“座主门生，沆瀣一气”⑩，其关系之密切，可以王仁裕为例。王仁裕晚年为座主，门生拜谒他时，他必定迎于中堂，受诸生拜谒；遇上天气和暖，“必乘小驷，从三四老苍头，携照袋，中贮笔砚、《韵略》、刀子……门生在京者多侍行。每出郊野，遇有园亭及竹树之处，……赋诗，品小管色，尽欢醉而归。”⑪ 亦有在室内备酒馔，诸生侍坐，有善丝竹者，各献所能，“或间以分题联句”⑫。虽然应酬诗“不得不作”，但“须知题是应酬，诗自我作”⑬，所以这些应酬的诗篇，也不乏佳作，如王仁裕在宴集上写的《与诸门生春日会饮繁台赋》⑭，便被誉为“天才纵逸，风韵闲适”⑮。从座主门生的宴集酬和，到诗友之间的相赠，诗歌往还不谓不频，文人若要在友侪之间建立地位，便不能不留心诗艺，五代诗学之所以蓬勃不衰，自有其社会因素。

我们还应留意唐末五代期间，诗人之间仍然流行以诗来互显功力，比试争胜的风气。诗歌写作本来已相当注重技巧，讲求押韵工稳，句式整丽，及至唐末五

---

① 《全唐诗》，册21，卷705，页8109。
② 《全唐诗》，册21，卷705，页8117。
③ 《全唐诗》，册20，卷672，页7684。
④ 《全唐诗》，册3，卷88，页966。
⑤ 《全唐诗》，册18，卷590，页6849。
⑥ 《全唐诗》，册19，卷657，页7547。
⑦ 《全唐诗》，册19，卷664，页7607。
⑧ 《全唐诗》，册21，卷709，页8164。
⑨ 有关座主门生关系的形成，参吴宗国：《唐代科举制度》，页210－211。
⑩ 王谠著，周勋初校证：《唐语林校证》，册下，卷7，页676。
⑪ 原载《先公谈录》，引自周勋初编：《唐人轶事汇编》，册下，卷33，页1816。
⑫ 同上。另亦见阮阅编：《诗话总龟·前集》，卷22，页237。
⑬ 叶燮：《原诗》，卷4，页606。
⑭ 《全唐诗》，册21，卷736，页8403。
⑮ 阮阅编：《诗话总龟·前集》，卷5，页48。

代，分韵赋诗、分题联句等，仍然大行于文人之间，如方干多次不第，心怀冤气，[①] 杭州于郎中本来对他有砚席之知，方干向他求举粮，于怀疑方干“诗无猝才”，于是在夜宴上时，请他以“飞”字为韵，赋诗一篇，方干于是写成《陪李郎中夜宴》：

间世星郎夜宴时，丁丁寒漏滴声稀。
琵琶弦促千般语，鹦鹉林深四散飞。
遍请玉容歌白雪，高烧红蜡照朱衣。
人间有此荣华事，争遣渔翁恋钓矶。[②]

于后赠二百千与方干。[③] 后唐（923—936）天成（926—930）初年，明宗（李亶，867—933，926—933在位）临朝，旧宰臣王锴、庾传素、许寂、牛希济各得一韵赋诗，限五十六字，牛希济得“川”字，他写了一首《奉诏赋蜀主降唐》诗：

满城文武欲朝天，不觉邻师犯塞烟。
唐主再悬新日月，蜀王难保旧山川。
非干将相扶持拙，自是君臣数尽年。
古往今来亦如此，几曾欢笑几潸然。[④]

他人皆讽刺蜀主荒淫失国，唯独牛希济但言数尽，所以明宗阅后，称许他“不伤两国，迥存忠孝”[⑤]。这都是分韵赋诗之例。除了分韵赋诗之外，又有分题为诗，《诗话总龟》有以下一段记载：

徐锴，年十余岁，群从宴集，分题赋诗，令为《秋词》，援笔立成，其略曰：“井梧分堕砌，塞雁远横流；雨久莓苔紫，霜浓薜荔红。”[⑥]

---

① 按：方干多次不第，曾写诗表达心中愤怨，如《贻钱塘县路明府（一作感怀）》诗中提到：“志业不得力，到今犹苦吟。吟成五字句，用破一生心。世路屈声远（一作满），寒溪怨（一作冤）气深。前贤多晚达，莫怕鬓霜侵。”（《全唐诗》，册19，卷648，页7444）

② 《全唐诗》，册19，卷652，页7485。

③ 《鉴诫录》（《学海类编》本），卷8，页8下－9上。

④ 《全唐诗》，册22，卷760，页8631。

⑤ 吴任臣：《十国春秋》，卷44，页646。

⑥ 阮阅编：《诗话总龟·前集》，卷2，页22。

徐锴弟徐铉在保大五年（944）于石头城饯别钟德林时赋诗，眼见“云日苍茫，园林摇落……处者眷眷而不能回，行者迟迟而不忍去。”他在诗序中说：

> 君子曰：公足以灭私，子当促棹，诗所以言志，我当分题，故以风、月、松、竹、山、石寄情于赠别。①

徐铉写了《赋石奉送钟德林少尹员外》，诗中有句：“我爱他山石，中含绝代珍。烟披寒落落，沙浅静磷磷。……”② 席上钟蒨另分一题，写成《赋山别诸知己》：

> 暮景江亭上，云山日望多。
> 只愁解辇毂，长恨隔嵯峨。
> 有意图功业，无心忆薜萝。
> 亲朋将远别，且共醉笙歌。③

至于其他几首按徐铉的分题而写的，分别为：王沂《送钟员外赋风》④、萧彧《送钟员外赋月》⑤、谢仲宣《送钟员外赋松》⑥、孙岘《送钟员外赋竹》⑦。分题分韵，六朝已有之，这是文学史的常识，不必细辨，五代诗不过承前代风气而已。

总之，诗人的文学活动固然离不开诗歌，饯别、及第、下第等，都喜欢以诗传意，抒感述怀，诗歌被广泛用作交际工具，亦可见诗与社会生活的密切关系。《唐语林》记一美事：李郢有诗名，居于杭州。他应举前听闻邻家女子有容德，于是打算迎娶，却偏偏遇上有人与他争娶该女子，女家无以为辞，乃请两家“备钱百万，先至者许之”。谁料两家都准备了百万钱，并同日送到女家，女家于是再另作一要求：“请各赋一诗，以为优劣。”最后李郢得偿所愿。⑧ 这不单是一桩求婚事件，更是一次比试诗才的挑战。士人能诗，不但有助于求取功名，还可获

---

① 《全唐诗》，册22，卷753，页8571。

② 《全唐诗》，册22，卷753，页8572。

③ 王士禛：《五代诗话》，卷3，页146。按：此诗不见于《全唐诗》，《全唐诗》卷757只收录了钟蒨的一首诗《得新鸿别诸同志》（页8618）。

④ 《全唐诗》，册22，卷757，页8619。

⑤ 《全唐诗》，册22，卷757，页8617。

⑥ 《全唐诗》，册22，卷757，页8618。

⑦ 《全唐诗》，册22，卷757，页8617。

⑧ 王谠撰，周勋初校证：《唐语林校证》，卷2，页159。

得美眷良缘，这虽然是晚唐的事，但贵诗的风气，至五代不衰，诗歌应用如此之广，又怎能不刺激诗学的发展！

第三节　小　结

五代诗学普及，好尚诗歌成为一时风气。这是本章所反复论述的。一方面，社会上下无不好诗，口不知书亦知吟咏；另一方面，政权颠覆，令更多没经过严格的文字考核（科举）的人，以致目不识丁的贩夫走卒，都走上政治舞台，或身登大宝，或位居宰衡，操持文柄，令文士求进身者无不受其宰制。试细思其影响，五代诗风趋向平易浅近，良有以也。牛希济在《文章论》中提到：

> 且时俗所省者，唯诗赋两途，即有身不就学，口不知书者而能吟咏之列。[①]

《荆湖近事》有一则记载，有名为林楚材的秀才穷窘潦倒，益阳戍将李著想他必能道言语，于是请他“道一两句”，林楚材致词曰：“……气貌云横，身材笔直，两行秋雁，于耳畔以斜飞；一颗明珠，当额头而突起。”李著听后，大喜，并厚赠林楚材。[②] 这个“额上耳后皆雕火珠云雁”的益阳戍将李著，应该是粗莽武夫，连这样一个人物也会向秀才求诗，足以反映出社会上普遍对诗赋的爱好。

好诗成为一时风气，纵使素养不高者，亦喜作诗，影响所及，诗风渐趋平易浅近，乃极自然之事。如蜀主王建游龙华禅院，一时雅兴，“召僧贯休，命坐，赐茶药彩段，仍令口诵近诗”[③]。贯休诵《少年行》一诗来讽刺他，诗云：

> 锦衣鲜华手擎鹘，闲行气貌多轻忽。
> 艰难稼穑总不知，五帝三王是何物。[④]

王建出身无赖，屠牛盗驴，贩私盐为事，时人称他为“贼王八”。[⑤]这类文化水平不高的人也附庸风雅，作诗的人要让他们看得懂或听得懂，便不得不走向平易浅

---

① 《全唐文》，册9，卷845，页8878。
② 事载于《荆湖近事》，《类说》，卷22，页3下。
③ 《唐诗纪事校笺》，卷75，页386。
④ 《全唐诗》，册23，卷826，页9305。按：此诗另一名为《公子行》。
⑤ 欧阳修：《新五代史》，册3，卷63，《前蜀世家》3，页783。

近一路，贯休所诵的《少年行》便是这一类诗。

再如卢延让二十五岁中举，登一第，他有诗句："狐冲官道过，狗触店门开。"租庸张濬见后称赏。另卢又有诗句："饿猫临鼠穴，馋犬舐鱼砧。"得中令成汭所赏。再有"栗爆烧毡破，猫跳触鼎翻。"此句获王建欣赏。卢延让曾自嘲说："平生投谒公卿，不意得力于猫儿狗子也。"[①] 卢延让吟诗多寻常容易言语，人多笑之，但他的诗却得到位高者的赏识，由此可见当时的情况。

欧阳彬好学，工辞赋，《十国春秋》卷53记"楚武穆王之有湖南也，彬以所著诣府求见"。不果，寄于歌伎瑞卿。"瑞卿故岁时供奉武穆王，彬乃作《九州岛歌》授之，俾当筵而奏。"[②] 其人费尽心机投谒，一至于此。武穆王马殷起于卒伍，欧阳彬之文辞风格可想而知。《五代史补》谓"彬雅有风仪，其为文辞近而理真。闻之者虽不知书亦释然晓之"[③]。面对不知书的君主上宰，为求得遇，文人就不得不以浅近的文辞以期获得赏识。

杜荀鹤亦曾因献诗而获赏，杜游梁时献太祖朱温诗三十章，此等诗皆明白易晓，因而得厚遇，拜翰林学士。[④] 梁太祖"比不知书，章檄喜浅近语"[⑤]。杜荀鹤献浅易的诗，难怪获太祖欣赏。

又桑维翰有意应举，其父拱向齐王张全义表达此事，张全义令其送上卷轴，桑维翰献文字数轴，因而获贡士。[⑥] 张全义世为佃农，《旧五代史》说"全义为县啬夫，尝为令所辱"[⑦]。这样出身的人，最多也只是粗通文墨，居然也成为士子献投的对象。由此可想而知，士子要获这类权臣欣赏，自不得不以浅近为尚。五代诗风大盛，不但形成人人好诗的风气，而且影响到诗人作诗的方向，为求见用，部分诗人不得不走向浅易一途，这就直接促成五代诗歌在内容和形式上的发展大势。

---

① 《唐诗纪事校笺》，卷65，页2176。
② 《十国春秋》，卷53，页779－780。
③ 见《五代史补》，卷3，页8下。
④ 孙光宪：《北梦琐言》，卷6，页51。
⑤ 《旧五代史》，册1，卷18，《梁书》18，页247。
⑥ 张齐贤《洛阳缙绅旧闻记》（《知不足斋丛书》本），卷2，页5下－6上。
⑦ 《旧五代史》，册3，卷63，《唐书》39，页837。

第三章　五代的尚隐诗

仕与隐向来是中国士人所要面对的两大问题。身处唐末五代的诗人，面对纷扰的时局，更迭频繁的朝代，其或仕或隐，更是一生大节之所系。《新五代史·一行传》说："呜呼！五代之乱极矣，传所谓天地闭，贤人隐之时欤！"① 又《宋史·隐逸传》说："五季之乱，避世宜多。"② 事实上，在唐末五代的确有不少诗人选择隐居避世，以求保身安命；当然也有部分诗人出仕求用，但他们当中同时讲中隐、吏隐、朝隐的，又实在不少。总之，隐的各种形式，成为五代诗的主要内容之一。试看杜荀鹤的《题汪明府山居》：

不似当官只似闲，野情终日不离山。
方知薄宦难拘束，多与高人作往还。
牛笛慢吹烟雨里，稻苗平入水云间。
羡君公退归欹枕，免向他门厚客颜。③

又如李建勋《留题爱敬寺》的自述：

野性竟未改，何以居朝廷。
空为百官首，但爱千峰青。
南风新雨后，与客携觞行。
斜阳惜归去，万壑啼鸟声。④

这类亦官亦隐的"隐遁"模式，其实就是五代诗所反映的主要生活形态。本章即

---

① 《新五代史》，册 2，卷 34，《一行传》，页 369。
② 脱脱：《宋史》，册 38，卷 457，《列传》216，《隐逸（上）》，页 3417。
③ 《全唐诗》，册 20，卷 692，页 7969。
④ 《全唐诗》，册 21，卷 739，页 8424。

探讨五代诗所反映的尚隐观念与生活。

第一节　隐遁山林的抉择

一、传统尚隐风气

士人求隐的风气在中国历史上是一个很普遍的现象，过去有学者认为孔子（前551—前479）、孟子、司马迁（前145—前86）等都是隐士崇拜者，[①]这可以反映出隐士在中国的传统文化中，是怎样受到推崇敬仰的。不过，隐逸的形态实有多种。范晔（398—445）在《后汉书·逸民列传·序》中曾对隐士的类型加以区分：

（1）隐居以求其志；
（2）回避以全其道；
（3）静己以镇其躁；
（4）去危以图其安；
（5）垢俗以动其概；
（6）疵物以激其清。[②]

虽然唐代的颜师古（581—645）曾进一步为范晔所定的几个类型作出诠释，但是论者认为范晔这种分类法存在着许多缺点，特别是各种类型之间的界限太模糊。[③] 不过，范晔到底是为隐士隐遁的原因提供了一些见解，所谓求其志、全其道、镇其躁、图其安等，这无不是唐末五代士人隐居避世的部分理由。

过去也有人按隐逸士人的行事，将他们加以分类，如宋祁（998—1061）在《新唐书》中便提出：

古之隐者，大抵有三概：上焉者，身藏而德不晦，故自放草野，而名往从之，

---

① 蒋星煜：《中国隐士与中国文化》（上海：中华书局，1943年），页14。

② 范晔（398—445）：《后汉书》（北京：中华书局，1965年），册10，卷83，《逸民列传》73，页2755。

③ 蒋星煜：《中国隐士与中国文化》，页17。

虽万乘之贵，犹寻轨而委聘也；其次，挈治世具弗得伸，或持峭行不可屈于俗，虽有所应，其于爵禄也，汎然受，悠然辞，使人君常有所慕企，怊然如不足，其可贵也；末焉者，资槁薄，乐山林，内审其才，终不可当世取舍，故逃丘园而不返，使人常高其风而不敢加訾焉。①

此外，程颐（1033—1107）在《程氏周易传》中亦提到隐士的几个类型：

士之高尚，亦非一道，有怀抱道德，不偶于时，而高洁自守者；有知止足之道，退而自保者；有量能度分，安于不求知者；有清介自守，不屑天下之事，独洁其身者。②

从范晔、宋祁、程颐等人对隐士所作的分类来看，虽然彼此的说法略有分别，但基本上他们都认为士人选择归隐，离不开以下两种情况：

（1）出仕非时，肥遁守志；
（2）清介自持，不愿出仕。

当然，像《旧唐书·隐逸传·序》中所论，隐士群中也分贤不肖，部分是另有居心的：

……即有身在江湖之上，心游魏阙之下，托薜萝以射利，假岩壑以钓名。退无肥遁之贞，进乏济时之具，山移见诮，海鸟兴讥，无足多也。③

旧书史臣的意思是指部分选择隐逸这条路的唐代士人，志在“射利”、“钓名”，并不是真正遁世。唐人的所谓“终南捷径”，以退为进，《新唐书·隐逸传·序》中亦有提及：

……然放利之徒，假隐自名以诡禄仕，肩相摩于道，至晚终南嵩、少为仕途

---

① 宋祁等：《新唐书》（北京：中华书局，1975年），册18，卷196，《列传》121，《隐逸》，页5593-5594。

② 程颐：《易程传》（台北：文津出版社，1987年），卷2，页170。

③ 《旧唐书》，卷192，《隐逸传》，页5115-5116。

捷径，高尚之节丧焉。①

《新唐书》直截了当地指出唐代士人“假隐”的目的是“以诡禄仕”，他们以终南山、嵩山、少室山作为入仕捷径，隐遁背后是以“钓名”为目的，最终出为世用，所以《新唐书》的结论是“高尚之节丧焉”。晚唐韩偓有《招隐》诗，诗中便嘲讽那些身处山林，实际却想着名利的假隐士，诗句尖刻锐利：

立意忘机机已生，可能朝市污高情。
时人未会严陵志，不钓鲈鱼只钓名。②

无疑，这种“沽名”的人在唐代的确不少，但演至唐末五代年间，情况却发生了一点变化。处于战火乱离的时代，虽然仍有部分士人对宦途抱有希望，但亦有部分士人已淡泊名利，潜心隐居；更有一部分出仕的士人，实际上却向慕着田园山居的生活。有人曾作过统计，指出《唐才子传》中，隐逸终老的诗人有46人，而晚唐以后的占26人。③

无论如何，从先秦到五代宋初，隐遁处素一直被推重为“士之高尚”、“高尚之节”、“高情”。假隐求名，终南捷径之类，其实也可以视为传统社会尚隐观念之反映。甚至五代国主亦颇有以“隐”自鸣的，像南唐元宗（李璟）“少喜栖隐，筑馆于庐山瀑布前”④；后主（李煜）“自称钟峰隐居”⑤，实前代罕有，亦足见一时风气。

二、唐末五代退隐风气的助成因素

（一）仕途困滞

自古以来，士人都把出为世用作为一条重要的出路。唐人苦学读书，觅取功名，每年奔波于长安道上，可是最终能金榜题名的，却是极少数。据《册府元龟》所载，唐代每年应试者多则两千人，少亦不减千人，但所录取的不过百分之

---

① 《新唐书》，卷196，《隐逸传》，页5594。

② 《全唐诗》，册20，卷682，页7827。

③ 胡遂：《晚唐山林隐逸诗派概论》，《湖南师范大学学报（社会科学版）》，1992年6期，1992年11月，页103。

④ 《十国春秋》，册1，卷16，页235。

⑤ 《十国春秋》，册1，卷17，页239。

一二，如唐德宗贞元十八年（802）五月敕记：

自今以后，每年考试所收之人，明经不得过一百人，进士不得过二十人，如无其人，不必要满此数。[①]

唐文宗开成二年（837），礼部奏请"每年进士以三十人为限"，从之。[②] 根据唐《登科记考》所载，整个唐代举行了进士考试共260次，其中登第人数在35人以上的，仅26次；在30人以上的，也仅得53次。又据宋韩思《五代登科记》，梁唐晋汉周五代共五十二年，取进士总共不过669人，平均岁取13人而已。[③] 由此可见，应考的士人虽多，但中举的却有限，更遑论要在仕途上平步青云。王谠《唐语林》便有以下的记载：宣宗大中（847—859）、懿宗（李漼，843—873，860—873在位）咸通（860—873）之后，每年参加礼部试的人达一千多人，其中不乏有文名的，如以文章著名的何植、李政、皇甫松、李孺犀、梁望、毛浔、贝庥、来鹄、贾随；以词翰闻名的温庭筠、郑渎、何涓、周钤、宋耘、沈驾、周系；以律诗传世的贾岛、平曾、李淘、刘得仁、喻坦之、张乔、剧燕、许琳、陈觉；以古风著名的张维、皇甫川、郭鄩、刘庭辉等，他们都没有考上礼部试。[④]由此可见，应试虽然是很多士人的必然选择，但能成功地借着应试而踏上仕途却并不容易；不少士人多番应试，仍无所成，如唐末五代的徐夤、黄滔、曹松、江为、罗隐等，比比皆是。

士人宦途失意，经历了沉重的打击，不少士人最终遁入山林，曹松便因早年不得志，后来决意隐居洪都西山。[⑤] 陈抟（？—989）也因"举进士不第，遂不求禄仕，以山水为乐"[⑥]。郑遨于僖宗（李儇，862—888，873—888在位）年间，曾应百篇举不利，于是隐居华山。[⑦] 陈陶亦屡应进士，可惜每次都下榜不第，他的诗歌便流露出怀才不遇的自傲性格，如"中原莫道无麟凤，自是皇家结网

---

① 王钦若（962—1025）等：《册府元龟》（台北：台湾中华书局，1967年），册13，卷641，《贡举部》，《条制》3，页7864。

② 同上。

③ 徐松：《登科记考》（北京：中华书局，1984年），册上、中、下。又见宛委山堂本《说郛》，弓51，收韩思：《五代登科记》［《说郛三种》（上海：上海古籍出版社，1987年）］，册5，页1-4。

④ 王谠著，周勋初校证：《唐语林校证》（北京：中华书局，1987年），册上，卷2，页157。

⑤ 《唐才子传校笺》，卷10，页414。

⑥ 宋濂（1310—1381）：《元史》（上海：上海古籍出版社，1987年），页13420。

⑦ 王仲镛：《唐诗纪事校笺》，册下，卷71，页1900。

疏"[①]。最后他决定不求仕进，恣游名山，过着隐士的生活。又杜光庭在咸通中应九经举不第而入天台山学道。[②] 此类例子，在唐末五代年间，应该是数不胜数的。[③] 除了不第而隐，当然也有宦海浮沉之中以隐为退路的，五代之例亦多，像宋齐丘便因仕宦失意而隐，据《十国春秋》所说，侍中周宗以宋齐丘广树朋党而告之于南唐中主李璟，李璟于是调齐丘为镇海节度使，齐丘愤而乞归九华山，"中主知其诈，一表即从之"[④]。又《钓矶立谈》载，史虚白"素负杰人之才"，烈祖"喜其言，然以南国初基，未能用也，遂擢为校书郎"。史虚白以此非其所愿，于是"放意泉石，以诗酒自娱"[⑤]。此外，更有人屡官屡隐，如仕梁及后唐的赵光逢，"两登廊庙，四退丘园"[⑥]，时人荣之。许总认为唐末士人的归隐，与历史上传统隐士的出世风范颇为不同，从他们反复试举的经历，就可见他们胸中并未忘怀世事功名，他们之所以选择隐居避世，就是因为他们"对时代、社会和人生前途的信心完全失却"之后形成了消极心理。[⑦] 此可备一说。

（二）国家多乱

唐末战火连绵，民生不继，见录于诗者，往往有之。杜荀鹤便借老翁之口，道出当时人民的生活：

经乱衰翁居破村，村中何事不伤魂。
（一作八十老翁住破村，村中牢落不堪论。）
因供寨木无桑柘，为着乡兵绝子孙。
还似平宁征赋税，未尝州县略安存。
至今鸡犬皆星散，日落前山独倚门。[⑧]

唐末五代时民生固然困苦，但对诗人来说，黑暗的政治带给他们的冲击更

① 陈陶：《闲居杂兴（五首）》，载《全唐诗》，册21，卷746，页8491。
② 《十国春秋》，册2，卷47，页674。
③ 余恕诚论及这批"失意"文人时，便曾指出他们不再像昔日的文人一样，具有意气和理想，反之，他们"在很大程度上认命了"。参氏著：《晚唐两大诗人群落及其风貌特征》，《安徽师范大学学报》，1996年2期，1996年2月，页163。
④ 《十国春秋》，册1，卷16，页207。
⑤ 《钓矶立谈》（《知不足斋丛书》本），页40上。按：后来嗣主登位，史虚白获召见并获赐饮，终醉溺殿上，人笑曰："真隐士也。"
⑥ 《旧五代史》，卷58，《赵光逢传》，页776－777。
⑦ 许总：《唐诗史》（南京：江苏教育出版社，1994年），册下，页470。
⑧ 杜荀鹤：《乱后逢村叟》（一作《时世行》），《全唐诗》，册20，卷692，页7958－7959。

大。朝代的转变，君主的更易，以致士子隐迹，像司空图避地栖隐于中条山别业，日以诗酒自娱。[①] 另陈翔于梁篡唐时，弃官隐于阆州西水。[②] 朱遵度亦因国家多乱而隐，为避耶律德光之召，他“挈妻孥携书，杂商贾来奔”马楚，惜文昭王待之甚薄，后徙居金陵，高尚不仕。[③]

既然为官不易，于是诗人选择隐遁，一方面为避祸全身，一方面也不必与时人竞逐，王贞白便深明“存亡取舍之义，进而就禄，退而保身，君子也”的道理，[④]所以，他在天复元年（901），昭宗（李晔，867—904，889—904在位）被劫奔凤翔后，便退居著书，不再在仕途争名。[⑤] 另外，曹松也因避乱而隐居，据《旧唐书》载，乾符（874—880）初年，王仙芝（？—878）等起兵，至乾符三年（877），已扫荡河南十五州，其后王仙芝被杀；广明元年（880）三月，黄巢军转战江西，十二月攻克长安，[⑥] 曹松便是在乾符、广明年间避乱西山。[⑦] 在乾符中及第的皇甫颖，亦有感“四郊多垒”，于是以“垂堂之诫，绝意禄位，隐于鹿门别墅”。[⑧] 凡此种种，都可以说明时势不稳，在几乎是无可选择的情况下，要守身全志，就只有退隐一途。为朱全忠所排的韩偓便体会到仕途的艰难，在诗中表示过：“官途巇崄终难测，稳泊渔舟隐姓名。”[⑨] “道向危时见，官因乱世休。”[⑩] 徐夤有诗《旅次寓题》：

胡为名利役，来往老关河。
白发随梳少，青山入梦多。
途穷怜抱疾，世乱耻登科。
却起渔舟念，春风钓绿波。[⑪]

---

① 傅璇琮：《唐才子传校笺》，册5，卷8，页436。
② 《十国春秋》，册2，卷42，页618。
③ 《十国春秋》，册3，卷75，页1031。
④ 傅璇琮：《唐才子传校笺》，册4，卷10，页341。
⑤ 傅璇琮：《唐才子传校笺》，册4，卷10，页339。
⑥ 有关王仙芝和黄巢之乱，详见刘昫：《旧唐书》，册3，卷19下，《本纪》19下，《僖宗本纪》，页696及册16，卷200下，《列传》150下，《黄巢传》，页5391－5393。
⑦ 有关曹松避乱西山一事，详见吴在庆：《关于曹松的若干问题》，载氏著：《唐五代文史丛考》（南昌：江西人民出版社，1995年），页187。
⑧ 王定保：《唐摭言》，卷8，页92。
⑨ 韩偓：《病中初闻复官（二首）》，《全唐诗》，册20，卷680，页7793。
⑩ 韩偓：《息虑》，《全唐诗》，册20，卷681，页7800。
⑪ 《全唐诗》，册21，卷708，页8139。

所谓“世乱耻登科”、“却起渔舟念”，正说明了乱世人的心事。

（三）心性使然

杜甫（712—770）诗谓：“本无轩冕意，不是傲当时。”① 退隐者，亦有本性之使然。像《五代诗话》所记的金陵人戴偃，“少工吟咏，不求仕宦，自称玄黄子，人多号曰处士”②。戴偃虽少有诗才，但高尚其志，遁迹以避世，初避乱于湘阴，后来因写诗讽楚文昭王，被迫迁居碧湘湖上。③ 从其事可知，选择隐居，也有出于主观的个人意愿，并不受客观、外在的环境影响。④ 另外，唐末蜀州青城县人唐求，据载：他“至性纯悫，笃好雅道，放旷疏逸，几乎方外之士也”⑤。当时有人称他为“唐隐居”⑥，他过着隐士式的避世生活，“非其类，不与之交”⑦。王建（847—918）建立后蜀，曾召他为参谋，但他不为所动，依然隐居于寺院。⑧ 唐求之隐居，与他个性淡泊、不好名利有关。他未尝应试，被召亦不起，这种不慕名利的态度，固然是当时一部分诗人隐遁的原因。

三、隐遁的模式

如上文所述，“隐”文化在中国历史上古已有之，⑨ 而隐逸的方式也有多种，有全然退隐山林的，有半仕半隐，身在阙下，而心在山林的，这种种不同的生活模式，跟隐的观念变化，不无关系，以下简述历来几种主要的隐遁模式，并论析唐末五代诗人的取向。

（一）历代种种隐遁模式

姚思廉（？—637）《梁书》说：

---

① 杜甫：《独酌》，见仇兆鳌：《杜诗详注》（北京：中华书局，1980年），卷10，页804。

② 王士禛原编，郑方坤删补：《五代诗话》，卷7，页287。

③ 同上。

④ 郑学檬指出五代十国时，有一部分知识分子消极避世，寻求自身道德的净化和完善，或者寻求恬静的生活；寄情山水的知识分子中，大部分属于这一类。参氏著：《五代十国史研究》（上海：上海人民出版社，1991年），页232。

⑤ 王仲镛：《唐诗纪事》，卷50，页1373。

⑥ 同上。

⑦ 傅璇琮：《唐才子传校笺》，卷10，页461。

⑧ 王仲镛：《唐诗纪事》，卷50，页1373。按：后人以其故居名为“隐居寺”。

⑨ 蒋星煜指出：“自从巢父许由以下，一直到民国初年的哭庵易顺鼎辈，中国隐士不下万余人，即其中事迹言行，历历可考者亦数以千计。……”参氏著：《中国隐士与中国文化》，页1。

> 古之隐者，或耻闻禅代，高让帝王，以万乘为垢辱，之死亡而无悔。此则轻生重道，希世间出，隐之上者也。或托仕监门，寄臣柱下，居易而以求其志，处污而不愧其色。此所谓大隐隐于市朝，又其次也。或裸体佯狂，盲痦绝世，弃礼乐以反道，忍孝慈而不恤。此全身远害，得大雅之道，又其次也。①

从以上一段文字可见，姚思廉把隐逸的形式分为三种，三种亦有上下高低之分，姚氏认为“轻身重道”，乃是隐逸的最高境界，称为“隐之上者”。此外，他又提到“大隐”，选择“大隐”的人，乃是隐于市朝，姚思廉认为选择这种模式的人，不及“轻身重道，希世间出”的隐士。最下一种是裸体佯狂的绝世之士。姚氏留意到隐遁的模式并不限于一途，然而，姚氏既按隐居地来作为划分标准，另外又标出一类“裸体佯狂”，后人便颇以为不伦。②

值得注意的是“大隐”的说法。早在汉世已有人提出“朝隐”之说，③ 以期解决仕与隐的矛盾。东晋（317—420）王康琚的诗这样说：

> 小隐隐陵薮，大隐隐朝市。
> 伯夷窜首阳，老聃伏柱史。
> ……④

有论者以为这样一套理论“把栖遁山林视为形而下的行为，隐朝市才是形而上的心神超然无异的表现”，在唐代讲求功利的社会是十分受欢迎的。⑤王康琚和姚思廉都提到“隐于山林”和“隐于朝市”两途，王康琚认为不管是隐于山林沼泽的小隐士，还是隐于朝廷市集的大隐士，只要顺乎本性就行，所谓“推分得天和，矫性失至理”；然而，他还是以“隐于市朝”为上。

---

① 姚思廉：《梁书》（北京：中华书局，1973 年），册 3，卷 51，《列传》45，《处士》，页 731。

② 蒋星煜认为姚思廉这种分类法，是按隐居的地域来划分，但将第三种“裸体佯狂”列于其间，有点不伦不类。参氏著：《中国隐士与中国文化》，页 18。

③ 张衡（78—139）：《应间》有句：“聊朝隐乎柱史。”［张震泽编校：《张衡诗文集校注》（上海：上海古籍出版社，1986 年），页 294］魏应玚（？—217）：《报庞惠恭书》云：“朝隐之官，宾不往来”。［《应德琏集》，见张溥：《汉魏六朝百三家集》（扬州：江苏广陵古籍刻印社，景印光绪五年信述堂刊本，1990 年），页 7 上。司马迁（前 145—前 86）：《史记·滑稽列传》，言东方朔“酒酣据地，歌曰：‘陆沉于俗，避世金马门。’”则朝隐之实，西汉早已有之。［见《史记》（北京：中华书局，1962 年），卷 126，页 3205］

④ 王康琚：《反招隐》，载李善注：《文选》（北京：中华书局，景印胡克家刻本，1977 年），卷 22，页 310。

⑤ 刘翔飞：《论唐代的隐逸风气》，《书目季刊》，12 卷 4 期，1979 年 3 月，页 37。

王康琚在《反招隐》诗中提到“小隐”和“大隐”，中唐时，白居易在“小隐”和“大隐”之间，再提出一个折衷——中隐，他在《中隐》一诗中写道：

大隐往朝市，小隐入丘樊。
丘樊太冷落，朝市太嚣喧。
不如作中隐，隐在留司官。
似出复似处，非忙亦非闲。
不劳心与力，又免饥与寒。
终岁无公事，随月有俸钱。
君若好登临，城南有秋山。
君若爱游荡，城东有春园。
君若欲一醉，时出赴宾筵。
洛中多君子，可以恣欢言。
君若欲高卧，但自深掩关。
亦无车马客，造次到门前。
人生处一世，其道难两全。
贱即苦冻馁，贵则多忧患。
唯此中隐士，致身吉且安。
穷通与丰约，正在四者间。[①]

白居易的“中隐”说，被称为是理想与现实之间的另一立身之道，亦算是一个“最中庸稳当的办法”。[②] 白氏的说法是不是“最中庸稳当的办法”，姑且不论，但可以肯定的是，他所说的亦官亦隐的“中隐”模式，的确成了不少中晚唐诗人的生活写照。他另有一诗《和朝回与王炼师游南山下》：

蔼蔼春景余，峨峨夏云初。
蹋蹀退朝骑，飘飖随风裾。
晨从四丞相，入拜白玉除。
暮与一道士，出寻青溪居。
吏隐本齐致，朝野孰云殊。

① 白居易：《白居易集》（北京：中华书局，1979年），卷22，页490。
② 刘翔飞：《论唐代的隐逸风气》，页39。

道在有中适，机忘无外虞。①

他一面提出亦官亦隐的理论："吏隐本齐致，朝野孰云殊"；一面勾画出这种亦官亦隐的模式："晨从四丞相，入拜白玉除。暮与一道士，出寻青溪居。"入官为公，公退即隐，这种生活模式，正是后来五代人所身体力行的。试看南唐徐铉的《乔公亭序》所提到的"钟君"：

甲寅岁，前吏部郎中钟君某字某，左官兹郡，来游此溪，顾瞻徘徊，有怀创造。审曲面势，经之营之，院主僧自新，聿应善言，允符夙契，即日而栽，逾月而毕。不奢不陋，既幽既闲，冯轩俯盼，尽濠梁之乐，开牖长瞩，忘汉阴之机，川原之景象咸归，卉木之光华一变，每冠盖萃止，壶觞毕陈，吟啸发其和，琴棋助其适，郡人瞻望，飘若神仙。②

这个钟君可以说就是"仕""隐"相兼的人物，徐铉于文后更云："噫，士君子达则兼济天下，穷则独善其身。未若进退以道，小大必理。""仕""隐"相兼的思想于此得一大发挥。

（二）唐末五代诗人的隐遁方式

正如前文所述，唐末五代是一个政治极混乱的时代，部分诗人既想在仕途出人头地，又恐怕多变的政治气候会给自己带来祸厄，加上经历过仕途上的连连失意，他们徘徊于仕与隐之间，心情是相当复杂的。有人认为若盛唐以"大隐"为先，"小隐"为次；那么，中晚唐则以"中隐"为先，"大隐"为次。③ 这是指当时的诗人在"仕"与"隐"之间作出了中庸的选择——中隐，他们找到了身为吏官而心游江湖林泉的隐逸之道。上文提到的徐铉称道过一位"宫率卫君"，说他"朝市丘壑，君得中道焉"④，正是这种思想。部分出仕的诗人宁愿选择担任外官，离开政治是非，避害自全；他们虽然明知不能兼济天下，且名利场中混沌不堪，但是他们仍然乐于出仕。⑤ 如《蜀梼杌》所说的欧阳彬，他获后蜀孟昶授嘉州刺

---

① 《白居易集》，卷22，页488。
② 徐铉：《乔公亭序》，《全唐文》，册9，卷882，页9224。
③ 罗时进：《晚唐诗人的仕隐矛盾与许浑隐逸诗》，《文史哲》，1997年5期，1997年10月，页66。
④ 徐铉：《游卫氏林亭序》，《全唐文》，卷882，页9219。
⑤ 徐铉：《游卫氏林亭序》，《全唐文》，卷882，页65。

史，喜曰："青山绿水中为二千石，作诗饮酒，为风月主人，岂不嘉哉！"[①] 选择这种方式"中隐"的诗人，在唐末五代的确不少，有人将他们冠以"山林隐逸诗人"之号。[②]

虽然唐末五代的诗人选择"中隐"为先，"大隐"为次，但还是有诗人选择"隐陵薮"、"入丘樊"的"小隐"生活。正如陆游《南唐书·宋齐丘传论》所说："五代之际，天下分裂大乱，贤人君子皆自引于深山大泽之间，以不仕为得。"[③] 当然他们之中也有些本性是"淡泊名利"，与世无争的，正如上文提及的戴偃、唐求等人。不管这种隐逸方式是否属于"形而下"的行为，[④] 诗人却往往能自得其乐，如司空图早年虽曾出仕，但天祐（904—906）末年，避居中条山王官谷，王官谷周围十余里有泉石之美，兼有先人田庐。[⑤] 司空图隐于此山，日日与名僧高士游咏，朱全忠受禅后，召他为礼部尚书，他"不食而卒"，饿死在王官谷中。[⑥]

其他例子如诗僧齐己，喜游江海名山，曾隐居于长沙道林寺十多年，[⑦] 他在《怀潇湘即事寄友人》诗中便提到这十年的生活情况：

浸野淫空澹荡和，十年邻住听渔歌。
城临远棹浮烟泊，寺近闲人浮月过。
岸引绿芜春雨细，汀连斑竹晚风多。
可怜千古怀沙处，还有鱼龙弄白波。[⑧]

寓居道林寺十年后，齐己又隐居于庐山东林寺十多年，[⑨]《宋高僧传》记载齐己

---

① 张唐英：《蜀梼杌》（《学海类编》本），页8下。

② 胡遂：《晚唐山林隐逸诗派概论》，页103－104。按：胡氏所说的"晚唐山林隐逸诗派"，并不单是指那些"隐逸家山终老"的诗人，还包括一部分虽没有隐逸山林，但他们的诗作同样体现出对山林境界和禅悦的追求的诗人。

③ 陆游：《南唐书》，卷4［收于《中国野史集成》编委会编：《中国野史集成》（成都：巴蜀书社，1993）］，册4，页上。

④ 刘翔飞：《论唐代的隐逸风气》，页37。按：刘氏在文中提到王康琚《反招隐》的说法时，把"栖遁山林"视为"形而下的行为"，"隐身市朝才是形而上的心神超然无虑的表现"。

⑤ 傅璇琮：《唐才子传校笺》，卷8，页525。

⑥ 傅璇琮：《唐才子传校笺》，卷8，页527－528。

⑦ 阮阅编，周本淳校点：《诗话总龟》，前集，卷11，页128。

⑧ 《全唐诗》，册24，卷845，页9554－9555。

⑨ 有关齐己栖隐于东林寺之事，周祖撰作了详细的考证，周氏指出齐己居于东林寺，一直到龙德元年（921），然后离开东林寺转往荆州渚宫。参《唐才子传校笺》，册4，卷9，页182。

的生活方式是："栖约自安，破衲拥身，枲麻缠膝，爱乐山水，懒谒王侯。"①

又史虚白于后唐（923—936）清泰（934—936）年间客游江表，隐居于浔阳落星湾。《南唐近事》记他"晚节放达，好乘双犊板辕，挂酒壶于车上，山童总角负瓢以随，往来庐阜之间，任意所适"②。后元宗嗣位，诏他至金陵，请他登殿燕饮，并询以国家大事，史虚白应说："草野之士，渔钓而已，安知国家大计？"遂醉溺于殿，元宗叹曰："真隐者也。"③

另闽人陈贶，他刻苦读书，诗名闻于四方，但"慵于取仕，隐于山麓"④，同样，他得到当时元宗诏征，可是他不为所动，推辞却受，隐居庐山四十年，后卒于山中。⑤ 总之，这些选择隐居山林的诗人，似乎要寻找一种淡泊平静的生活和诗境，有人认为他们通过寄情山水，栖心禅悦，来回避污浊的黑暗现实，也从时代和社会带给他们的烦恼中解脱出来。⑥所以他们虽然有诗名，但并不以此来求用。

至于出仕为官而心慕山林的诗人，更是比比皆是。韩偓说："无名无位堪休去，犹拟朝衣换钓蓑。"⑦ 不知道说中了多少五代士人的心事。他们一方面求取禄位，不舍禄位；一方面又心归山林，甚至流连山林。

南唐李建勋历经几次任相罢相，在宦海浮沉多年。他极富盛时，亦"不喜华靡，屏斥世务，喜从方外之游"⑧。他罢相江南，出镇豫章时，曾与官僚游东山，"携酒肴，引步于渔溪樵坞间，遇佳处则饮"⑨，一派悠然。他的诗歌常常流露出对花木园林的依恋，如：

小园吾所好，栽植忘劳形。⑩

窗外皆连水，杉松欲作林。

① 赞宁（919—1001）：《宋高僧传》（北京：中华书局，1987年），卷30，《齐己传》，页752。

② 郑文宝：《南唐近事》（台湾商务印书馆，《景印文渊阁四库全书》本），卷1，页3下。郑氏为由南唐入宋者。

③ 《钓矶立谈》（《知不足斋丛书》本），页40上。

④ 龙衮：《江南野史》（《豫章丛书》本），卷6，页5上。

⑤ 吴任臣：《十国春秋》，册1，卷29，页419－420。

⑥ 胡遂：《晚唐山林隐逸诗派概论》，页103。

⑦ 韩偓：《夜坐》，《全唐诗》，册20，卷682，页7818。

⑧ 文莹：《玉壶清话》（北京：中华书局，1984年），卷10，页96。

⑨ 文莹：《湘山野录》（北京：中华书局，1984年），卷上，页12。

⑩ 李建勋：《小园》，《全唐诗》，册21，卷739，页8425。另参《十国春秋》，卷95，页1373。

自怜趋竞地，独有爱闲心。
……[①]

野性竟未改，何以居朝廷。
空为百官首，但爱千峰青。
……[②]

话虽如此，他是到了七十三岁才以司徒致仕，致仕前一年（保大四年，946 年）还再度入相。[③]

再举黄滔为例，据《十国春秋》记载："中州名士避地来闽，若韩偓、李珣数十辈，悉主于滔。"[④] 黄滔于昭宗乾宁二年（895）擢进士第后，光化年（898—900）中，除四门博士，后入闽任监察御史、威武军节度推官。[⑤] 虽然黄滔在仕途上尚算平顺，但政治的更变，要适应时势，其困难与压力皆可想而知。自言"平生爱山水"的黄滔，[⑥] 曾慨叹：

……
谒帝逢移国，投文值用兵。
……
冠盖新人物，渔樵旧弟兄。
易生唯白发，难立是浮名。
惆怅灞桥路，秋风谁入行。[⑦]

战祸连连，时势所需的是懂得用兵的人，只懂文墨的诗人能遇到知音吗？[⑧] 黄滔于闲暇时只好寄情游山玩水。他在《上刑部卢员外》中说：

---

① 李建勋：《金陵所居青溪草堂闲兴》，《全唐诗》，册 21，卷 739，页 8425。
② 李建勋：《留题爱敬寺》，《全唐诗》，册 21，卷 739，页 8424。
③ 《唐才子传校笺》，册 4，卷 10，页 380－385。
④ 吴任臣：《十国春秋》，册 3，卷 95，页 1373。
⑤ 《全唐诗》，册 21，卷 704，诗人小传，页 8093。
⑥ 黄滔：《游东林寺》，《全唐诗》，册 21，页 8099。
⑦ 黄滔：《壬癸岁书情》，《全唐诗》，册 21，卷 706，页 8123。
⑧ 黄滔便在《寄敷水卢校书》诗中发出"谁不望知音"的叹息。（参《全唐诗》，册 21，卷 706，页 8102）

谁识在官意，开门树色间。
寻幽频宿寺，乞假拟归山。
半白侵吟鬓，微红见药颜。
不知琴月夜，几客得同闲。[1]

另又在《赠明州霍员外》中说：

惠化如施雨，邻州亦可依。
正衙无吏近，高会觉人稀。
海日旗边出，沙禽角外归。
四明多隐客，闲钓到岩扉。[2]

显然这个霍员外，也是亦官亦隐一路的人物。

处于乱世，生命朝不保夕，张蠙在《乱中寄友人》一诗中便有此疑问："别来难觅信，何处避艰危?"[3] 诗人深明纵使诗名远播，亦难有作为。[4] 张蠙进士及第后，历任校书郎、栎阳尉、犀浦令，及至王建建立前蜀，诏他为膳部员外郎。张蠙一方面出任官职，一方面又羡慕隐逸生活，他曾表达过自己的看法：

……
头从白后黑，心向闹中闲。
……
始知仙者隐，殊不在深山。[5]

张蠙相信连仙者之隐也不必在深山，心向闹市，无地不闲，这种思想在唐末五代是最能引起共鸣的。五代最有名的道教集大成者广成子杜光庭，他的《道德真经广圣义》有言：

---

① 《全唐诗》，册21，卷704，页8123。

② 黄滔：《赠明州霍员外》，《全唐诗》，册21，卷704，页8102。

③ 《全唐诗》，册20，卷702，页8072。

④ 张蠙在《哭建州李员外》诗中写道："诗名不易出，名出又何为！捷到重科早，官终一郡卑。……"（同上）

⑤ 张蠙：《赠道者》，《全唐诗》，册21，卷702，页8077。关于张蠙的生平行履，参《唐才子传校笺》，卷10，页343－348。

所谓小隐于山，大隐于鄽，未能绝欲，恐境所牵，仍栖遁山林，以避所见，及其澄心息虑，想念正真，外无挠惑之缘，内保恬和之志，虽营营朝市，名利不关其心，碌碌世途，是非不介其意，混迹城市，何损于修真乎?[①]

而张蠙更明言："若便怀深隐，还应圣主知。"[②] 不少五代诗人如张蠙一般，过着既"出"而慕隐的生活。

再以李中为例，他从不讳言自己希望为世所用，他在《怀王道者》中表示：

闲思王道者，逸格世难群。
……
正作趋名计，如何得见君?[③]

他对自己孜孜求名利，更是直言不讳，但对逸格出群的"王道者"，又不免心生仰慕，其仕隐间之矛盾，不言而喻。他对前途寄望甚大，在一篇给友人的诗中，便流露出自己的期盼：

……
未遂青云志，那堪素发侵。
吟余不成寐，彻曙四邻砧。[④]

然而，他做了淦阳县令后，经历变故，对宦途充满无奈，在壬申年（912）出任淦阳令时，便写了以下的诗句：

……
各历宦途悲聚散，几看时辈或浮沉。
再来物景还依旧，风冷松高猿狖吟。[⑤]

---

① 杜光庭：《道德真经广圣义》，见《道藏》（北京：文物出版社，1996年），卷8，册14，页352。

② 张蠙：《乱中寄友人》，《全唐诗》，册20，卷702，页8077。

③ 《全唐诗》，册21，卷747，页8497。

④ 李中：《秋夕书事寄友人》，《全唐诗》，册21，卷747，页8509。

⑤ 李中：《壬申岁承命之任淦阳再过庐山国学感旧寄刘钧明府》，《全唐诗》，册21，卷850，页8546。

并曾慨叹："离家都为利名牵"①，"宦途憔悴雪生头"②，他其后觉醒到"声名都是幻"③，不期然对山水园林产生依恋之情：

衮衮利名役，常嗟聚会稀。
有心游好景，无术驻残晖。
南陌草争茂，西园花乱飞。
期君举杯酒，不醉莫言归。④

并且看破名利，⑤ 向往闲适的生活。⑥ 他有《赠朐山孙明府》一诗，描绘出一幅亦官亦隐的仕宦图，应是唐末五代许多当小官的士人写照：

县庭无事似山斋，满砌青青旋长苔。
闲抚素琴曹吏散，自烹新茗海僧来。
……⑦

比他略早的杜荀鹤有《题汪明府山居》，诗中有言：

不似当官只似闲，野情终日不离山。
方知薄宦难拘束，多与高人作往还。
……⑧

从以上各例可以看出唐末五代的许多诗人，不管他们是否曾出任官职，最终还是心系山林，出仕可能只是为了遂其心志，可能为了稻粱计，也可能为了避祸，难怪有人认为唐末五代选择"中隐"一途的诗人为最多。

在这种亦官亦隐的生活形态中，"公退"就是让闲隐的心志获得最大的释放。

① 李中：《秋日途中》，《全唐诗》，册21，卷749，页8530。
② 李中：《感秋书事》，《全唐诗》，册21，卷749，页8535。
③ 李中：《江馆秋思因成自勉》，《全唐诗》，册21，卷748，页8513。
④ 李中：《春晚招鲁从事》，《全唐诗》，册21，卷748，页8520。
⑤ 李中的《秋夜吟寄左偃》诗中，有"卷中新句诚堪喜，身外浮名不足忙"句。（《全唐诗》，册21，卷747，页8509）
⑥ 李中：《宿韦校书幽居》，《全唐诗》，册21，卷749，页8530。
⑦ 《全唐诗》，册21，卷748，页8514。
⑧ 《全唐诗》，册20，卷692，页7969。

徐铉《毗陵郡公南原亭馆记》这么说：

人生而静，性之适也。若乃庙堂之贵，轩冕之盛，君子所以劳心济物，屈己存教，功成事遂，复归于静。用能周旋于道，常久而不已者也。……京城坤隅，爰具别馆，百亩之地，芳华一新，旧相毗陵公习静之所也。……每良辰美景，欣然命驾，群从子弟，结驷相追，角巾藜杖，优游笑咏，观之者不知其为公相也。①

这种出以济物、退以养静的“兼美”生活，令“仕”的志向与“隐”的企慕并行不悖，各得圆成，正是唐末五代人所梦寐以求的。而唐末五代人的诗，其实不少就是对这种公退生活的描写，如周繇《送洛阳崔员外》：“郡斋台阁满，公退即吟登。”② 许棠《讲德陈情上淮南李仆射八首》之一记：“凉夜酒醒多对月，晓庭公退半吟诗。”③ 李建勋《醉中惜花天书与诸从事》言：

公退寻芳已是迟，莫因他事更来稀。
……
歌槛宴余风袅袅，闲园吟散雨霏霏。
……④

伍乔《僻居谢何明府见访》提到：“公退琴堂动逸怀，闲披烟霭访微才。”⑤ 李中《题柴司徒亭假山》云：“知君创得兹幽致，公退吟看到落晖。”⑥ 另又有《和浔阳宰感旧绝句五首》，诗中道：“知君百里鸣琴处，公退千山尽日看。”⑦ 其中最值得注意的是，在公退的生活中，吟咏是一个经常性的项目，所以谈到公退时，都会谈及“吟”或“咏”。在唐末五代，“诗”作为一个闲适项目的意味愈来愈重，五代诗其实不少是公退诗，也就是公职余暇，吟咏适性的诗。

① 《全唐文》，册9，卷883，页9225－9226。
② 《全唐诗》，册19，卷635，页7290。
③ 《全唐诗》，册18，卷604，页6984。
④ 《全唐诗》，册21，卷739，页8430。
⑤ 《全唐诗》，册21，卷744，页8460。
⑥ 《全唐诗》，册21，卷748，页8512。
⑦ 《全唐诗》，册21，卷750，页8540。

第二节　五代诗人的隐退生活

诗人或选择完全隐遁山林，或于官闲时寄情山水，总之他们的退隐生活是多姿多彩的，而其中的社交活动也十分频繁，或互相赠答酬对，或聚众游宴，或寻僧问道，他们的共通点是读书、嗜酒、抱着闲赏的心情，并以此来表示自己的旷达、博学、高洁。[①] 他们期望在日常生活中寻求乐趣，享受闲适。五代诗如何表现这种生活形态，即为本节之内容。

一、宗教生活

宗教予人精神上的慰藉，大凡遇到不如意的事，总会向宗教寻求出路，希望得到解脱，取得内心的平静。唐末五代是昏溷乱世，但释道两教都非常兴盛。有人寻仙访道、炼丹制药；有人栖身梵宇、访僧论道，总之，佛道二家成为“退隐”生活中——不论是不事王侯的隐，还是公退归静的隐——主要的精神栖泊之所。

（一）求仙访道，炼丹制药

关于五代的道教，有谓：“五季之衰，道教微弱，星弁霓襟，逃难解散，经籍亡逸，宫宇摧颓。”[②] 但考之史实，又不尽然。卿希泰的《中国道教史》云：

> 五代十国的帝王，也因袭唐代的风气，崇信道教。他们在战火纷飞，自身朝不保夕的年代，尤寄希望于道教神灵庇佑，进行了许多崇道活动。[③]

不但五代（梁、唐、晋、汉、周）官方的崇道活动不绝如缕，就算是十国中的吴、吴越、闽、南唐、南汉、前蜀、后蜀等国君主，亦大都崇奉道教，大举斋醮道场，甚至炼丹合药，批准度道士员额，设置崇玄生员等。[④] 社会上的崇道风气

---

① 齐涛：《唐代隐士略论》，《山东大学学报（哲学社会科学版）》，1992 年 1 期，1992 年 3 月，页 48。

② 宋初刘若拙授：《三洞修道仪》，见：《道藏》，册 32，页 166。

③ 卿希泰：《中国道教史》（成都：四川人民出版社，1996 年），卷 2，页 383。

④ 有关五代十国君主崇道的情况，详见卿希泰：《中国道教史》，卷 2，页 383－404。

不让李唐，风气所趋，五代诗多有言及访道合丹求长生的活动，亦时势使然，当然其中也有诗人出于不满现实，于是转向超脱现实的世界寻求满足，寻仙访道，另辟天地。试看韩偓《使风》一诗所言：

茶香睡觉心无事，一卷《黄庭》在手中。[①]

翁承赞《寄示儿孙》说：

力学烧丹二十年，辛勤方得遇真仙。[②]

徐夤《霞》有句云：

劳生愿学长生术，餐尽红桃上汉飞。[③]

另据宋王禹偁《孟水部诗集序》所载："（孟宾于）辞归玉笥山，着道士衣。"[④]这些都可略示道教活动在文人之间是相当流行的，其中尤以崇道著名的有沈彬和陈陶。唐末沈彬屡应进士不第，于是浪迹湖、湘之地，并隐居于云阳山十多年，据载，他尝"访名山洞府，与学神仙，慕乔松虚无之道。"[⑤]陆游《南唐书》也说他"好神仙事"，曾梦见自己穿着锦彩衣，贴月而飞，[⑥]他对神仙之事是甚为着迷的，在《麻姑山》一诗中，便表达了对仙人之说深信不疑：

绀殿松萝太古山，仙人曾此话桑田。
闲倾云液十分日，已过浮生一万年。
花洞路中逢鹤信，水帘岩底见龙眠。
我来游礼酬心愿，欲共怡神契自然。[⑦]

他在另一首诗《忆仙谣》中亦表示出他对神仙的向慕：

---

① 《全唐诗》，册20，卷682，页7827。

② 《全唐诗》，册21，卷703，页8089。

③ 《全唐诗》，册21，卷710，页8181。

④ 傅璇琮：《唐才子传校笺》，册4，卷10，页490。

⑤ 《江南野史》，卷6，页7上。另马令《南唐书》亦说他"学方外之术"。[马令：《南唐书》（《墨海金壶》本），卷15，页1下]。

⑥ 原载《雅言杂载》，今引录自李调元：《全五代诗》，册上，卷23，页479。

⑦ 《全五代诗》，册上，卷23，页481。

白榆风飒九天秋，王母朝回宴玉楼。
……
诗酒近来狂不得，骑龙却忆上清游。①

他晚年致仕，李中有诗赠他，《送致仕沈彬郎中寄茅山》云："挂却朝冠披鹤氅，羽人相伴恣遨游。"② 可见他的道者风度。

另一诗人陈陶练道家功，服食金丹，筑室西山。③ 西山产药数十种，陈陶隐居其中，以修养炼丹为事。南唐末的沈汾《续仙传》记陈陶见道士贺自真白日飞升，有诗曰：

子晋鸾飞古洛川，金桃再熟贺郎中。
三清乐奏嵩丘下，五色云屯御苑前。
朱顶舞低迎绛节，青鬟歌对驻香軿。
谁能白昼相悲哭，太极光阴一万年。④

《北梦琐言》又说他"似负神仙之术"⑤，可知陈陶在当时是被视为道流人物。据载，开宝（968—976）中，有人见一老叟"角发披褐，与一炼师舁药入城鬻之，获赀则求鲊就炉对饮，旁若无人"⑥。醉后，甚而且舞而歌，曰：

蓝采和，蓝采和，尘世纷纷事更多。何如卖药沽美酒，归去青崖拍手歌。⑦

有人怀疑他就是陈陶，他得仙之说，甚嚣尘上。⑧ 但唐诗颇有"哭陈陶"之诗，《蔡宽夫诗话》说："但既有哭之人，则知其死不诬耳。"⑨ 则另为一说。陈陶避

① 《全五代诗》，册上，卷23，页483。
② 《全唐诗》，册21，卷747，页8500。
③ 王仲镛：《唐诗纪事校笺》，册下，卷60，页1650。
④ 沈汾：《续仙传》，卷上，册5，页81－82。
⑤ 孙光宪：《北梦琐言》，卷5，页34。
⑥ 傅璇琮：《唐才子传校笺》，册3，卷8，页419。
⑦ 吴任臣：《十国春秋》，册1，卷29，页419。
⑧ 有人说陈陶后来成仙（参同上），有人说陈陶已死，曹松和方干都有哭陈陶诗，分别为曹松《哭陈陶处士》（《全唐诗》，册21，卷716，页8223）及方干《哭江西处士陈陶》（《全唐诗》，册19，卷651，页7474）。有关两个陈陶之说，见陈万成、罗婉薇：《陈陶〈朝元引〉与〈黄庭经〉》，载邝健行编：《中国诗歌与宗教》（香港：中华书局，1999年），页194－195。
⑨ 胡仔：《苕溪渔隐丛话》（北京：人民文学出版社，1962年），卷18，页119。

世炼丹，固然有长生之想，但从上面所引的歌谣看来，他不无逃避纷繁世事的心迹，把炼丹作为精神寄托。据说是南唐入宋的史虚白所撰的《钓矶立谈》云：

是时，江南多妖孽，彗孛昼见，陈陶察运祚衰替，不可扶持，遂绝意于荐绅，专以服食炼气为事。①

其修仙炼丹，似别有怀抱。不过，最可注意的是陈陶思想的驳杂。他自称“三教布衣”②，他的诗其实亦往往释道两兼，像《题豫章西山香城寺》：

十地严宫礼竺皇，栴坛楼阁半天香。
只园树老梵声小，雪岭花香灯影长。
霄汉落泉供月界，蓬壶灵鸟侍云房。
何年七七金人降，金锡珠坛满上方。③

写的虽然是佛寺，但如日人釜谷武志所云：第六、七句其实是描写道教世界，第六句中“蓬壶灵鸟”本就是道教的常典，至于第七句，釜谷氏引《云笈七签》云：“正一真人曰：胎光本生于始青元君圣母之宫，降于正月七日；爽灵本生于太一之宫，降于七月七日。”④ 可见陈陶诗虽然写的是梵宇，但不离道教的神仙想象，其宗教基础到底是以道为本。⑤

（二）与僧徒交往

佛教在中唐以前本已发展得极为迅速，后因国家历经内乱，徭役日重，人民多借寺院为逃避之所，再加上寺院又乘均田制被破坏，扩充范围，并和贵族势力勾结，避免赋税，终于招致武宗（李炎，814—846，841—846 在位）年间的“会昌灭佛”⑥。但武宗以后，佛教又再度兴旺，佛寺重开，至五代年间，佛教在南方

---

① 《钓矶立谈》，页 46 下。

② 晁公武：《郡斋读书志》（台湾商务印书馆，《景印文渊阁四库全书》本），卷 4 中，页 15 下。

③ 《全唐诗》，册 21，卷 746，页 8480。

④ 《云笈七签》，卷 54，（北京：文物出版社，《道藏》本），页 374。另参釜谷武志：《贯休の诗と宗教》，吉川忠夫编：《唐代の宗教》（京都：朋友书店，2000 年），页 120－121。

⑤ 参釜谷武志：《贯休の诗と宗教》，页 103－132。

⑥ 有关唐代佛教的发展情况和造成会昌灭佛的原因，可详参中国佛教协会编：《中国佛教》（北京：知识出版社，1980 年），第一辑，页 62－63；汤用彤：《隋唐及五代佛教史》（台北：慧炬出版社，1986 年），页 45－60。

和北方皆有不同的发展，北方因受兵革影响，社会秩序受到严重破坏，加上各朝君主又对佛教进行严格的限制政策，所以佛教在北方的发展稍逊于南方；相对而言，南方各国相安，社会比较安定，帝王热心护教，所以在南方，佛教仍有发展的空间。[①] 据记载，单是佛寺的兴建，闽地在王氏统制时，便增建了二百六十七所，后改属吴越，二十七年中又增加了二百二十一寺，到后周（951—960）显德（954—960）初，杭州寺院获存者仍达四百八十多所；[②] 至于度僧，南唐年间，金陵一地即有数千人，[③] 以上数字充分显示了佛教在五代的南方发展相当蓬勃，这为诗人远避世俗提供了理想的客观条件。

自唐入五代，诗人投居佛寺者有之，或于闲暇时，游寺访僧，谈玄说偈者亦有之。如五代后唐（923—936）的杨凝式（873—954），他在洛阳时喜爱游佛寺，遇水竹幽胜之地，往往吟咏忘归，以致寺院的墙壁上，满布他的墨迹，院僧不但珍而护之，而且把未有题迹的墙壁，细加粉饰，让他挥潇题诗，[④] 冯吉说："少卿（注：杨凝式）真迹满僧居，只恐钟王也不如。……"[⑤] 可见杨氏墨迹受欢迎的程度。杨凝式生于唐末，曾谏父亲辞押宝使一职，后恐事泄而佯狂，《五代史补》载他仕历五代，以心疾闲居，所以时人视他为"风子"。[⑥] 从他题在壁上的诗，大约可知他在僧道之间的取舍：

院似禅心静，花如觉性圆。
自然知了义，争肯学神仙。[⑦]

亦有诗人久举不第，仕途无望，于是寓居环境清幽的佛寺，唐末的曹唐便因多次参加进士试不第，常居于江陵佛寺中，并每天临玩寺中亭沼，赋诗自娱。[⑧] 另一唐末诗人周朴，他有感于时局动荡，于是避地福州，寄居于乌石山僧寺，他

---

① 参中国佛教协会编：《中国佛教》，第一辑，页74－78；汤用彤：《隋唐及五代佛教史》，页286－296；镰田茂雄著，关世谦译：《中国佛教史》（台北：新文丰出版公司，1982年），页212－216。

② 中国佛教协会编：《中国佛教》，第一辑，页75。

③ 同上。

④ 阮阅：《诗话总龟》，前集，卷4，页41。

⑤ 冯吉：《题杨少卿凝式书迹》，《全五代诗》，册上，卷9，页222。

⑥ 陶岳《五代史补》（台湾商务印书馆，《景印文渊阁四库全书》本），卷1，页5下。

⑦ 杨凝式：《题壁》，《全唐诗》，册21，卷715，页8217。按：此诗另一名称为《题华严院》，见王士禛：《五代诗话》，卷2，页92。

⑧ 王仲镛：《唐诗纪事校笺》，册下，卷58，页1590。

不饮酒茹荤，与僧人共处，性喜吟诗，“苟得一联一句，则忻然自快”①。现存周朴的诗篇中，以寺院为题的有10首。② 可见不少寺院成为唐末五代诗人栖身之地，同时，与寺僧交往亦是自然平常的事，唐末五代的主要诗人几乎都有与僧徒酬答的诗篇，胡震亨《唐音癸签》云：

谷有“诗无僧字格还卑”之句，故其诗入僧字者甚多，昔人尝以为讥，然大历已后，诸公借阿师作吟料久矣。③

所谓“借阿师作吟料”，诗人以释家入诗是唐代以来的惯式。以下一些统计数字可作说明：

诗　人	收录在《全唐诗》中的诗篇数目（首）	赠僧的诗篇数目（首）	诗篇中提及“僧”字的诗句数目（句数）
1. 刘得仁	132 ④	7	18
2. 赵嘏	237⑤	5	15
3. 项斯	97⑥	7	15
4. 张乔	168⑦	13	21
5. 周朴	45⑧	5	5
6. 郑谷	308⑨	13	49
7. 张蠙	101⑩	8	10
8. 曹松	136⑪	14	14

① 王仲镛：《唐诗纪事校笺》，册下，卷71，页1895。

② 收录在《全唐诗》内周朴的诗共有45首，与寺院有关的10首，分别为《题甘露寺》、《题玄公院》、《福州（一作唐）东禅寺》、《宿玉泉寺》、《题赤城中岩寺》、《玉泉寺》、《登福州南涧寺》、《升山寺》、《福州神光寺塔》、《福州开元寺塔》（载《全唐诗》，册20，卷673，页7696－7701）。

③ 胡震亨：《唐音癸签》，卷8，页79。

④ 《全唐诗》，册16，卷544－545，页6280－6306。

⑤ 《全唐诗》，册17，卷549－550，页6339－6380。

⑥ 《全唐诗》，册17，卷554，页6407－6425。

⑦ 《全唐诗》，册19，卷638－639，页7305－7335。

⑧ 《全唐诗》，册20，卷673，页7696－7704。

⑨ 《全唐诗》，册20，卷674－677，页7705－7763。

⑩ 《全唐诗》，册20，卷702，页8068－8086。

⑪ 《全唐诗》，册21，卷716－717，页8222－8247。

（续上表）

诗　人	收录在《全唐诗》中的诗篇数目（首）	赠僧的诗篇数目（首）	诗篇中提及“僧”字的诗句数目（句数）
9. 李洞	166①	20	33
10. 唐求	35②	4	4
11. 李建勋	88③	2	11
12. 孟贯	31④	3	5

诗人爱与僧人交游，喜留寺院谈禅说佛，很容易令我们想到这与他们愤悱侘傺、落泊失志有关，以上表所列的诗人为例，有的久困名场，多番应举才勉强中举，曹松便是在七十岁时才中举的；有的屡次应试，却始终不第，刘得仁便是出入举场三十年而终无所得，李洞亦终其身也考不上进士；有的虽取得进士及第，但遭遇时代变迁，历仕几朝，如张蠙先后于晚唐和前蜀出任官职；有的不愿屈降新主，如周朴拒降黄巢，遭害而死；韩偓和司空图等避地江南。在种种现实环境下，诗人渴望的可能是佛寺内的宁静，或缁衣下的出脱尘表。如李洞《赠僧》诗云：

不羡王公与贵人，唯将云鹤自相亲。
闲来石上观流水，欲洗禅衣未有尘。⑤

语气是兼有赞羡。张乔的赠僧诗又说：“名利了无时。”⑥ 另一首赠僧诗又说：“已知世路皆虚幻，不觉空门是寂寥。”⑦ 这些赠僧的诗篇，未尝不是道出了诗人的心事、空门的吸引力，也许从周朴的诗句“空门偈胜金”⑧ 可以得知。

又如唐求《和舒上人山居即事》所述：

① 《全唐诗》，册21，卷721－723，页8271－8304。
② 《全唐诗》，册21，卷724，页8305－8311。
③ 《全唐诗》，册21，卷739，页8420－8437。
④ 《全唐诗》，册22，卷758，页8620－8625。
⑤ 李洞：《赠僧》，《全唐诗》，册21，卷723，页8301。
⑥ 张乔：《东湖赠僧子兰》（一作《题兰上人》），《全唐诗》，册19，卷638，页7317。
⑦ 张乔：《赠头陀僧》，《全唐诗》，册19，卷639，页7331。
⑧ 周朴：《赠大沩和尚》，《全唐诗》，册20，卷673，页7696。

败叶填溪路，残阳过野亭。
仍弹一滴水，更读两张经。
暝鸟烟中见，寒钟竹里听。
不多山下去，人世尽膻腥。①

敲钟念佛，这样的生活，远比山下“膻腥”的人世为佳。唐求另一赠行如上人的诗说：“恋山人事少。”② 正好解释了诗人向深山佛寺走的原因。不过，在僧徒与文士之间的赠诗与交往中，我们还应该注意“僧”这种身份作为一种文化符码（cultural symbol）的作用。由于社会上对“僧”普遍崇仰，于是“亲于僧”就成为自增身价的行为，所谓“高僧一衲万缘忘”③。僧人身份成为出俗不染的符码，积淀了社会价值，社会上交友僧道，成为文人的风雅行为，像郑谷诗云“诗无僧字格还卑”。④ 徐夤《依韵赠南安方处士五首之四》载：“两鬓当春却似秋，僻居夸近野僧楼。”⑤ 于邺《与僧话旧》云：“处世贵僧静，青松因岁寒。”⑥李建勋《赠送致仕郎中》有言：“西峰重归路，惟许野僧亲。”⑦ 其《闲出书怀》中又有句云：“断酒只携僧共去，看山从听马行迟。”⑧ 可见唐末五代是特别以交友僧人自夸或作为对人的赏誉。究其根底，正是其时尚隐思想的强烈折射，社会上才为“僧”的身份赋予了极高的价值。

二、交友渔樵

唐末五代的诗人，不管是选择真隐还是吏隐，不少诗人都与渔樵有来往，或者对渔樵生活表示企慕。渔樵向来被视为隐逸的象征，文学上，《楚辞》有《渔父》，《庄子》有《渔父》；历史上，有吕尚直钩钓国，范蠡放舟五湖，严光披裘钓泽，他们都表现出自然天纵、高旷淡远的人格，⑨ 渔父作为旷达超世的隐逸象

① 唐求：《和舒上人山居即事》，《全唐诗》，册 21，卷 724，页 8307。
② 唐求：《赠行如上人》，《全唐诗》，册 21，页 8306。
③ 伍乔：《游西禅》，《全唐诗》，册 21，卷 744，页 8461。
④ 郑谷：《自贻》，见赵昌平等编：《郑谷诗集笺注》（上海：上海古籍出版社，1991 年），页 345。
⑤ 《全唐诗》，册 21，卷 711，页 8188。
⑥ 《全唐诗》，册 21，卷 725，页 8316。
⑦ 《全唐诗》，册 21，卷 739，页 8426。
⑧ 《全唐诗》，册 21，卷 739，页 8432。
⑨ 有关渔父在古典文学的意象，可参崔小敬：《一竿风月、无限烟霞：中国古典诗词中渔父形象探源》，《文史杂志》，2000 年 1 期，2000 年 1 月，页 22 –25。

征，到唐代已经固定下来。陆龟蒙《樵人十咏并序》说："世言樵渔者，必联其命称，且常与隐君子事。"① 渔樵并称已成为隐君子的代号。又宋郭思《林泉高致集》说："渔樵，隐逸所常适也。"② 这就是渔樵形象的隐逸意蕴，经过不断的历史积淀的结果。

试看李建勋罢相江南，出镇豫章，闲暇时便与宾僚穿上宽鞋轻衫，带备酒菜游山，"引步于渔溪樵坞间，遇佳处则饮"③。他一提"引步于渔溪樵坞间"，读者就明白这是闲隐情趣的张扬。渔樵被称为高逸，所以晚唐五代文人与渔樵往还，其例颇有之，如林嵩的《周朴诗集序》云：

高傲纵逸，林观宇宙，视富贵如浮云，蔑珪璋如草芥，惟山僧钓叟，相与往还。④

黄滔《壬癸岁书情》言："冠盖新人物，渔樵旧弟兄。"⑤ 又唐末五代出现了不少以"赠渔者"、"赠渔父"、"赠渔家"为题的诗，罗隐、杜荀鹤、韦庄、李中都写过，韩偓《赠渔者》诗说："我亦好闲求老伴，莫嫌迂客且论交。"⑥ 可知渔者与诗人本不相识。这类赠诗大有可能是"虚赠"，不一定早已与所赠的对象相交，又或者对方是像史虚白一类隐于渔樵的读书人。总之，诗中的渔者都应该是经过理想化的，比如罗隐《赠渔翁》诗说：

是非不向眼前起，寒暑任从波上移。
……
逍遥此意谁人会，应有青山渌水知。⑦

杜荀鹤《戏赠渔家》诗说：

① 《全唐诗》，册18，卷620，页7138。
② 郭思：《山水训》，《林泉高致集》（台湾商务印书馆，《景印文渊阁四库全书》本），页1上。
③ 文莹：《湘山野录》（北京：中华书局，1984年），卷上，页12。
④ 《全唐文》，册9，卷829，页8741。
⑤ 《全唐诗》，册21，卷706，页8123。
⑥ 韩偓：《赠渔者》，《全唐诗》，册20，卷680，页7790。
⑦ 罗隐：《赠渔翁》，见雍文华校辑：《罗隐集》（北京：新华书店，1983年），页152。

见君生计羡君闲，求食求衣有底难。
……
却笑侬家最辛苦，听蝉鞭马入长安。[①]

韦庄《赠渔翁》诗说："曾向五湖期范蠡，尔来空阔久相忘。"[②] 可以看作诗人尚隐理想的投射。其他像南唐后主李煜的《渔父词》：

浪花有意千里雪，桃花无言一队春。
一壶酒，一竿身，世上如侬有几人？
一擢春风一叶舟，一纶茧缕一轻钩。
花满渚，酒满瓯，万顷波中得自由。[③]

齐已的《湘江渔父》：

湘潭春水满，岸远草青青。
有客钓烟月，无人论醉醒。
门前蛟蜃气，蓑上蕙兰馨。
曾受蒙庄子，逍遥一卷轻。[④]

这些文学中的"渔父"已非一般渔家，而已经成为隐逸的喻象。五代诗中的这种现象，亦不过前代之遗风而已。不过，唐末五代的士人的确颇有隐于渔樵的，除了前引史虚白的自称"草野之人，渔钓而已"[⑤]，颇突出的还有《江表志》的作者郑文宝，郑氏由南唐入宋，陆游《南唐书》云：

文宝初仕后主，以文学选为清源公仲禹掌书记，迁校书郎，归朝，南唐故臣皆许录用，文宝独不自言，后主以环卫奉朝请，不纳，客谒文宝，乃被蓑荷笠，

---

① 杜荀鹤：《戏赠渔家》，《全唐诗》，册20，卷692，页7968。

② 韦庄：《赠渔翁》，见李谊编：《韦庄集校注》（成都：四川省社会科学院出版社，1986年），页223。

③ 詹幼馨：《南唐二主词研究》（武汉：武汉出版社，1992年），页44。

④ 《全唐诗》，册24，卷840，页9473。

⑤ 《钓矶立谈》，页40上。

作渔者以见之。[①]

"渔者"作为反建制的符号象征，由此可见。郑文宝以渔者塑型表明不与新朝妥协的心志，此意蕴实即渔人作为隐逸象征之引申。

三、狎妓冶游

妓（伎）乐是闲隐生活的一个重要部分，唐末五代诗人提过"东山携妓"，像徐铉《奉和宫傅相公怀旧见寄四十韵》有言："东山妓乐供闲步，北牖风凉足晏眠。"[②] 又唐末杨夔《送杜郎中入茶山修贡》云："谢公携妓东山去，何似乘春奉诏行。"[③] 这些都是借谢安蛰伏东山，携妓出游，来讲闲隐生活的。《北梦琐言》卷五说到唐末符载（与高骈同时）：

居浔阳二林间，优游卒岁……于襄阳乞百万钱买山，四方交辟，羔雁盈于山门，草堂中以女妓二十人娱侍，声名藉甚于时。[④]

可见在唐末五代人的心目中，妓乐是"隐"——不论是公退还是不仕——的生活的一部分。

妓女本来在社会上是处于低下阶层的，她们以声色娱人，终唐一代地位虽然没有怎样提高过，但是由于她们经常与文人交往，因而造成了她们在社会上独特的地位，据孙棨《北里志》所载：

诸妓皆居平康里，举子、新及第进士、三司幕府但未通朝籍，未值馆殿者，咸可就诣。[⑤]

《唐摭言》便记载郑合敬及第后，仍然流连平康里，并且赠诗与妓：

---

① 陆游：《南唐书》，卷15，页2上。
② 《全唐诗》，册22，卷756，页8599。
③ 《全唐诗》，册22，卷763，页8662。
④ 孙光宪：《北梦琐言》，卷5，页41。
⑤ 孙棨：《北里志》（上海：古典文学出版社，1957年），页22。

春来无处不闲行，楚闰相看别有情。
好是五更残酒醒，时时闻唤状头声。[①]

另有裴忠谦状元及第后，作纸笺名纸谒平康里歌伎，并宿于平康里。[②] 可以知道唐代的妓女和文人学士接触的机会极多，要讨好这些文人，就必须通娴其伎俩，她们的文艺素养越高，身价也就越高，文人便自会引之为同调，趋之若鹜。[③] 不管是为了增加生意，还是为了自增身价，唐朝妓女擅文墨的极多，如薛涛（760—832）便很努力地跻身文流，以增身价，以求才子云集，[④] 所以说两者是相辅相成的。她们通晓琴棋书画，能吟诗唱歌，才情之高，令人震慑。像高骈（？—887）的故事，他自渚宫移至扬州，在宴席上口占“楚辞”两句，请幕下续上去，良久没人赓续，最后由席上一妓女以诗回应之，据说：“其诗绝佳，虽使温李为之，不过如此。”[⑤] 这样的传闻，试与薛涛及《北里志》的才妓合观，亦可反映一时风气。

收录在《全五代诗》中妓女的诗篇并不多，只有10人，有名字可考的仅7人；[⑥]《全唐诗》内共收了妓女24人的诗篇，[⑦] 其中7人的名字均见于两书，[⑧] 不论她们是实有其人，还是出于传说，但本于小说笔乘，多少是反映出时代风气所趋，唐五代妓女的文化水平相当高。诗人墨客喜欢流连烟花之地，这与妓女的文化素养高有密切关系，诗人与她们交往，可以得到回应，因此，便视她们为知己。如平康里妓女杨莱儿，“貌不甚扬”，“但利口巧言，诙谐臻妙”，晚唐赵光远

---

① 王定保：《唐摭言》，卷3，页40。按：“楚闰”指楚娘、闰娘，均为当时名妓。

② 参阮阅：《诗话总龟》，卷3，页32。

③ 龚鹏程：《论唐代的文学崇拜与文学社会》，页65。

④ 同上。

⑤ 当时高骈吟诵：“悲莫悲兮生别离，登山临水送将归。武昌无限新栽柳，不见杨花似雪飞。”至于该名妓女的名字和诗句，不见于记载。参杨慎（1488—1559）：《升庵诗话》，卷9，载丁福保辑：《历代诗话续编》，册中，页806。此条原见《太平广记》卷273，引《抒情诗》。

⑥ 这7名妓女为：（梁）杨莱儿（《全五代诗》，册上，卷8，页189－190）、王福娘（同上，页190）、（唐）杨苎萝（同上，卷10，页249）、（南唐）韩续姬（同上，卷39，页821）、徐月英（同上，页822）、（前蜀）张窈窕（同上，册下，卷56，页1147－1148）、灼灼（同上，页1148）。另外三人为（吴）故台城妓（同上，册上，卷23，页501）、（南唐）莲花妓（同上，卷39，页821）及（北汉）太原妓（同上，册下，卷100，页2013－2014）。按：这些妓女是实有其人，还是出于传说，实难确考。

⑦ 按：《全唐诗》，卷802（册23）内共收录了20名妓女的诗篇，另外4名见录于卷800“名媛”项，但这4人的出身均为歌伎，只是后来嫁人或被送入进士或朝士家中。她们分别为红绡妓（卷800，页8999）、崔紫云（同上，页9003）、孟氏（同上，页9004－9005）、韩（严）续姬（同上，页9007）。

⑧ 这7人为杨莱儿、王福娘、莲花妓、徐月英、张窈窕、太原妓、韩续姬。

"一见溺之"，赵光远曾以长句诗题于杨莱儿室中：

鱼钥兽环斜掩门，萋萋芳草忆王孙。
醉凭青琐窥韩寿，困掷金梭恼谢鲲。
不夜珠光连玉匣，群寒钗影落瑶樽。
欲知明惠多情态，役尽江淹别后魂。

杨莱儿见诗后，复以同韵长句酬应：

长者车尘每到门，长卿非慕卓王孙。
定知羽翼难随凤，却喜波涛未化鲲。
娇别翠钿粘去袂，醉歌金雀碎残樽。
多情多病年应促，早办名香为返魂。[①]

有这种才艺，难怪赵光远为之不舍。

诗人与妓女交往，还可能有互为利用的因素。诗人要借歌伎来唱诗，以广流传，"歌诗"是唐代的社会风尚，也是唐代妓女的一种重要技艺，[②] 宴会之上，士人雅兴大作，作诗写词，在座的妓女自然便负起歌唱的责任。如李讷为浙东廉使时，设宴饯别侍御崔元范，兴之所至，就在座中命越妓盛小丛唱诗作饯，在座各人也赋诗相赠。[③] 韩熙载更在后房蓄乐伎，她们弹丝吹竹，清歌艳舞，"皆曲臻其极"，因此一时俊杰，如冯延巳、徐锴、徐铉、冯延鲁等人，皆集其门。[④] 所以当时的诗人和妓女之间，不无一种相互倚重的可能。

冶游原是文士风流的行径，初、盛、中唐年间，社会富裕，歌楼酒馆林立，尤以扬州为烟花之地，"倡楼之上，常有绛纱灯万数，辉罗耀烈空中。九里三十步街中，珠翠填咽，邈若仙境"[⑤]。诗人学子夜夜笙歌有之，如杜牧（803—852）便在供职以外，唯以宴游为事，他常夜游妓舍，纵情声色。[⑥] 五代年间，这种风

① 孙棨：《北里志》，页 32。
② 孙菊园：《唐代文人和妓女的交往及其与诗歌的关系》，《文学遗产》，1989 年 3 期，1989 年 5 月，页 111。
③ 盛小丛有诗一首《突厥三台》，见《全唐诗》，册 23，卷 802，页 9032。
④ 《钓矶立谈》，页 41 上下。
⑤ 原载《阙史》，引自周勋初编：《唐人轶事汇编》，册下，卷 22，页 1226。
⑥ 王谠著，周勋初校证：《唐语林校证》，册下，卷 7，页 621。

气尤盛，徐铉《酬乔亚元舍人长歌》记：

> ……
> 光阴暗度杯盂里，职业未妨谈笑间。
> 有时邀宾复携妓，造门不问都非是。
> 酣歌叫笑惊四邻，赋笔纵横动千字。
> ……
> 多才太守能挝鼓，醉送金船间歌舞。
> 酒酣耳热眼生花，暂似京华欢会处。
> ……①

失意于仕途的诗人，或宁愿隐居而不甘出仕的文人，他们选择在烟花地流连忘返，疏狂放达地生活，一方面期望得到慰藉，另一方面用来消磨时间，麻醉自己。孙棨于梁初不仕，便终日留在平康里，并在里巷内题诗怡情。② 与妓女交往几乎成为诗人生活的一部分，他们之间的关系大多并非一夕之情，所以在五代诗人的作品中，便明显地多了一些"赠妓"和"悼妓"的诗篇。③ 与妓女往来不但为他们的生活增添了色彩，而且为他们的诗作提供了材料。

四、闲游玩艺与读书藏书

《唐国史补》说："自贞元（785—805）侈于游宴，其后或侈于书法、图画，或侈于博弈，或侈于卜祝，或侈于服食。"④ 的确，中唐以后，虽然国家经历了变故，但士人生活中观画、赏花、郊游、弈棋这些生活情趣，诗人是割舍不得的，到了唐末五代，这些生活情趣在"隐"的生活中都有了新发展。

---

① 《全五代诗》，册上，卷26，页551。按：在《全唐诗》中的诗题为《亚元舍人不替深知，猥贻佳作三篇，清绝，不敢轻酬，因为长歌聊以为报，未竟，复得子乔校书示问，故兼寄陈君，庶资一笑耳》（《全唐诗》，册22，卷753，页8569）。

② 孙棨：《题北里妓人壁》，《全五代诗》，册上，卷1，页26。按：孙棨亦与北里妓王福娘交往，孙氏有《赠妓人王福娘》诗（同上），王福娘亦自题一绝《题孙棨诗后》应之（同上，卷8，页190）。

③ 朱褒便曾为一名十五岁的小妓写下《悼杨氏妓琴弦》一诗，流露出哀愁："魂归寥廓魄归泉，只住人间十五年。昨日施僧裙带上，断肠犹系琵琶弦。"（《全五代诗》，册上，卷1，页18）

④ 李肇：《唐国史补》（上海：上海古籍出版社，1957年），卷下，页60。

（一）郊游、山居

郊游是唐代上层社会普遍的风气，开元天宝之世，“长安春时，盛于游赏，园林树木无闲地”[①]。游览山水名胜，享受山林情趣，这在太平盛世的日子，固然是优游的生活，君王、贵胄、学子皆尽兴而回；在动荡不稳的时世，同样可以徜徉山水之间以荡情涤志。[②] 特别是选择出任地方官的诗人，他们经常结伴郊游，所以唐末五代记述游玩山水的诗不少。李建勋镇守豫章，与友游东山时写的诗，便可以反映出当时部分诗人“及时行乐”的心态：

身闲赢得出，天气渐暄和。
蜀马登山稳，南朝古寺多。
早花微弄色，新酒欲生波。
从此唯行乐，闲愁奈我何。[③]

期君速行乐，不要旋还家。
永日虽无雨，东风自落花。
诗毫黏酒淡，歌袖向人斜。
薄暮忘归路，垂杨噪乱鸦。[④]

据说李氏“虽极富盛”，但他“不喜华靡，屏斥世务，喜从方外之游”[⑤]。正是富贵山林两得其趣的例子。

郊游和赋诗是分不开的，年过七十的王仁裕，精力犹不衰，每到天气暖和的时候，他便与门生友人出游，出游时除带备“酒炙三五人之具”，以便设置酒宴之外，还会携带一个照袋，“照袋以皮为之，四方有盖，其中可容，中贮笔砚，《韵略》、刀子、砺石、笺纸数十幅，并小乐器之类”[⑥]。每遇有园亭或竹树之处，

---

① 王仁裕：《开元天宝遗事》（上海：上海古籍出版社，1985 年），页 91。

② 郑学檬便提过五代十国士子流行“寄情山水”，他认为这种情怀历代都有，但以乱世为多。参氏著：《五代十国史研究》，页 220。

③ 李建勋：《春日东山正（一作草）堂作》，《全唐诗》，册 21，卷 739，页 8420－8421。

④ 李建勋：《踏青樽前》，《全唐诗》，册 21，卷 739，页 8421－8422。

⑤ 文莹：《玉壶清话》，卷 10，页 96。

⑥ 曾慥：《类说》，卷 15，引《先公谈录》（北京：书目文献出版社，1988 年），页 11 下。

必赏燕赋诗，尽欢醉而归。[①] 出游而带备充足的文房用品，尤其是为作诗检韵用的《韵略》，并且以皮袋慎重地收藏起来，可想而知，郊游对五代诗人来说，不只是一件闲事，还是一桩雅事。诗在闲隐生活中的重要地位也就很明显了。

除了闲游，五代诗亦颇言及山居，作诗以“山居”或“山斋”为题的，就有杜荀鹤、韦庄、黄滔、崔道融、唐求、李建勋、颜仁郁、孟贯等。这类“山居”诗，常有“傲王侯”之意，像李建勋《宿友人山居寄司徒相公》：

……
知君在霄汉，此兴得还稀。
……
虚堂看向曙，吟坐共忘劳。
溪冻声全减，灯寒焰不高。
他人莫相笑，未易会吾曹。
……[②]

黄滔《题山居逸人》有句：“不知双阙下，何以谓轩裳。”[③] 诗人居于山中，与田翁樵叟为邻，与麋鹿猿猴为友，如杜荀鹤诗云：

野叟并田锄暮雨，溪禽同石立寒烟。
他人似我还应少，如此安贫亦荷天。[④]

虽然生活不太富足，但诗人安于现状。韩偓亦有山居诗：“厌闻趋竞喜闲居，自种芜菁亦自锄。”[⑤] 此为躬耕生活。另《清异录》记隐于九华山的郑遨，云：

郑遨隐居，有高士问：“何以阅日？”对曰：“不注目于婆娑儿，即侧耳于鼓

---

① 《全唐诗》内仅收录了王仁裕14首诗篇，其中8篇是游历时写的，包括《从蜀后主幸秦川上梓潼山》、《和蜀后主题剑门》、《题麦积山天堂》、《题斗山观》、《题孤云绝顶淮阴祠》、《和韩昭从驾过白卫岭》、《与诸门生春日会饮繁台赋》、《过平戎谷吊胡翙》（载《全唐诗》，册21，卷736，页8401－8404）。

② 《全唐诗》，册21，卷739，页8426－8427。

③ 《全唐诗》，册21，卷704，页8103。

④ 杜荀鹤：《乱后山居》，《全唐诗》，册20，卷692，页7954。

⑤ 韩偓：《闲居》，《全唐诗》，册20，卷681，页7804。

吹长。”谓玩鸥而听蛙也。①

“玩鸥”、“听蛙”指的当然是充满闲情逸致的生活。

唐五代人多有山居经验，盖习业山林寺院，准备应举，是为一代风尚。严耕望《唐人习业山林寺院之风尚》一文已极详备，② 不烦细证。兹举一例，陆游《南唐书》卷13《张易传》云：“（张易）少读书于长白山，……不中。”③ 唐末五代，庐山尤为有名，南唐伍乔有《闻杜牧赴阙》：“旧隐匡庐一草堂，今闻携策谒吾皇。”④ 南唐中主李璟于庐山白鹿洞建学馆，号庐山国学，即为宋白鹿洞书院之前身。唐末五代诗人习业庐山者甚众，像陈贶、江为、刘洞、李中、孟归唐、杨徽之、伍乔、陈沆、黄损、熊皎、虚中等。学者论之已详，兹不具述。⑤

（二）酷嗜弈棋

隋唐五代是继两晋南北朝之后中国围棋发展史上的第二个高峰时期，唐五代期间，围棋的重要价值是陶冶性情，愉悦身心。⑥徐铉《送张佖郭渍二先辈序》说：“春物将华，琴棋诗酒，足以为适。”⑦ 他的《乔公亭记》又说：“吟啸发其和，琴棋助其适。”⑧ 可以为例。另韩偓便是带着棋经、药诀往访朋友的。⑨ 陆游《南唐书·刁彦能传》记刁彦能之子衎“淳淡夷粹，恬于仕进，暇日鼓琴围碁，

① 陶谷：《清异录》（《丛书集成初编》本），卷2，页148。

② 详见严耕望：《唐人习业山林寺院之风尚》，载氏著：《唐史研究丛刊》（香港：新亚研究所，1969年），页367－424。

③ 陆游：《南唐书》，卷13，页2上。

④ 《全唐诗》，册21，卷744，页8462。按：此杜牧非晚唐诗人小杜。参《唐才子传校笺》，册3，页258－261。

⑤ 严耕望：《唐人习业山林寺院之风尚》，页392－395。

⑥ 藏嵘、王宏凯：《中国隋唐五代习俗史》（北京：人民出版社，1994年），页170。按：作者在书中提到的《隋书·经籍志》收集了南北朝围棋棋谱8部52卷，归入“子部·兵书”类，与《孙子兵法》、《吴起兵法》等著作同列一类，反映了时人认为围棋与军事有密切关系，到五代编纂《旧唐书·经籍志》时，围棋已列入“子部·杂艺术”类，明显地，围棋的军事性因素已减少了。王国良《魏晋南北朝志怪小说研究》云：“观棋传说源自古仙人博戏之传统，盖棋局虽少，棋戏已成为神仙洞彻世事之象征。”（页271）此一传统亦影响唐人对棋的看法，唐末李洞诗《锦江陪兵部郑侍郎话诗著棋》云：“落叶溅吟身，会棋云外人。”（《全唐诗》，册21，卷721，页8272）徐铉《棋赌赋诗输刘起居奂》又云：“本图忘物我，何必计输赢。”（《全唐诗》，册22，卷756，页8606）唐五代人视棋为尘外之事（“会棋云外人”和“本图忘物我”），此观念实肇始自六朝。

⑦ 《全唐文》，册9，卷882，页9217。

⑧ 《全唐文》，册9，卷882，页9224。

⑨ 韩偓：《频访卢秀才》，《全唐诗》，册20，卷682，页7828。

不交人事"①。可知弈棋是“隐”的生活的雅事。② 值得注意的是，隋唐五代时期，琴、棋、书、画开始被相提并论，被人视为高尚典雅的活动。③ 譬如上举各例，都是琴棋并称。棋的地位高到能与“君子无事不彻琴瑟”的“琴”相提，这是中唐以前所少见的。

下棋成为文人阶层的必备素养，中唐的刘禹锡（772—842）《海阳湖别浩初师开引》说：“师为诗颇清，而弈棋至第三品，二道皆足以取幸于士大夫。”④ 这就可以看出弈棋不但行于士大夫，而且还是与诗并提的文化素养。从中唐到五代，棋品是对士人扬誉的常见项目之一，连奉承吹嘘的碑铭之文也不忘一提。如权德舆（759—818）《唐故银青光禄大夫宋吏部尚书兼御史大夫充诸道盐铁转运使上柱国赵郡开国公赠尚书右仆射李公墓志铭》中提到李巽（747—809）：

> 喜士尊贤，开怀盍簪，丝桐博弈，谈笑嗢噱，每有余裕而无留事。⑤

李商隐《梓州道兴观碑铭》载：

> 尚书河东公……加以融徽妙阃，栖照元津，书圣琴言，论衡棋品。⑥

徐铉《唐故朝议大夫行尚书礼部郎中柱国赐紫金鱼袋太原王公墓志铭》记：

> 墨妙笔精，固禀于性，弈思琴德，咸是所长。⑦

凡此可见棋自中唐而至五代，已不单纯是一种游艺之具，显然成为具有个人型塑作用的文化工具。

下棋本来就是一项闲适的活动，要认真地下一盘棋，不但需要时间，而且要

---

① 陆游：《南唐书》，卷6，页8上。

② 六朝人以围棋为“坐隐”，见徐震堮：《世说新语校笺》（香港：中华书局，1987年），卷下，《巧艺》，页387。

③ 藏嵘、王宏凯：《中国隋唐五代习俗史》，页170－175。按：作者在书中详细地阐述了唐代弈棋风气盛行的情况，书中并提到宫廷围棋之风，文人墨客好围棋，民间的妇女僧侣亦喜欢进行围棋的游艺活动。

④ 卞孝萱校订：《刘禹锡集》（北京：中华书局，1990年），卷29，页397。

⑤ 《全唐文》，册5，卷505，页5135。

⑥ 朱怀春等标点：《李商隐全集》（上海：上海古籍出版社，1999年），页229。

⑦ 《全唐文》，册9，卷886，页9256。

花不少心思精神，因此，下棋这玩艺向来是“闲人”用以“消闲”的。五代诗人的闲居，很多时候都离不开下棋。[1] 李中记述他闲居的生活时说：

寥寥陋巷独扃门，自乐清虚不厌贫。
数局棋中消永日，一樽酒里送残春。
……[2]

为了“消永日”而连下数局，诗人的生活情况大致可以想见。诗人除了以下棋消日，亦以下棋来解愁抒虑，所谓“半局闲棋万虑空”[3]，“万事翛然只有棋”[4]。下棋也就可视为精神闲远旷逸的体现。

酒和棋又总是分不开的，对弈时常需要酒来助兴，五代诗人便是在诗酒棋局中消磨日子，诗歌中亦喜双提并说，以下一些例子可作说明：

一杯春酒一枰棋[5]

酒壶棋局似闲人[6]

爱酒耽棋田处士[7]

险事销肠酒，清欢敌手棋。[8]

（三）饮酒品茶

酒在隋唐五代的社会习俗中，占有十分重要的地位，不论是朝廷大典、内宫宴筵、祥瑞节令，还是民间的婚丧嫁娶、应酬聚会，全都离不开酒。唐代初年国

---

① 杜荀鹤很喜欢以“闲”字入诗，在他现存的诗作中，“闲”字便出现了59次，这反映了他当时的心境。

② 李中：《春晚过明氏闲居》，《全唐诗》，册21，卷747，页8502。

③ 郑损：《玉声亭》，《全唐诗》，册19，卷667，页7632。

④ 吴融：《山居即事（四首）》，《全唐诗》，册20，卷684，页7848。

⑤ 徐夤：《温陵残腊书怀寄崔尚书》，《全唐诗》，册21，卷709，页8157。

⑥ 徐夤：《寓题》，《全唐诗》，册21，卷709，页8160。

⑦ 李洞：《有寄（一作赠）》，《全唐诗》，册21，卷723，页8300。

⑧ 郑谷：《咏怀》，《郑谷诗集笺注》，页163。

家繁荣，酿酒业蓬勃，再加上中外文化交流极盛，使者往来不但加强了中原和西域的联系，还带来了不少西域的物产，胡酒便是其中一种，因此，唐代的文人学士，无不对饮酒习以为常，甚至纵情酒色，寄托精神。①

上节已提过饮酒和弈棋几乎是分不开的，此外，郊游时亦有以酒来助兴。现存唐人诗歌中，有很多是宴饮时的诗作，在筵席上饮酒应酬是理所当然的，所以，饮酒几乎是文人聚会中不能缺少的，文人不懂饮酒更是不可思议。② 文人不但会饮酒，而且喜欢饮酒，甚至有饮至狂醉的地步，如皮日休便曾在春闱的曲江宴上，“醉寝别榻，衣囊书笥，罗列亭侧”③。唐末五代人饮酒如狂的事颇为不少，据《诗话总龟》载，李梦符在洪州时，“与布衣饮酒，狂吟放逸”④。伊用昌“善饮，每醉行歌市中，其言皆物外汗漫之辞，似不可晓”⑤。李涛甚至写诗乞酒，按当时的习俗称“社日饮酒治聋”，李昉为翰林学士，每月给内库酒，诗友李涛就写过《春社从李昉求酒》诗。⑥

在唐五代，卖酒的地方相当多，在道中湖边皆设有酒市，以方便游赏的行人，难怪诗人郊游时，可以边饮酒、边赋诗：

昆陵嘉景太湖边，才子经游称少年。
风弄青帘沽酒市，月明红袖采莲船。
……⑦

风暖汀洲吟兴生，远山如画雨新晴。
……

① 晚唐杜牧“恃才，喜酒色”（见王谠著，周勋初校证：《唐语林校证》，册下，卷7，页621）。张孜“耽酒如狂”（何光远：《鉴诫录》，卷9，页1上）等，这是唐人之常。五代诗人刘兼有诗《访饮妓不遇，招酒徒不至》（《全唐诗》，册22，卷766，页8694－8695）。从诗题可见酒色之事，可共集于“饮妓”一身之上。关于“饮妓”、“酒妓”，可参王昆吾：《唐代酒令艺术》（上海：知识出版社，1995年），页205－218。关于“胡酒”，可参E. H. Schafer（谢弗）著，吴玉贵译：《唐代的外来文明》（原名 *The Golden Peaches of Samarkand: A Study of Tang Exotics*）（北京：中国社会科学出版社，1995年），页309－313。

② 唐代文人学士举行的宴会，统称为“文酒之宴”或“文会”，唐代的宴会名目繁多，如进士及第后，皇帝会例行在曲江设下曲江宴；另外，新科进士又以樱桃宴请众人，名为“樱桃宴”，在这些宴燕中，酒是少不了的。有关唐五代文人饮酒的情况，详见藏嵘：《中国隋唐五代习俗史》，页62－68。

③ 王谠著，周勋初校证：《唐语林校证》，卷7，页663。

④ 阮阅：《诗话总龟》，前集，卷46，页447。

⑤ 阮阅：《诗话总龟》，前集，卷46，页447。

⑥ 叶梦得：《石林诗话》（载何文焕辑：《历代诗话》，册上），卷上，页413－414。

⑦ 李中：《送姚端秀才游昆陵》，《全唐诗》，册21，卷750，页8547。

闪闪酒帘招醉客，深深绿树隐啼莺。
……①

酒除了可以助兴之外，亦可以解忧，② 流离漂泊的五代诗人，有的是为了忘忧而寄情于酒，如李中赠诗与张惟贞时，便提过：

昔年同炼句，几夜共听猿。
考古书千卷，忘忧酒一樽。
……③

聂夷中赋诗谈《饮酒乐》时，也表示：

草木犹须老，人生得无愁。
一饮解百结，再饮破百忧。
……④

诗人嗜酒的程度，甚至会以酒来作为咏诵的主题，汪遵的《咏酒》便既写酒，又写自己对家国的情怀：

九酝松醪一曲歌，本图闲放养天和。
后人不识前贤意，破国亡家事甚多。
万事销沉向一杯，竹门哑轧为风开。
秋宵睡足芭蕉雨，又是江湖入梦来。⑤

酒除了用作饮宴应酬之外，对诗人来说，它的功能还有用作麻醉自己，聂夷中便在诗中表示：

人无百年寿，百年复如何。

---

① 李中：《江边吟》，《全唐诗》，册 21，卷 747，页 8502。
② 曹操（155—220）：《短歌行》中的名句是："何以解忧，唯有杜康。"［见《曹操集》（北京：中华书局，1962 年），页 50］
③ 李中：《清溪逢张惟贞秀才》，《全唐诗》，册 21，卷 749，页 8536。
④ 《全唐诗》，册 19，卷 636，页 7297。
⑤ 《全唐诗》，册 18，卷 602，页 6961。

堂中陈美酒，堂下列笙歌。
与君入醉乡，醉乡乐天和。
……
人间荣乐少，四海别离多。
但恐别离泪，自成苦（一作浩）水河。
劝尔一杯酒，所赠无余多。①

然而，“酒入愁肠”，却又未必真能替诗人解忧，只能带来短暂的麻醉，醉后仍无法抛开国事乡情，这从卢汝弼的诗句可见：“醉卧欲抛羁客思，梦归偏动故乡情。”②

品茶是唐代士人另一种悠闲的活动，后世著名的《茶经》是陆羽撰写的，有人指出唐人之所以看重喝茶，与佛教（特别是禅宗）在唐代大盛有关，按照佛教的清规，寺僧和佛徒要戒绝荤腥酒色，因此，文人向禅师僧人问道学经，或栖宿禅寺内，都要以茶代酒，这样便间接促成唐代品茶的风气。③ 事实上，这种说法也不无道理，南唐诗人成彦雄便有一篇讲述在寺院生活，起床后打泉水煮茶的诗。④

品茶能使人心神安宁，脑筋清晰，李中便说过：“茶美睡心爽，琴清尘虑醒。”⑤ 五代诗人重视品茶这一消闲活动，对茶叶更珍而重之，郑遨隐居山中，对煮茶特别考究，他写了一首以茶为题的诗，表现出他对茶艺的认识：

嫩芽香且灵，吾谓草中英。
夜臼和烟捣，寒炉对雪烹。
惟忧碧粉散，常见绿花生。
最是堪珍重，能令睡思清。⑥

诗人花了不少时间和精力来研究茶叶和煎茶的功夫，一方面表现了他们闲逸

① 聂夷中：《劝酒（二首）》，《全唐诗》，册19，卷636，页7297。
② 卢汝弼：《秋夕寓居精舍书事》，《全唐诗》，卷688，页7910。
③ 详见藏嵘：《中国隋唐五代习俗史》，页75－77。另外，从秦韬玉《采茶歌》可见唐人非常看重品茶（《全唐诗》，册20，卷670，页7662）。
④ 成彦雄：《煎茶》，《全唐诗》，册22，卷759，页8626。全诗记：“岳寺春深睡起时，虎跑泉畔思迟迟。蜀茶倩个云僧碾，自拾枯枝三四枝。”
⑤ 李中：《访山叟留题》，《全唐诗》，册21，卷747，页8506。
⑥ 郑遨：《茶》，《全五代诗》，册上，卷12，页271。

高雅的情趣，另一方面也显示了他们的生活无所寄托。五代有“汤社”，《类林》云：“和凝在朝，率同列递日以茶相饮，味劣者有罚，号为汤社。”[①]

（四）藏书读书

唐代藏书极盛，根据《唐书·艺文志》记载：“藏书之盛，莫盛于开元，其著录者，五万三千九百一十五卷，而唐之学者自为之书者，又二万八千四百六十九卷。”[②] 然而，安禄山（？—757）之乱，“尺简不藏”，至唐末黄巢之乱，“存者盖甚少”[③]；五代时期，文人喜欢聚书读书以自娱，[④] 并蔚然成风，一部分士人为了保留文化，不惜以千金购求书籍，像孙光宪于“兵戈之际，书籍不备”，以重金给与赠书人，三年间，收书数万卷，[⑤] 甚至因得不到书而感到遗憾。[⑥] 另有杜河南聚书万卷，并在每卷后题上：

请俸写来手自校，汝曹读之知圣道，坠之鬻之为不孝。[⑦]

以“不孝”之名来提醒子孙爱书。五代文人聚书，像罗绍威有数万卷者并不多，[⑧] 一般都在千卷以上，像吴越赵匡凝“颇好学问，聚书数千卷”[⑨]；另外，吴越吴传瑛“天性英敏，颇敦儒学，聚书数千卷”[⑩]；北汉王璟绝“时时购四方书钞之，晚年集书数千卷”[⑪]。时人聚书，又喜亲写校雠，像吴越钱昭序“好学喜聚书，多亲写”[⑫]；孙光宪“性嗜经籍，聚书凡数千卷，或自钞写，孜孜校雠”[⑬]；前蜀王锴“家藏异书数千本，多手自丹黄，又亲写释藏经若干卷”[⑭]；后唐张宪“喜聚图书家书五千卷，视事之余，手自刊校”[⑮]；南唐郑元素“隐居庐山，……

① 《清异录》，卷4，（《丛书集成初编》本），页295－296。
② 《新唐书》，卷57，《艺文志（一）》，页1421。
③ 《新唐书》，卷57，《艺文志（一）》，页1423。
④ 郑学檬：《五代十国史研究》，页214－215。
⑤ 王士禛：《五代诗话》，卷7，页291。
⑥ 周羽翀：《三楚新录》，卷3，页4上。
⑦ 王谠著，周勋初校证：《唐语林校证》，册下，《辑轶》，页753。
⑧ 欧阳修：《新五代史》，卷39，《罗绍威传》，页416。
⑨ 吴任臣：《十国春秋》，卷8，页123。
⑩ 吴任臣：《十国春秋》，卷83，页1194。
⑪ 吴任臣：《十国春秋》，卷108，页1535。
⑫ 吴任臣：《十国春秋》，卷83，页1207。
⑬ 吴任臣：《十国春秋》，卷102，页1464。
⑭ 吴任臣：《十国春秋》，卷41，页608。
⑮ 《旧五代史》，卷69，《传》，《张宪》，页914。

构一室于舍后，会集古书千余卷”[①] 等。以上例子皆可说明唐末五代文人对于保存典籍，不遗余力，其中以南唐金陵藏书最足称述，马氏《南唐书》卷23云：

皇朝初离五代之后，诏学官训校九经，而祭酒孔维检讨杜镐，苦于讹舛，及得金陵藏书十余万卷，分布三馆及学士舍人院，其书多雠校精审，编秩完具，与诸国本不类。昔韩宣子适鲁而知周礼之所在，且周之典礼固非鲁可存，而鲁果能存其礼，亦为近于道矣！南唐之藏书，何以异此。[②]

藏书的风气，与时人爱读书有密切关系，徐锴嗜读书，不论寒冬暑热，未尝停辍，可见他读书的心志，同时他亦喜收藏书本，致有“江南藏书之盛，为天下冠，锴力居多”之说。[③] 另有朱遵度，他因为避耶律德光诏，于是“挈妻孥，携书，杂商贾奔楚”。他闲居金陵，致力藏书，也努力著书，著有《鸿渐学记》一千卷，《群书丽藻》一千卷，《漆书》数卷。[④] 又徐夤《赠黄校书先辈璞闲居》记：

驭（一作取）得骊龙第四珠，退依僧寺卜贫居。
青山入眼不干禄，白发满头犹著书。
……[⑤]

这种著书、校书、读书的闲退生活，在五代诗中屡有提及，如贯休《秋末寄上桐江冯使君》诗中云：

香凝锦帐抄书后，月转棠阴送客还。[⑥]

杜荀鹤《闲居即事》云：

---

① 吴任臣：《十国春秋》，卷29，页420。
② 马令：《南唐书》，卷23，页1下－2上。
③ 吴任臣：《十国春秋》，卷28，页404。
④ 吴任臣：《十国春秋》，卷75，页1031。
⑤《全唐诗》，册21，卷709，页8164。
⑥《全唐诗》，册23，卷836，页9422－9423。

鬓白只应秋炼句，眼昏多为夜抄书。①

又《戏题王处士书斋》云：

先生高兴似樵渔，水鸟山猿一处居。
……
欺春只爱和醅酒，讳老犹看夹注书。②

李珣《渔父》云：

水接衡门十里余，信船归去卧看书。
轻爵禄，慕玄虚，莫道渔人只为鱼。③

李九龄《写庄子》云：

闲中亦有闲生计，写得南华一部书。④

（五）琴画书法

五代十国期间，虽世局不稳，但经济情况尚算安定，其中又以十国较五代为优，这就为诗人提供了一个有利的环境，使他们仍可以沉醉在风雅的艺术活动中。其中琴为士人随身物，所谓“君子无事不彻琴瑟”，唐人多以琴书并称，下及五代亦然。如郑谷《驾部郑郎中三十八丈尹贰东周荣加金紫谷以末派之外恩旧事深因贺送》：“纵游云水无公事，贵买琴书有俸钱。”⑤ 杜荀鹤《自叙》：“酒瓮琴书伴病身”⑥；韦庄诗《袁州作》：“家家生计只琴书。”⑦ 善琴能文的不乏其人，如钱昱“雅善琴画，聪明能覆棋”，又爱“吟咏诗篇，常与朝中卿大夫唱酬”。⑧

至于书画，唐代的书法艺术为后世留下了极丰富的遗产，颜真卿（709—

① 《全唐诗》，册20，卷692，页7958。
② 《全唐诗》，册20，卷692，页7964。
③ 《全唐诗》，册25，卷896，页10118。
④ 《全唐诗》，册21，卷730，页8365。
⑤ 《全唐诗》，册20，卷676，页7750。
⑥ 《全唐诗》，册20，卷692，页7975。
⑦ 《全唐诗》，册20，卷698，页8032。
⑧ 王士禛：《五代诗话》，卷1，页42。

785)、柳公权(778—865)、李阳冰等都是有名的书法家，唐代亦于诠选官员时，取“楷法遒美”者，[①] 可见唐代社会对文人的书法极为重视。至五代时期，这种风气不但没有消退，反而因为政治不稳，文人更沉溺于文学书法等艺术活动，甚至取得极大的成就，如后唐的杨凝式(873—954)，“书法高妙，杰出五代，可与颜柳继轨”[②]。载于《宣和书谱》中唐末五代的能书人，正书有钱镠、李璟、薛贻矩、[③] 卢汝弼、豆卢革、王仁裕、杨邠；[④] 行书有唐卢知猷、吴融、韩偓、任畴、林藻、徐凝、韦荣宗、苏灵芝、[⑤] 罗隐、韦庄、张徐州、潘佑、孙昭祚、释应之、[⑥] 李煜；[⑦] 草书有贯休[⑧]、杜荀鹤、薛存贵、杨凝式。[⑨] 其中王仁裕、吴融、韩偓、罗隐、韦庄、李煜、贯休、杜荀鹤和杨凝式都是有名的诗人。当时讨论书法的有唐末陆扆《赠詈光草书歌》，[⑩] 吴融亦有同题之作、《贾耽虞书歌》和《姚赞八分书歌》[⑪]。唐末释亚栖有《对御草书歌》、《观智永草书歌》、《观怀素草书歌》和《观高闲草书歌》[⑫]；释贯休亦有《怀素上人草书歌》[⑬]；史邕有《修公上人草书歌》[⑭]；韩偓有诗《草书屏风》[⑮]、释可朋有《观梦龟草书》[⑯]、李建勋有《送八分书与友人继以诗》[⑰] 等。以诗咏书，以咏草书为最多，亦可见唐末五代人书法贵俊逸而尚意。

---

① 《新唐书》，卷45，《选举志》，页1171。又李志慧：《唐代文苑风尚》，页234。

② 《蔡宽夫诗话》，[吴文治主编：《宋诗话全编》(南京：江苏古籍出版社，1999年)，册1]，页625。

③ 《宣和书谱》(上海：上海书画出版社，1984年)，卷5，页42-44。

④ 《宣和书谱》，卷6，页44-46。

⑤ 《宣和书谱》，卷10，页78-84。

⑥ 《宣和书谱》，卷11，页85-88。

⑦ 《宣和书谱》，卷12，页89。

⑧ 《宣和书谱》，卷19，页149。

⑨ 《宣和书谱》，卷19，页152-153。

⑩ 《宣和书谱》，卷4，页2下。

⑪ 《书苑菁华》(台湾商务印书馆，《景印文渊阁四库全书》本)，卷17，页11上下-12下。

⑫ 《宣和书谱》，卷19，页5下。

⑬ 《书苑菁华》，卷17，页7下。

⑭ 《书苑菁华》，卷17，页13上。

⑮ 《全唐诗》，册20，卷682，页7823。

⑯ 《书苑菁华》，卷17，页19下。

⑰ 《全唐诗》，册21，卷739，页8436-8437。

至于绘画，能诗兼能绘画的，有李煜[①]、韩熙载[②]、王文秉[③]、朱澄[④]、陶守立[⑤]、黄崇嘏[⑥]、钱俶[⑦]和钱昱[⑧]。画与诗的关系尤为密切，盖时人颇有诗画相通之意，韩偓《冬日》云："景状入诗兼入画，全情不尽恨天才。"[⑨] 又姚揆《仙岩录》云："惟仙之居，既清且虚，一泉一石，可诗可图。"[⑩] 诗贵工于状物写景，与画相通，所以中唐以后，颇有化诗意入画，如《唐国史补》卷下记李益诗《征人歌》一篇，"好事者，画为图障"[⑪]。此事为人熟知，唐末五代，此类颇有之，如温宪《唐集贤直院官荣王府长史程公墓志铭并序》记：

宪尝为咏蛱蝶诗，公称其句，因作竹叹杏花，画三蝶相从，以写其思。[⑫]

郑谷《予尝有雪景一绝为人所讽，今段赞善小笔精微，忽为图画以诗谢之》云：

赞善贤相后，家藏名画多。留心于绘素，得事在烟波。
属兴同吟咏，成功更琢磨。爱予风雪句，幽绝写渔蓑。[⑬]

又或诗画相依并作，互为映照的，如前蜀嘉州司马刘赞"献陈后主三阁图，并作歌以讽"[⑭]。另《十国春秋》引《清异录》载：

保大五年（947）元日，大雪，李主命太弟以下展燕赋诗，令中人就私第赐

---

① 《十国春秋》记："（煜）雅善属文，工书画。"（卷17，页239）
② 《十国春秋》记："熙载隶书及画，皆隽绝一时。"（卷28，页400）
③ 《十国春秋》记："王文秉者，善小篆字画，远过徐铉所书。"（卷31，页452）
④ 《十国春秋》记："朱澄……工画，常与高太冲等合画雪景宴图，时称绝手。"（卷31，页452）
⑤ 《十国春秋》记："陶守立……以诗笔丹青自娱，工画佛道鬼神，山川人物，后主金山水阁有十六罗汉象，故守立所绘也。"（卷31，页453）
⑥ 《十国春秋》记："（黄崇嘏）雅善琴奕，妙书画。"（卷45，页657）
⑦ 《十国春秋》记："（钱俶）亦间能书写，画墨竹，然不以呫哔废正务。"（卷78，页1114）
⑧ 《十国春秋》记："昱与从父俨皆以文章知名，中朝比之二陆，又雅善琴画。"（卷83，页1210）
⑨ 《全唐诗》，册20，卷682，页7820。
⑩ 《全唐文》，册10，卷901，页9401。
⑪ 《唐国史补》（上海：上海古籍出版社，1957年），卷下，页55。
⑫ 《唐文拾遗》，卷32，页164。
⑬ 《郑谷诗集笺注》，页147。
⑭ 司马光：《资治通鉴》，卷272，页8897。

李建勋，继和时，建勋方会中书舍人徐铉，勤政学士张义方于溪亭，即时和进，乃召建勋、铉、义方同宴夜，艾方散侍臣皆有诗咏，徐铉为前后序，仍集名手图画，书图尽一时之技。①

另黄居寀“尝奉后主命与筌同画秋山图，以荅江南信币，学士徐光溥作秋山图以美之”②。宋人有“无声诗”（画）、“有声画”（诗）之说，③ 可以说是唐五代以来的发展所致。

五代诗人热衷于文学艺术，无论琴、棋、诗、画，皆有所发展，这固然与个人修养有关，但不能忽略的是时代社会的因素，由于朝局变化急遽，失意于仕途者往往选择在文化艺术的范围内施展他们的才华，积极而言，是让自己的才能得到发挥；消极而言，是逃避现实。不过，不管如何，诗人在艺术之内找到依托，他们的诗便反映了他们的心境：

庭户萧条燕雀喧，日高窗下枕书眠。④

人家不必论贫富，唯有读书声最佳。⑤

独醉任腾腾，琴棋自亦能。
卷帘山对客，开户犬迎僧。⑥

第三节　小　结

五代诗人面对时代的转变，很多选择了退隐，不管是真隐还是吏隐，他们在园林山川找到生活的乐趣，那是可以肯定的。如上节提及，五代诗人退隐后，有

---

① 《十国春秋》，卷16，页211。

② 《十国春秋》，册2，卷56，页820。

③ 黄庭坚（1045—1105）《次韵子瞻子由题憩寂图二首》云：“李侯有句不肯吐，淡墨写出无声诗。”见刘琳等校点：《黄庭坚全集》（成都：四川大学出版社，2001年），页212。又惠洪《同超然无尘饭柏林寺分题得柏字》有句：“欲收有声画，绝景为摹刻。”（明释正勉等辑：《古今禅藻集》（台湾商务印书馆，《景印文渊阁四库全书》本），卷8，页21上。

④ 杜荀鹤：《赠溧水（一作涟）崔少府》，《全唐诗》，册20，卷692，页7966。

⑤ 翁承赞：《书斋谩兴（二首）》，《全唐诗》，册21，卷703，页8091。

⑥ 韦庄：《梁氏水斋》，《韦庄集校注》，页29。

的忙于宗教活动，修养心性，与僧道往来不辍；有的寄情山水，与友品茶论诗，或弈棋对饮，或习画读书，总之，都是追求安闲恬适、悠然自得的生活。

诗人隐逸的生活，几乎凡事都与文化艺术牵上关系，细辨之，当中实揭示出一种士人的新型范。《十国春秋·陈觉传》提到吴徐知诰设有“礼贤院”，该院“聚图书万卷及琴弈游戏之具，以延四方贤士”①。由此可见，时人之所谓“贤”者，对琴弈、游戏等，都必须有所认识。欧阳修说五代之乱极矣，是“贤人隐之时”，隐者通常就是贤者，“隐”的新型范其实也是“贤”的新型范。试看一些五代人物传记，其闲退以致隐居的生活都反映出这种“贤”的新型范在形成之中。《旧五代史·张宪传》载：

宪沉静寡欲，喜聚图书，……善弹琴，不饮酒，宾寮宴语，但论文啸咏而已。②

另外，《旧五代史·郑云叟传》载：

惟青衿二童子，一琴，一鹤，从其游处；好棋塞之戏，遇同侣则以昼继夜，虽寒风大雪临檐，对局手足皲裂亦无倦焉。……云叟以山田自给，俱好酒能诗，善长啸。③

《十国春秋》记：“（李后主）雅善属文，工书画，知音律。”④ 宋刘道醇《五代名画补遗》记，南唐陶守立“琴棋诗酒外，以丹青自娱”⑤。李成“嗜酒善琴奕，妙画山水，好为歌诗”⑥。黄崇嘏“……上诗，……献长歌，……雅善琴奕，妙书画”⑦。吴越钱昱则“与从父俨皆以文章知名，中朝比之二陆，又雅善琴画，聪明，能覆碁，饮酒至斗余不乱，尤好学，喜聚书，多所吟咏，恒与中朝卿大夫唱酬”⑧。

从上述五代人物的传记来看，大致可归纳出当时所谓具文化素养的士人的标

① 《十国春秋》，卷26，页359。此事亦见陆游《南唐书》。
② 《旧五代史》，册3，卷69，《唐书》45，《列传》21，页914。
③ 《旧五代史》，册4，卷93，《晋书》19，《列传》8，页1237。
④ 《十国春秋》，卷17，页239。
⑤ 刘道醇：《五代名画补遗》（台湾商务印书馆，《景印文渊阁四库全书》本），页5下。
⑥ 王明清：《挥麈录》（《津逮秘书》本），卷3，页16下。
⑦ 《十国春秋》，卷45，页657。
⑧ 《十国春秋》，卷83，页1210。

准，除了能吟诗以外，大体上还能懂得绘画、弈艺、琴技、聚书，若不能件件精通，也须兼善二三，唐以前的史书绝少同时胪列这几个项目去描写人物，并且以扬誉的语气出之。而在五代的传记中却又是这样的普遍，这种情况就很值得注意。这一章探讨五代诗人“隐”的生活内容，其中实可察见有一新士人型范之勾画，而诗就是这种型范的最详实的说明。

第四章　五代的咏史诗

“咏史诗”，顾名思义，是指诗人咏述的题材主要是关乎历史，① 咏史诗又往往不单纯是咏述史事，而是通过史事借题发挥，借以抒怀言志，议论纵横，一方面鉴古，一方面知今。

如前章所述，五代诗正面描写公退或隐遁生活的很多，但正面谈论诗人的入世作为的，像如何治国安民，如何在公共场域中立身行事，是少之又少。诗人在“出处”之间，“出”这方面的用世襟抱，就只有在咏史诗里才最丰满地透露出来。这就是我们之所以开辟专章讨论咏史诗的原因。每一个主要的五代诗人都写过咏史诗，都寄寓了他们身处乱世的淑世精神。咏史诗在唐末五代极为蓬勃，究竟特征如何？和前期的咏史诗有何分别？以下即探论之。

第一节　咏史诗辨名与分类

何谓咏史诗？空海（774—835）《文镜秘府论》中说：

咏史者，读史见古人成败，感而作之。②

何焯（1661—1722）《义门读书记》中提到：

咏史者，不过美其事而咏叹之，檃括本传，不加藻饰，此正体也。太冲

① 江艳华提到咏史诗时，认为是“以历史事件或历史人物为吟咏对象，藉之以述怀叙志，寄托感情的一种诗歌体式”。[参氏著：《魏晋南北朝咏史诗论略》，《云南师范大学学报（哲学社会科学版）》，26 卷 4 期，1994 年 10 月，页 51]

② 空海著，王利器注：《文镜秘府论校注》（北京：中国社会科学出版社，1983 年），南卷，《论文意》，页 298。

（注：左思）多摅胸臆，乃又其变。①

清人吴乔《围炉诗话》有以下一段话：

古人咏史，但叙事而不出己意，则史也，非诗也。②

综合以上的说法，可以理解咏史诗其实不止是述史、叙史，正如空海所说，有时要“感而作之”；又如吴乔所说，若无己意，则“非诗也”。换言之，咏史诗是通过咏述史事而托以己意，此意或是寄情或是议论。

近代有论者着力于咏史的类型划分，其分类法不一而足。有按萧统所编的《文选》，将其中所收录的中古咏史诗，从形态上划分为三种类型：

（1）直接咏史。

（2）因某种东西、某种原因的感发而咏史，即称之为“怀古”、“览古”之类。

（3）把历史地理与现实景物联系在一起吟咏史事。③

又有从运用史料的形式方面，将咏史诗分为三类：

（1）以诗体传述历史。诗人对史实史料的采用多为一人一事，除对历史人物与史实作一般的吟咏之外，对史实之外的东西没有更多的议论和寄托，此类作品又称之为传体咏史。如东晋（317—420）卢谌（子谅）《览古》一诗，全诗便是吟咏蔺相如“渑池之会”、“完璧归赵”的故事。

（2）论体咏史诗。它与上一类最大的不同是，诗人对史实史料的采用不限于一人一事；此外，诗人在叙述史实时，掺入了自己强烈的主观判断，如左思《咏史》。

（3）蕴涵寄托的咏史诗，亦称为比体咏史诗。此类诗的最大特点是诗人对史实史料的撷取，不再刻意求其实，也不着意于一般的叙述，也不是借助史料作直接的宣泄，而是对历史事实取其中一点，融入情景的描绘，这类诗可以说是融史实、情景、意绪于一体，如李商隐《隋宫》。④

---

① 何焯：《义门读书记》（上海：上海古籍出版社，1992年），卷46，页670。

② 吴乔：《围炉诗话》，载郭绍虞编：《清诗话续编》，册上，卷3，页558。

③ 胡大雷：《咏史：个体抒情在时间上的扩张——中古咏史诗抒情分析》，《广西师范大学学报（哲学社会科学版）》，33卷1期，1997年3月，页31－32。

④ 有关这几类诗的特点，详见孙立：《论咏史诗的寄托》，《中山大学学报（社会科学版）》，1997年1期，1997年1月，页86－88。

更有论者按咏述内容将咏史诗分成另外三类：

（1）以歌咏历史人物的品行事迹为主，其中又可分偏于抒情议论和偏于叙述两种。前者有阮瑀（？—212）的《咏史》、颜延之的《五君咏》；后者有陶渊明（365—427）的《咏荆轲》。

（2）以歌咏历史事件为主，如卢谌的《览古》、阮籍（210—263）的某些《咏怀》诗。

（3）借咏史以抒怀，如左思（250？—305）的《咏史》。①

本章无意细论咏史诗的分类，但浏览一下各种分类法，倒是反映出当前对"咏史诗"这种诗体的属性的疑惑，也可以说是"咏史诗"作为一个文类（genre）的模糊性。历史渗进了文学领域，文学对之利用，其方式不一而足：在述史与抒怀两端，中间出现了各种形态，从述史为主（所谓"传体咏史"、"直接咏史"）到论史抒怀（所谓"论体咏史"、"比体咏史"，又包括览古、怀古、借古讽今），再到单纯的使事用典，其间变化多端，我们拿班固（32—92）的《咏史》和后来罗隐的《咏史》相比较。班固《咏史》：

三王德弥薄，惟后用肉刑。
太仓令有罪，就逮长安城。
自恨身无子，困急独茕茕。
小女痛父言，死者不可生。
上书诣阙下，思古歌鸡鸣。
忧心摧折裂，晨风扬激声。
圣汉孝文帝，恻然感至情。
百男何愦愦，不如一缇萦。②

罗隐《咏史》：

蠹简遗编试一寻，寂寥前事似如今。
徐陵笔砚珊瑚架，赵胜宾朋玳瑁簪。

① 刘学锴：《李商隐咏史诗的主要特征及其对古代咏史诗的发展》，《文学遗产》，1993年1期，1993年1月，页47。

② 班固的《咏史》诗以缇萦救父的事迹为内容，是一首颂赞缇萦的五言诗。原诗见逯钦立辑校：《先秦汉魏晋南北朝诗》（北京：中华书局，1983年），册上，《汉诗》，卷5，页170。

未必片言资国计，只应邪说动人心。
九原郝泚何由起，虚误西蕃八尺金。①

从中可以看出尽管同样以咏史为题，但内容、布局的差别很大，史实与情思的比例差异很大，作者的自我介入的程度差异也很大。班固以咏缇萦事为主，结末“百男何愦愦”两句，才算是作者的一点感叹。但罗隐的《咏史》，从起句的“试一寻”就已经有作者形象的介入，颈联、尾联都是作者的论议。从班固《咏史》，经过左思《咏史》，到罗隐《咏史》，中间是发生了向咏怀方面的演变。不过，带“史”成分的“咏怀诗”，究竟到了怎样的程度，才只算是“咏怀”而不算是咏史呢？今人杨仲义提出的观点，很能反映要解答的困难：

所谓以史为咏，是指诗中必须有史事的陈述，诗的主要内容就是对所述之史进行咏叹，……阮籍的82首《咏怀》诗，多数因情触景，随兴寓言，根本不借史事，是典型的咏怀诗；个别“借古以寓今”者［如“驾言发魏都”（按：阮籍《咏怀其三》）］，虽有对历史遗迹的凭吊和对历史人物的评判，但诗人主要关注的仍是某些诗句中所展示的眼前现实，因而并未构成以“史”为咏，而是一种吊古伤今的咏怀诗。②

杨氏认为咏怀诗不是咏史诗，但咏史诗必须“以史咏怀”。事实上，咏史与咏怀这两者的分界的确很细微，甚至有些模糊。杨氏一段的大旨，在于“（咏史）诗的主要内容就是对所述之史进行咏叹”。对咏史诗下了一个概括而又圆通的界说，大抵上也只能如此而已。总之，咏史诗的主干就是“史”，但不排除还有咏怀的成分。至于咏怎样的“怀”，晚唐周昙《咏史》说：

历代兴亡亿万心，圣人观古贵知今。
古今成败无多事，月殿花台幸一吟。③

其《闲吟》云：

---

① 雍文华校辑：《罗隐集》，页125。
② 杨仲义：《咏史诗的基本特征和美学鉴赏》，《文史知识》，1994年8期，1994年8月，页45。
③ 《全唐诗》，册21，卷728，页8337。

考摭妍蚩用破心，翦裁千古献当今。[1]

唐末胡曾在《咏史》诗序中又写道：

……转采前王得失古今，成一百五十首，为上中下三卷，以首□相次，不以□先，虽则讥讽古人，实欲裨补当代，庶几与大雅相近者也。[2]

可见唐末人咏史，常有“裨补当代”、“献当今”的用意。这就是唐末咏史中的主要“怀抱”，即“将历史的反思与自我的感受交织起来，古今融为一体，有效地发挥了咏史诗借古讽今的功能”[3]。1993年在湖南举行了“咏史诗暨胡曾学术讨论会”，会上论者大都认为不必对咏史、咏怀作出过于严苛的区分。以史事为主体的咏怀、怀古诗，应可以与咏史诗列在同一范畴。下文所论及的唐末五代咏史诗，便是以此为依归。

第二节　咏史诗的起源与发展

要讨论唐末五代的咏史诗，先要把咏史诗的来龙去脉交代一下。有关咏史诗的起源，历来讨论甚多，过去有学者认为早在《诗经》、《楚辞》中，已“开始有借历史的咏颂以达宗教和政治的目的，可谓咏史题材的滥觞”[4]，并指出屈原（前343—前277）的《离骚》、《天问》等诗，已“涉及许多历史传说、历史人物及历史事件，具有抒怀咏史，借古讽时的深刻意义”[5]。学者以为屈原的诗篇开辟了咏史诗的先河，只是没有用“咏史”这个名称罢了。

亦有人指出中国现存的第一部诗歌总集《诗经》中，具有咏史风格的诗歌有15篇，它们在流传至今的《诗经》305首中，约占5%。[6] 无疑，真正以“咏史”

① 《全唐诗》，册21，卷728，页8337。

② 陈盖：《新雕注胡曾咏史诗》（四部丛刊本）（上海：上海印书馆，1925年），序，页1上。

③ 李士龙：《论古代咏史诗》，页124。

④ 江艳华：《魏晋南北朝咏史诗论略》，页51。

⑤ 李士龙：《论古代咏史诗》，页123。

⑥ 该15篇诗分别为：“大雅”中的《文王》、《大明》、《绵》、《思齐》、《皇矣》、《下武》、《文王有声》、《生民》、《公刘》、《荡》、《瞻卬》；“颂”中的《那》、《玄鸟》、《长发》、《殷武》。详见彭伟：《中国古代咏史诗歌初论》，《史学理论研究》，1994年3期，1994年9月，页15。按：彭文指出有16篇，但只列出15篇的名字。

来命名的诗篇，始见于东汉（25—220）班固的《咏史》诗，但是，究竟应不应该拘泥于以“咏史”为名，来作咏史诗的起源，这问题亦成为论者讨论的题目。①

东汉班固《咏史》出现以后，魏（220—265）晋（265—420）年间，咏史诗渐多，除了以“咏史”为题的王粲（177—217）《咏史》、阮瑀《咏史》、左思《咏史》、张协（？—307）《咏史》之类，论者也有把魏武帝曹操《度关山》、《短歌行》、《善战行》等，曹植（192—232）《豫章行》、《精微篇》，潘尼《送卢弋阳景宣诗》，张华（232—300）《游侠篇》，晋杜挚《赠毋丘俭》等，都归为咏史诗。②这一时期的咏史诗开始较具规模，有人认为曹操的咏史诗是史传型的诗篇，而“建安七子”中的王粲和阮瑀等的咏史诗，则多从史传型的颂赞转变为借史事作评议，表达爱憎之情，打破了歌咏一事的格局；建安以后，杜挚的咏史诗，则从对历史人物的吟咏变成了咏怀的手段，从史传、史评的态度转向了咏怀。③

萧统（501—531）编《文选》时，选录了434首诗，其中便有“咏史”一类，共有21首；当中以“咏史”为题的，便有11首。④ 其中最著名的莫过于左思的《咏史》八首，试看其中两首：

弱冠弄柔翰，卓荦观群书，著论准《过秦》，作赋拟《子虚》。
边城苦鸣镝，羽檄飞京都，虽非甲胄士，畴昔览穰苴。
长啸激清风，志若无东吴，铅刀贵一割，梦想骋良图。
左眄澄江湖，右盼定羌胡，功成不受爵，长揖归田庐。⑤

---

① 彭伟便认为过往的人总认为咏史诗始于班固，“实在过于拘泥名称，而忽视了历史实况。”（参氏著：《中国古代咏史诗歌初论》，《史学理论研究》，1994年3期，1994年9月，页15）而指出咏史诗始于班固《咏史》的，则可见郭丹：《论〈昭明文选〉中的咏史诗》，《福建师范大学学报》，1994年3期，1994年7月，页67；邱良任：《论咏史诗》，《华侨大学学报（哲学社会科学版）》，1995年2期，1995年6月，页114；刘学锴：《李商隐咏史诗的主要特征及其对古代咏史诗的发展》，页46。

② 参江艳华：《魏晋南北朝咏史诗论略》，页51；黄雅歆：《魏晋咏史诗之发展与构成形式》，载《中国文学研究》（台北：国立台湾大学中国文学研究所，1990年），第4辑，页246。

③ 江艳华详述了魏晋南北朝咏史诗的特点，参氏著《魏晋南北朝咏史诗论略》，页52。齐益寿亦根据诗的性质，将咏史诗分为“史传”、“咏怀”、“史论”三种类型（见氏著：《谈六朝咏史诗的类型》，《中华文化复兴月刊》，10卷4期，1977年4月，页9-12）。

④ 郭丹提出这21首诗中，仅4首是以“咏史诗”为题，参郭丹：《论〈昭明文选〉中的咏史诗》，页67；胡大雷则指出21首中有10篇题为“咏史诗”，参氏著《咏史：个体抒情在时间上的扩张——中古咏史诗抒情分析》，页31。可见两种说法是有出入的。按：收录在《文选》“咏史”条目下的诗歌，以“咏史”为题的只有4篇，为王仲宣《咏史诗》、左思《咏史（八首）》、张景阳《咏史》和鲍照《咏史》。若按篇数而论，应有11首，而不是10首（详见李善注：《文选》，卷21，页295-299）。

⑤ 左思：《咏史（其一）》，载《文选》，卷21，页296，页304。

诗人在这首诗中所要表达的是个人欲为国立功，但又不求赏赐的志向，他以贾谊（前201—前169）与司马相如（前179—前117）自比，诗中提及战国鲁仲连为赵国解除邯郸之围的事，又提到孙吴（222—280）政权被西晋瓦解的史事，目的是抨击那些无德无才、只凭门第垄断权位的庸碌之辈。

另外一首《咏史》诗说：

> 郁郁涧底松，离离山上苗，以彼径寸茎，荫此百齿条。
> 世胄蹑高位，英俊沉下僚，地势使之然，由来非一朝。
> 金张籍旧业，七叶珥汉貂，冯公岂不伟？白首不见招。①

左思这首咏史诗的末四句，咏述汉代金日磾、张安世两个豪族的子弟靠着祖荫在朝中做官，而冯唐却白发苍苍仍得不到重用，借此抨击当时的门阀制度，倾诉了贫寒之士怀才不遇、报国无门的愤懑。明显地，左思的《咏史（八首）》，表面是咏述历史人物，实际上却是自抒怀抱，诗中说：“何世无奇才，遗之在草泽。”② 既咏史，也咏怀。所以，有论者认为咏史诗发展到王粲、曹植、阮籍、左思、陶潜、鲍照（414—466）等人时，已跳出了传统的窠臼；特别是自左思《咏史》诗开始，咏史诗从以咏史为主体，走向了以作者自我为主体。所谓“不必专咏一人，专咏一事，咏古人而己之性情俱见”③。事实上，鲍照的《咏史》诗也深受左思的影响，诗中说：

> 五都矜财雄，三川养声利。百金不市死，明经有高位。
> 京城十二衢，飞甍各鳞次。仕子彯华缨，游客竦轻辔。
> 明星晨未晞，轩盖已云至。宾御纷飒沓，鞍马光照地。
> 寒暑在一时，繁华及春媚。君平独寂寞，身世两相弃。④

诗人除了在诗中铺写京都繁华、豪强奢侈的情况之外，并以汉代严君平的穷居寂寞，来吐露自身怀才不遇、备受压抑的郁愤。名为“咏史”，实则“咏怀”。这种诗歌的写法，与早期的咏史诗明显地有所不同，也可以说是开创了一个新境界。

---

① 左思：《咏史（其二）》，载《文选》，卷21，页296。
② 同上。
③ 孙立：《论咏史诗的寄托》，页88。
④ 鲍照：《咏史》，载《文选》，卷21，页304。

咏史诗发展到南北朝，可以说已完全成熟，到诗歌发展的黄金时代——唐朝，咏史诗在魏晋南北朝的基础上，再进一步发展，至晚唐五代更加兴盛。有论者认为唐朝陈子昂（661—702）、李白、王维（701—761）、白居易、李商隐、李贺（790—816）、罗隐等人的咏史诗，都得力于魏晋南北朝的咏史诗，尤其是左思的咏史诗，它“增强了史为我用，抒情言志的诗味，……为唐代以后咏史诗的大盛提供了借鉴”[①]。据粗略的统计，魏晋南北朝时，写过咏史诗的诗人有五十多人，咏史诗作达一百六十多首，[②] 这些诗歌的确为后代的咏史诗奠定了基本的模式。

第三节　五代咏史诗兴盛的背景

上文提过，咏史诗经历了魏晋南北朝的发展，到了唐代更趋繁荣，咏史诗作的数量也大大增加了，尤其在晚唐以后一直到五代，不少诗人都喜欢以历史事件为题，其中颇值得注意的是咏史诗专集（专卷）的出现，如胡曾著有咏史诗三卷150首[③]；周昙亦有咏史诗八卷，分十门，共194首[④]；汪遵有咏史诗53首[⑤]。胡曾和周昙两人的生卒年已不可考，但可以知道两人都处于晚唐五代年间。从两人

---

① 李士龙：《试论古代咏史诗》，页123。

② 江艳华：《魏晋南北朝咏史诗论略》，页51。亦有人统计过在魏晋时期，以“咏史”（包括咏人物）为题的诗，数量很有限，仅得10篇（分别为王粲《咏史》、阮瑀《咏史（二首）》、曹植《三良诗》、左思《咏史诗（八首）》及《咏史诗》、张协《咏史》、袁宏《咏史诗》、陶渊明《咏二疏诗》、《咏三良诗》、《咏荆轲诗》），见黄雅歆：《魏晋咏史诗之发展与构成形式》，页246。

③ 见《全唐诗》册19，卷647，页7419－7438。后有人注胡曾诗，独立成集，分3卷，卷一至卷三各有50首。（见陈盖注：《新雕注胡曾咏史诗》）按：《全唐诗》则没有分卷，载有152首，其中《洞庭》和《广武山》两诗，不录于陈盖注的《新雕注胡曾咏史诗》内（这两首诗分别载于《全唐诗》，页7431、7435）。

④ 周昙咏史诗分十门，分别为唐虞门，4首；三代门，16首；春秋战国门，93首；秦门，6首；前汉门，18首；后汉门，17首；三国门，6首；晋门，11首；六朝门，19首；隋门，4首（见《全唐诗》，册21，卷728－729，页8337－8362）。

⑤ 参《全唐诗》，册18，卷602，页6954－6961；李调元编：《全五代诗》，册下，卷63，页1267－1277。按：汪遵一名，又作江遵，或王遵，《全唐诗》以“汪遵”为名，本文以《全唐诗》所用的名字为准，全称汪遵。另《全唐诗》内并没有把咏史的诗分类，只《全五代诗》内定名为“以下咏史诗”，53首这个数目便是以《全五代诗》所列为准。《万首唐人绝句》则将汪遵的咏史诗与其他作品混杂在一起，共有59首。见霍松林编：《万首唐人绝句集评》（太原：山西人民出版社，1991年），册下，卷35，页1074－1093。另外，《唐音戊签》则载有汪遵诗60首，于第八首《苍颉》题下有“以下咏史”四字，此后各诗按史事先后排序，共有53首，其中一首《长城》为《万首唐人绝句》所无，后来补入的。[原载于胡震亨：《唐音戊签》，卷42，今转录自张政烺：《讲史与咏史诗》，《历史语言研究所集刊》（北京：中华书局，1987年）]，册10，页626－627。《全唐诗》的数目与《唐音戊签》所载相同，只是编排的次序略有不同。

所著的一百多首咏史诗来看，可见“咏史”成风，再加上其他诗人亦著有不少咏史诗，如罗隐、徐夤等，[①]凡此皆可看出唐末五代以后咏史诗之鼎盛。咏史诗能大盛于一时，若加研究，可以发现这与当时的时代有着密切的关系。唐代自“安史之乱”平定后，虽然国祚延展一百五十多年，但实际上，国家内忧（如宦官乱政）外患（如藩镇割据、吐蕃乱边），朝纲不振，百姓流离。诗人身历其境，都有一种回顾历史、疗救当世的冲动。[②] 在这种情况下，咏史诗自然而然地兴起，甚至大盛，以下即略言咏史诗兴盛于一时的背景。

一、乱世失政，以史为鉴

唐玄宗宠爱杨贵妃，让李林甫等弄权祸国，终于招致“安史之乱”，这个事件直接将唐朝导向乱局；其后肃宗（李亨，711—762，756—762 在位）、代宗（李豫，726—779，762—779 在位）虽有意除弊立新，甚至宪宗（李纯，778—820，805—820 在位）时有“元和中兴”，但终难以挽救颓局。晚唐诗人于是多有以君主失政为题材的诗，一方面作为对历史的总结；另一方面，也可以此来提醒未来的君主，让他们有所鉴诫。李商隐《北齐（其一）》便是以北齐后主（高纬，555—577，565—577 在位）惑于冯妃的事为吟咏对象的：

一笑相倾国便亡，何劳荆棘始堪伤（一作悲）。
小怜玉体横陈夜，已报周师入晋阳。[③]

许浑亦以陈后主（叔宝，553—604，582—589 在位）荒淫失国的事，写成《陈宫怨（二首）》：

风暖江城白日迟，昔人遗事后人悲。
草生宫阙国无主，玉树后庭花为谁？

---

① 甚至有论者表示：“翻检《全唐诗》中的咏史诗，可以看到几乎每一个晚唐诗人的作品都涉及历史和现实、人与自然这两个主题。”（见田耕宁：《深沉的反思意识：晚唐诗歌特色之一略论》，《社会科学辑刊》，1988 年 4 期，1988 年 7 月，页 130）

② 有人认为唐人吟咏的虽然是以往的历史，但实际上是对唐代社会现实的折射反映。见周小龙：《唐代的咏史诗》，《中南民族学院学报（哲学社会科学版）》，1993 年 6 期，1993 年 11 月，页 96。

③ 刘学锴等编：《李商隐诗歌集解》（北京：中华书局，1988 年），页 539。

地雄山险水悠悠，不信隋兵到石头。
玉树后庭花一曲，与君同上景阳楼。①

这类咏史诗以君主失政为咏述焦点，与汉晋诗之咏缇萦、三良、荆轲、二疏、蔺相如等②迥然有别，其忧患意识、淑世襟抱，显得更为深浓而迫切，下及五代，则更有过之而无不及。试看马令《南唐书》记陈贶献诗：

景阳六朝地，运极自依依。
一会皆同是，到头谁论非。
酒浓沉远虑，花好失前机。
见此尤宜戒，正当家国肥。③

又《十国春秋》卷四十三记前蜀刘赞事：

后主荒淫无节，日与近臣潘在迎辈，宴饮亵慢，（刘）赞献陈后主三阁图，并作歌以讽，后主虽不之罪，而亦不能用也。④

同书卷四十六记前蜀宋光浦事：

乾德中，后主宴饮无度，常以重阳日宴群臣于宣华苑，夜半酒酣，后主唱韩琮柳枝词，光浦意欲以讽为谏，遂咏胡曾诗曰："吴王恃霸弃雄才，贪向姑苏醉绿醅，不觉钱塘江上月，一宵西送越兵来。"后主闻之，不乐而罢。⑤

再看前引胡曾的《咏史诗序》和周昙《咏史》诗的《吟叙》，就不难感受到咏史诗背后的淑世动机。五代诗人目睹君主只管沉醉于酒色奢华，于是以史成咏，企图从侧面达到劝诫的作用。比如汪遵的《陈宫》：

椒房荒宴竟无疑，倏忽山河尽入隋。

① 罗时进编：《丁卯集笺证》（南昌：江西人民出版社，1998 年），页 325。
② 齐益寿：《谈六朝咏史诗的类型》，页 9 - 10。
③ 马令：《南唐书》，卷 15，页 1 下。
④ 《十国春秋》，卷 43，页 637。
⑤ 《十国春秋》，卷 46，页 664。

留得后庭亡国曲，至今犹与酒家吹。①

李山甫的《上元怀古（二首）》，其一：

南朝天子爱风流，尽守江山不到头。
总是战争收拾得，却因歌舞破除休。
尧行（一作将）道德终无敌，秦把金汤可自由。
试问繁华何处有（一作在）？雨台烟草古（一作石）城秋。②

韩琮的《杨柳枝词》：

梁苑隋堤事已空，万条犹舞旧春风。
那堪更想千年后，谁见杨家入汉宫。③

以上诗歌，其视点都归结于当今现世，展现出一幕以现世为驻足点的历史景观，以当前的视（“雨台烟草古城秋”）听（“至今犹与酒家吹”）经验，促发对历史兴亡的惊觉，从而强化借古鉴今的效果。诗人可能表达了他们对政事（尤其是对君主）的不满，积极而言，他们似乎是更希望警醒君主。试看周昙的《咏史》：

历代兴亡亿万心，圣人观古贵知今。
古今成败无多事，月殿花台幸一吟。④

总结历代兴亡，观古知今，这应该是圣人的事。诗人当然不会自称“圣人”，君主才被尊称“圣人”。咏史诗的创作动机（劝诫）与读者对象（君主）就不言而喻了。

二、不为时用，诗史见志

前文已提过五代的诗人处于乱世，虽有志于世，但总是难以见用，于是咏史

① 《全唐诗》，册18，卷602，页6960。
② 《全唐诗》，册19，卷643，页7362。
③ 韩琮：《杨柳枝词（其一）》，《全五代诗》，册下，卷58，页1175。
④ 周昙：《咏史·吟叙》，《全唐诗》，册21，卷728，页8337。

托志，感慨君臣遇合之难的诗作特别多。譬如罗隐应考十次，每次都下第而回。①他写过《燕昭王墓》：

战国苍茫难重寻，此中踪迹想知音。
强停别骑山花晓，欲吊遗魂野草深。
浮世近来轻骏骨，高台何处有黄金。
思量郭隗平生事，不殉昭王是负心。②

此诗应作于诗人归江东入钱镠幕之前，也就是十举不第期间，他有感于前途无着，彷徨失意之余，便从历史人物的经历寄寓自己的感受，所谓“浮世近来轻骏骨，高台何处有黄金”，显然是有感而发，借燕昭王筑黄金台以招贤能，反衬轻视人才的当今浮世。试看他另一首诗《王濬墓》：

男儿未必尽英雄，但到时来即命通。
若使吴都犹王气，将军何处立殊功？③

王濬平吴，结束三国鼎立的局面，功业非同凡响。罗隐把他的“殊功”说成是“时来”所致，这何尝不是他自己“时不我予”的惋叹？

又如徐夤仕途失意，决心归隐延寿溪，他读史之余，也写下《读史》一诗，慨叹有才却不为人所用：

亚父凄凉别楚营，天留三杰翼龙争。
高才无主不能用，直道有时方始平。
喜愠子文何颖悟，卷藏蘧瑗甚分明。
须知饮啄繇天命，休问黄河早晚清。④

诗人感伤“高才无主”的凄凉，所以名为读史，实为自伤。他说到“有时”、“天

① 有关罗隐下第的原因，后人有研究指可以归因于几方面，包括社会因素（缺乏权贵引荐、无亲友援引）、自身因素（贫穷、貌寝、口吃、好讽刺）和考官因素。详见林启兴：《罗隐的“十举不第”与晚唐科举》，《北京师范大学学报（社会科学版）》，1994年2期，1994年3月，页100-103。

② 《罗隐集》，页173。

③ 《罗隐集》，页75。

④ 徐夤：《读史》，《全唐诗》，册21，卷710，页8170。

命”，与罗隐是同一怀抱。事实上，在唐末五代年间，由于政局变幻，士人要得为时用，很多时候都不免梦想落空。胡曾便曾举进士不第，他的咏史诗在咏述一些历史上能得明主进用的人物时，感情尤其强烈，比如他的《南阳》诗，所咏的虽然是诸葛亮（181—234），但是在羡慕诸葛亮获刘备（162—223）三顾茅庐的同时，语气反而是更着力于敦励人君求贤要不遗余力：

世乱英雄百战余，孔明方此乐耕锄。
蜀王不自垂三顾，争得先生出旧庐。[①]

总之，诗人机智地从咏史、读史转向治世之常道，超越古今时限，游离于历史与现实之间，表达他们的感慨与寄望。咏史诗能得到发展，与乱世多遗才的背景实在有莫大关系。

三、讲评历史的风气

讲史虽然是行于宋代，但张政烺文《讲史与咏史诗》谓周昙《咏史》诗“与平话之体尤为相近，实可断为讲史之祖”[②]，此说启人深思，盖当时颇有讲论古今以为闲暇节目的风气。张文引《五代史记·唐臣传》记后唐明宗置端明殿学士，以为“乐闻儒生道古事”[③]，其实唐末五代好讲论旧史之事，尚有其他；《越史略》卷上载：“（高骈）世在军中，折节读书，好谈论古人。”[④]《十国春秋》记南唐烈祖“政事之暇，多与（四方贤士）讲评古今”[⑤]。另《十国春秋》卷九十三记：

宋太平兴国初，陈洪进尚据漳泉，（陈）应功诣洪进，条陈古今天下分合之由，备述天命人心归属之意，洪进倾耳听之。[⑥]

《新五代史》卷二十五《史匡翰传》记：

---

① 胡曾：《南阳》，《全唐诗》，册19，卷647，页7421。
② 张政烺：《讲史与咏史诗》，页611。
③ 张政烺：《讲史与咏史诗》，页616。
④ 《越史略》（台湾商务印书馆，《景印文渊阁四库全书》本），卷上，页17上。
⑤ 《十国春秋》，卷26，页359。
⑥ 《十国春秋》，卷93，页1354。

史氏世为将，而匡翰好读书，尤喜春秋三传，与学者讲论终日，无倦。[①]

陆游《南唐书》卷八云：

（徐游）闲居讲论古今得失，后主设问，游具以所闻对，或游有疑，以请，后主亦引经义或古事称制答之。[②]

值得注意的是，讲论古今又多在“闲居”或“政事之暇”，与周昙诗所谓的“月殿花台幸一吟”互为呼应。这种风气应该是可以促进咏史诗的发展，对当时咏史诗的“闲吟”性格，亦应有所影响。

第四节　五代咏史诗的内容特色

如上文所述，中晚唐咏史诗大盛，一直延展到五代，诗人写作咏史诗，出现了不少大型的诗组或专卷，除了在现存的《全唐诗》中可见的诗作之外，见于《宋史·艺文志》中的唐代诗人及诗作尚有：

诗　人	诗　作	卷　数
冀访	《咏史》	10
杜辇	《咏唐史》	10
阎承琬	《咏史》	3
	《六朝咏史》	6
童汝为	《咏史》	1[③]

晁公武《郡斋读书志》又载有后唐（923—936）李雄撰《鼎国诗》3卷，[④] 有人

① 《新五代史》，卷25，页269。

② 陆游：《南唐书》，卷8，页2上。

③ 脱脱：《宋史》，册16，卷208，《志》161，《艺文（7）》，页5351。

④ 晁公武：《郡斋读书志》，（台湾商务印书馆，《景印文渊阁四库全书》本），《后志》，卷2，页72下。按：据晁氏所载，这三卷诗为李雄于后唐庄宗年间，游金陵成都邺下而写的，共有咏史诗30章，书以三国鼎峙为名。

认为此诗应称为《三国咏史诗》。[①] 从以上的卷数来看，晚唐五代可谓咏史诗人辈出，只是这些作品都已失传，今无可考，这些一鳞半爪的记录仅可说明当时咏史诗，可谓盛况空前。

五代咏史诗的内容以历史为素材，所涉及的材料上自先秦汉魏，下及六朝隋唐，所涉范围广泛，人物众多，但当中亦不难归纳出一些大势，以下试就其最具特色之三点进行论述。

一、红颜薄命

咏史诗的主要内容之一，当然就是兴亡之叹，譬如韩偓，他以北齐败亡的历史为鉴，写道：

任道骄奢必败亡，且将繁盛悦嫔嫱。
……
绮罗堆里春风畔，年少多情一帝王。
……
神器传时异至公，败亡安可怨匆匆。
犯寒猎士朝频戮，告急军书夜不通。
……[②]

国家败亡总有迹可寻，君主骄奢便是一个重要原因，若为君者不自警醒，败亡临到时莫叹匆匆，这似乎是诗人给予君主最大的忠告。

导致君主荒怠朝政的原因，沉迷女色往往是致命的一项，为了警惕君主沉迷女色，诗人咏史的材料中，便不乏选取先秦、六朝、隋等史事为内容，如汪遵《细腰宫》一诗，便以楚灵王好细腰，终致秦兵到而不知为诫：

鼓声连日烛连宵，贪向春风舞细腰。
争奈君王正沉醉，秦兵江上促征桡。[③]

① 张政烺：《讲史与咏史诗》，页632。
② 韩偓：《北齐（二首）》，《全唐诗》，册20，卷682，页7821。
③ 汪遵：《细腰宫》，《全唐诗》，册18，卷602，页6954。

胡曾的咏史诗更多以此来警惕君主，如《姑苏台》：

吴王恃霸弃雄才，贪向姑苏醉醁醽。
不觉钱塘江上月，一宵西送越兵来。[①]

另外，他又以褒姒亡国之事入诗：

恃宠娇多得自由，骊山举火戏诸侯；
只知一笑倾人国，不觉胡尘满玉楼。[②]

不过，这类以女色为戒的咏史诗，自六朝以来已经屡见不鲜，唐末五代诗中时而见之，便不足为奇。五代咏史诗最为突出的，反而是对这种红颜祸国的史识提出反驳，尤其是环绕着杨贵妃和西施这两人的争议，最能显出五代咏史诗的思辨特色。

唐由盛转衰的关键，在于唐玄宗一朝，因此，玄宗与杨贵妃的旖旎情事，便常常出现于诗人笔下，其中最为后人所谈论的，莫过于玄宗每年十月幸华清宫的事，[③] 这件事反映了玄宗不但荒于朝政，而且沉迷女色，中唐及以后的诗人每议论到玄宗，大都不忘一提华清池。此外，玄宗宠爱杨贵妃所带来的后果，便是安禄山等人的作乱，玄宗与杨贵妃等人仓促离京，最后士兵在马嵬驿哗变，玄宗在无可奈何之下赐死杨贵妃。马嵬驿可以说是一个重要的历史地点，这个地方意味着一个段落、一段经历的结束，因此，马嵬驿也成为诗人的另一个吟咏对象。总之，五代吟咏李杨的诗，除了以杨妃为题，更多是以马嵬驿或华清宫为题的。

五代诗人咏杨贵妃的诗，所流露的感情和看法与前期不同，他们似乎对杨妃都有一点怜惜。过往的诗人视杨妃为祸国之源者居多，而五代诗人都很努力地为杨妃翻案。徐夤写了好几首咏杨妃的诗，都流露出这种怜悯之情：

曲江真宰国中讹，寻奏渔洋忽荷戈。
堂上有兵天不用，幄中无策印空多。
尘惊骑透潼关锁，云护龙游渭水波。
未必蛾眉能破国，千秋休恨马嵬坡。[④]

---

① 《全唐诗》，册19，卷647，页7430。
② 胡曾：《褒姒》，《全唐诗》，册19，卷647，页7431。
③ 刘昫（887—946）：《旧唐书》，册7，卷51，《列传》11，《后妃（上）》，页2179。
④ 徐夤：《开元即事》，《全唐诗》，册21，卷710，页8170。

徐夤提出“破国”的非为“蛾眉”，而是“幄中无策印空多”的杨国忠。到了马嵬兵变，杨贵妃在哪里？其他的股肱宰辅又在哪里？徐夤另一首诗《马嵬》，同样表达了他对杨妃的同情：

二百年来事远闻，从龙谁解尽如云。
张均兄弟皆何在？都是杨妃死报恩。[①]

杨妃以死报恩，论史者尚有何求？至于他的其他两首诗：《华清宫》[②] 和《再幸华清宫》[③]，都同样表达了他对杨妃的爱惜，甚至他对李杨的爱情抱着同情的态度多于责备，为他们的不幸流露了感伤：“君王魂断骊山路，且向蓬瀛伴贵妃。”[④] 过往诗人对李杨的爱情多持鞭挞的态度，如张祜（791—852）在《华清宫和杜舍人》一篇五言排律诗中便提到：

细音摇翠（一作羽）佩，轻步宛霓裳。
祸乱根（一作基）潜结，升平意遽忘。
……
雪（一作血）埋妃子貌，刃断禄儿肠。
近侍烟尘隔，前踪辇路荒。
益知迷宠佞，惟（一作遗）恨丧忠（一作贤）良。[⑤]

张祜将杨妃和安禄山视为同类，认为玄宗更要负上最大的责任——迷宠佞。[⑥]

除了张祜之外，晚唐诗人杜牧写了有名的《过华清宫绝句（三首）》，杜牧对杨贵妃恃宠生骄，玄宗沉醉于歌舞升平，亦语多讥讽：

……
万国笙歌醉太平，倚天楼殿月分明。

---

① 徐夤：《马嵬》，《全唐诗》，册 21，卷 711，页 8188。
② 徐夤：《华清宫》，《全唐诗》，册 21，卷 710，页 8170。
③ 同上。
④ 同上。
⑤ 张祜：《华清宫和杜舍人》，《全唐诗》，册 15，卷 511，页 5832。
⑥ 张祜在另外的《华清宫（四首）》中更痛陈李杨之祸，以陈后主与唐玄宗相比，显示了他对这位君主的不满。《全唐诗》，册 15，卷 511，页 5841。

云中乱拍禄山舞，风过重峦下笑声。①

对李杨的这种态度，演至五代时，却明显地产生了很大变化，徐夤对杨妃是怜惜的，崔道融（？—907）对李杨的爱情更是充满同情：

万乘凄凉蜀路归，眼前珠翠与心违。
重华不是风流主，湘水犹传泣二妃。②

崔道融以虞舜来比玄宗，认为连不是“风流主”的虞舜都有湘水之憾，又岂能以人间情爱深责玄宗?

过往诗人对杨妃的态度，要么是鞭挞，要么就是在同情与鞭挞之间摇摆。譬如杜甫（712—770），他对杨妃是抱有怜惜之心的，《哀江头》写道：

忆昔霓旌下南苑，苑中万物生颜色。
昭阳殿里第一人，同辇随君侍君侧。
……
明眸皓齿今何在，血污游魂归不得，
人生有情泪沾臆，江水江花意终极。③

《哀江头》写于至德二年（757），杜甫时羁居长安。而后他逃出长安，做了肃宗的左拾遗，写成《北征》，诗云：

……
不闻夏殷衰，中自诛褒妲。
周汉获再兴，宣光果明智。
……④

将杨妃比为褒姒、妲己。杜甫前后两首诗对杨妃所表达的观点，是截然不同的。其实在他死后两年才出生的白居易，同样也是抱着这样的双重观点，他在元和元

① 杜牧：《过华清宫绝句（三首）》，其三，清冯集梧注：《樊川诗集注》（上海：上海古籍出版社，1978年），页139－140。

② 崔道融：《马嵬》，《全唐诗》，册21，卷714，页8207。

③ 杜甫：《哀江头》，《杜诗详注》，卷4，页329。

④ 杜甫：《北征》，卷5，页395。诗人认为昔日殷周不衰，是因为国中没有褒姒、妲己等人乱政；他又以汉宣帝（刘询，前90—前49，前74—前49在位）、东汉光武帝（刘秀，前6—57，25—57在位）来劝勉肃宗，可见他用心良苦。

年（806）写成的《长恨歌》哀艳悱恻，但在元和四年（809）写成的《新乐府·胡旋女》中却云：

禄山胡旋迷君眼，兵过黄河疑未反。
贵妃胡旋惑君心，死弃马嵬念更深。①

把安禄山与杨妃相提并论，认为是祸国殃民的根由。总之，他们对红颜薄命的悲惨下场是表示过感伤与同情，但一旦把杨妃放在政治这个公共场域中，他们又都很坚定地把“安史之乱”诿罪于她。唐末五代诗咏杨妃的巨大变化，就是不但在私情上表示了感伤同情，而且在公理上也为杨妃提出翻案。

五代诗人经历了不少政治变故，甚或历经数朝，目睹不同的帝王兴替，他们更清楚地了解到，国家破败的根源未必在于身居后宫的妃嫔；若硬要把责任推到这些孤弱的女性身上，似乎未必公允。由于朝代更迭频繁，诗人反而把焦点转到天命上——朝兴朝灭，似乎并不是人意可以决定，反而是天意难违。黄滔的《马嵬》诗说：

锦江晴碧剑峰奇，合有千年降圣时。
天意从来知幸蜀，不关胎祸自蛾眉。②

天意既然决定了玄宗幸蜀之事，便不能怪罪杨妃了。狄归昌更直截了当地为杨妃抱“怨”：

马嵬山色翠依依，又见銮舆幸蜀归。
泉下阿蛮应有语，这回休更怨杨妃。③

总之，五代诗人从另一角度重新为杨贵妃评价，的确是时代的突破。

---

① 白居易：《白居易集》，卷3，页60。

② 《全唐诗》，册21，卷706，页8131。

③ 狄归昌：《题马嵬驿》，《全五代诗》，册上，卷20，页688。按：亦有谓此诗是罗隐所作，题为《帝幸蜀》，见《全唐诗》，册19，卷664，页7609；另见《甲乙集》，卷10，今录自潘慧惠校注：《罗隐集校注》（杭州：浙江古籍出版社，1995年），页313；《全五代诗》亦将此诗收录在罗隐名下，见《全五代诗》，册下，卷72，页1459；《鉴诫录》亦归之罗隐名下，题作《驾还京》，见佟培基：《全唐诗重出误收考》，页483－484。

另一个同样被视为红颜祸国，而得到五代诗人翻案的是西施。西施以貌美之姿，被勾践献进吴宫，自此吴王荒于政事，终为越所败，[①] 西施在这件事上应承担多少责任？唐末五代人的视野的确令人耳目一新。陆龟蒙《吴宫怀古》云：

香径长洲尽棘丛，奢云艳雨只悲风。
吴王事事须亡国，未必西施胜六宫。[②]

他认为吴国之亡，在于吴王，不在西施。罗隐亦为西施抱不平：

家国兴亡自有时，吴人何苦怨西施。
西施若能倾吴国，越国亡来又是谁。[③]

他提出兴亡有时，从另一角度来为西施脱罪，打破了红颜祸水的说法。此外，又另有崔道融提出吴亡的原因，乃是由于有奸臣宰嚭之流：

宰嚭亡吴国，西施陷恶名。
浣纱春水急，似有不平声。[④]

总而论之，五代诗人对于红颜祸国这个命题，确实提出了活泼可喜的思考。

另一位得到五代诗人怜惜和同情的女性是东汉年间的王昭君，过去许多诗人都吟咏过昭君其人，著名的有西晋（265—317）石崇（249—300）的《王昭君辞》。[⑤] 昭君被塑造成一个对君主怀有无限忠诚，时刻准备牺牲自己的勇士，相对于龌龊卑鄙的宫廷政治，她是一个嶙然屹立的君子。[⑥] 史载昭君没有贿赂毛延寿，为毛氏大肆丑化，以致没有得到汉元帝（刘奭，前75—前33，前49—前33在

① 春秋时，吴王夫差（？—前473）败困勾践（？—前465）于会稽，勾践知吴王好色，献美女西施，吴王大悦，果忘政事，后终被越所败。见赵晔（前40？—?）：《吴越春秋》（南京：江苏古籍出版社，1992年），卷9，《勾践阴谋外传》，页122。

② 《全唐诗》，册18，卷629，页7219。

③ 罗隐：《西施》，《罗隐集》，页45。

④ 崔道融：《西施滩》，《全唐诗》，册21，卷714，页8203。

⑤ 逯钦立辑校：《先秦汉魏晋南北朝诗》，册上，《晋诗》，卷4，页642－643。

⑥ 许钢：《咏史诗与中国泛历史主义》（台北：水牛图书出版事业有限公司，1997年），页80。

位）的召幸，直到她被送去安抚匈奴前，元帝才第一次看见她。[①]昭君后来的生活如何？在匈奴的营中生活如何？这些一向都不是后人所关心的话题。

五代诗人和前代诗人一样对昭君流露了怜惜。不过五代诗最为突出的，往往是着墨于男性在公共场域中的无能为力。徐夤《追和常建叹王昭君》云：

红颜如朔雪，日烁忽成空。泪尽黄云雨，尘消白草风。
君心争不悔，恨思竟何穷。愿化南飞燕，年年入汉宫。[②]

流落在荒凉的朔方，极目黄沙，人烟稀少，昭君的日子如何？诗人想象怀着无穷恨思的昭君，渴望化为“南飞燕”，重回汉宫。颈联说“君心争不悔，恨思竟何穷”，突出了男性所自觉的无能。

昭君获得诗人的同情，这在以前的诗人笔下，固然如此，[③]只是五代诗人更为重视女性的感受，也更多触及男性的卑弱与无助感。他们并没有将昭君神圣化，反而更多地追究昭君出塞和亲的原因。是不是把持朝政的大臣的责任呢？李中《昭君诗》云：

蛾眉翻自累，万里陷穷边。滴泪胡风起，宽心汉月圆。
飞尘长翳日，白草自连天。谁贡和亲策，千秋污简编。[④]

昭君并非如其他诗人所言，从容就义，勇而行之。李中把身陷穷边的昭君写得凄苦无告，最后反问“谁贡和亲策”？以致她成为无辜的牺牲品。无疑昭君和蕃，为汉室暂解边患，但如汪遵诗所言：“猛将谋臣徒自责，蛾眉一笑塞尘清。”[⑤]男性岂不自愧？以蛾眉之力救国，岂非男性主导的国力有所不足？所以徐夤代昭君

---

① 有关这段历史，详见范晔（398—445）：《后汉书》（北京：中华书局，1965年），册10，卷89，《南匈奴列传》79，页2941。按：据说元帝最后下召处死所有画师，并予以弃市。

② 《全唐诗》，册21，卷708，页8140。按：第三句在《全五代诗》中写为“泪尽黄沙雨”，而第六句为“妾恨竟何穷”。见《全五代诗》，册下，卷80，页1612。

③ 开元年间，崔同辅《王昭君》便为昭君说出怨愤的话：“一回望月一同悲，望月月移人不移。何时得见汉朝使？为妾传书斩画师。”（《全唐诗》，册4，卷119，页1205）另外，刘长卿虽然认为昭君“自矜娇艳色，不顾丹青人”，结果落得被画师欺负的下场，但对昭君被送往和亲，他还是为昭君惋惜：“……琵琶弦中苦调多，萧萧羌笛声相和；谁怜一曲传乐府，能使千秋伤绮罗。”（《王昭君歌》，《全唐诗》，册5，卷151，页1579）

④ 李中：《王昭君》，《全唐诗》，册21，卷749，页8534。

⑤ 汪遵：《昭君》，《全唐诗》，册18，卷602，页6961。

说“不用牵心恨画工”，却不能不怨“帝家无策及边戎”①。从以上几位诗人咏昭君的诗来看，一方面诗人并不强调昭君为国牺牲的勇士形象，反之，他们视她为一个无法为自己筹算、满腹怨恨的弱女，诗人从人性的角度来想象她在陌生凄冷的胡邦，怀念着汉宫的日子；另一方面，这些昭君诗里都常常会提到男性的软弱无能，我们就不能不想到这些昭君诗人都是男性，这是否意味着这些诗中还有失意诗人自己的挫败感的投射?

大部分五代诗人都生活得很不如意，如李中、罗隐、徐夤等人的仕途都坎坷不平，饱经历炼，这或许有助于他们宽怀澄虑，能感同人之所苦，为历史悲剧的女性重新定位，甚或在当中感到男性在公共场域中的无能与无助。五代人面对历史，感到在历史的滚滚巨轮之前无能为力，下文谈到“天命”、“时运”时还会提到。

二、对隐遁的看法

五代咏史诗的另一个突出内容，就是歌颂历代的高隐之士，同时又透露出仕隐之间的矛盾。五代诗人的心情是矛盾的，他们一方面希望有所作为，飞黄腾达，出为世用，贡献己力；另一方面，他们面对不稳的政途，忧虑较多。他们有时在诗里流露出对隐逸生活的向往，事实上，他们很多都在不得已的情况下，遁迹山林，过着不问世事的生活。因此，他们所歌咏的历史，也出现了一些以隐遁出名的人物；透过对他们的歌咏，不难理解诗人的想法，其中咏东汉严光的诗尤其多，如汪遵《严陵台》：

一钓凄凉在杳冥，故人飞诏入山扃。
终将宠辱轻轩冕，高卧五云为客星。②

汪遵《桐江》：

光武重兴四海宁，汉臣无不受浮荣。
严陵何事轻轩冕，独向桐江钓月明。③

---

① 徐夤：《明妃》，《全唐诗》，册21，卷711，页8188。
② 《全唐诗》，册18，卷602，页6957。
③ 《全唐诗》，册18，卷602，页6960。

王贞白《题严陵钓台》：

山色四时碧，溪声七里清。
严陵爱此景，下视汉公卿。
垂钓月初上，放歌风正轻。
应怜渭滨叟，匡国正论兵。①

以上这几首诗都反映出诗人对严光隐居避世的羡慕，东汉光武（刘秀，前6—57，25—57在位）建立政权后，国家尚算太平安稳，光武曾两次召用严光，但严光都不为所动，无怪黄滔慨叹："独是先生真钓鱼。"② 五代诗人对严光的隐居非常羡慕向往。严光隐居前有"飞诏入山扃"之荣，后有"一钓凄凉在杳冥"的坚贞淡定。反观五代人选择栖隐，逼不得已者居多，这既与时势有关，又或与仕途不顺有关，因此都不如严陵的隐居，所以在五代诗人心中，严光的隐居未尝不值得敬重而钦慕。

不过，王贞白诗的结句"应怜渭滨叟，匡国正论兵"，倒是打开了尚隐思想的另一面。下视公卿的严光固然高洁，但弃隐匡国的吕望，何尝不"应怜（爱）"？五代人在仕隐之间进退两难，王贞白的诗是表露得最为明了的。其他如陈陶《避世翁》：

兹焉乃磻溪，豹变应须时。
自古隐沦客，无非王者师。③

虽名为"避世"，但"身在江湖，心在魏阙"的心迹跃然纸上。又如黄滔《题陈山人居》：

……
谁能惆怅磻溪事，今古悠悠不再逢。④

① 《全唐诗》，册20，卷701，页8062。
② 黄滔：《严陵钓台》，《全唐诗》，册21，卷706，页8131。
③ 《全唐诗》，册21，卷745，页8471。
④ 《全唐诗》，册21，卷705，页8115。

徐夤《寄天台陈希畋》：

> 吕望岂嫌垂钓老，西施不恨浣沙贫。
> 坐为羽猎车中相，飞作君王掌上身。
> ……①

诗里的“避世翁”、“陈山人”、“陈希畋”，都显然是身隐心不隐的隐者，咏史诗中的磻溪叟吕望就捕捉了五代诗人在仕隐之间的躁动心情，以及潜藏在心底的宏图远志。严光与吕望在五代咏史诗中反复出现，可以说是五代人心迹的折射。

三、对天命的看法

如上文提及，唐末五代的诗人以咏史诗来提醒当朝君主要戒骄奢，对国家的存亡明显地流露出关心之情，这固然有之，但其实咏史诗更为突出的一方面，是不少的诗人从历史的发展中，总结出一种天定胜人的宿命观点：历史的发展离不开天意时运，人力难胜天意，一切由上天决定。

这种天命观在唐末五代是异常普遍的。如王毂提到项羽与刘邦相争的历史时，便总结出这样的看法：

> ……
> 四百年汉欲开基，项庄一剑何虚舞。
> 殊不知人心去暴秦，天意归明主，
> ……②

彼此相争，结局却不是人所能操控的，天意已有所决；无疑，当时人心是要去暴秦的，结果如何，却是由天意所属的明主来建立新朝。另外，罗隐亦在他的咏史诗中表现出这种时来命通的看法，如历来受赞颂的西晋王濬，他灭吴的大功业无与伦比，但在罗隐眼中却只是“时来即命通”③，“时命”两字概括了一切历史的法则。

---

① 《全唐诗》，册 21，卷 709，页 8167。
② 王毂：《鸿门宴》，《全唐诗》，册 20，卷 694，页 7986。
③ 罗隐：《王濬墓》，《全唐诗》，册 19，卷 658，页 7561。又《罗隐集》，页 75。

与王毂、吴融等文人交往甚多的僧人贯休，他读《玄宗幸蜀记》后，回顾唐盛时的历史，不无感慨：

> 宋璟（663—737）姚崇（659—721）死，中庸遂变移，
> ……
> 火从龙阙起，泪向马嵬垂。
> 始忆张丞相［按：张说（667—780）］，全师郭子仪（697—781）
> ……
> 倖臣方赐死，野老不胜悲。
> 及霤飘沦日，行宫寂寞时。
> 人心虽未厌，天意亦难知。
> ……①

贯休回顾唐朝由盛转衰的这段历史，历史证明玄宗时不是唐亡国之时，原因之一是当时人心尚未厌弃李唐，然而，谁又知道天意如何安排？“天意亦难知”，道出诗人对国家兴亡的历史看法。

另外，诸葛亮（181—234）亦成为诗人常常吟咏的对象，杜甫便写过《武侯庙》②、《八阵图》③、《诸葛庙》④ 等诗篇，杜甫对诸葛亮的景仰是众所周知的。他在《咏怀古迹（五首）》⑤ 其五中，更以伊（尹）、吕（尚）、萧（何，？—前183）、曹（参，？—前190）来突出诸葛亮的功绩，然而杜甫在夸赞诸葛亮的同时，亦嗟叹“运移汉祚终难复”，杰出的“宗臣”亦难敌“气数”、“运移”，致使“汉祚”难复，赞颂之余，犹有宿命的叹息，清人贺裳在《载酒园诗话（又编）》中对这首诗有以下的评价：

> 如咏诸葛，“伯仲之间见伊吕，指挥若定失萧曹”，言简而尽，胜读一篇史论。⑥

---

① 贯休：《读玄宗幸蜀记》，同上，册23，卷829，页9349。
② 《杜诗详注》，卷15，页1277。
③ 《杜诗详注》，卷15，页1278。
④ 《杜诗详注》，卷19，页1674。
⑤ 《杜诗详注》，卷17，页1506。
⑥ 贺裳：《载酒园诗话又编》，载《清诗话续编》，册上，页317。

贺裳只是注意杜诗歌颂武侯的雄才大略，而没有注意到雄才大略与“运移难复”相碰撞的悲剧效果。杜甫这种“运移汉祚终难复”的观点，演至唐末五代，更受到强调，诗人更明确地点明“运”的重要性。不管诸葛亮如何鞠躬尽瘁，就是胜不了“运”，薛逢便写道：

天地三分魏蜀吴，武侯崛起赞订谟。
身依豪杰倾心术，目对云山演阵图。
赤伏运衰功莫就，皇纲力振命先徂。
出师表上留遗怨，犹自千年激壮夫。①

“运衰”以致功不成。罗隐谈到诸葛亮时，也是从这个角度来看：

抛掷南阳为主忧，北征东讨尽良筹。
时来天地皆同力，运去英雄不自由。
……②

罗隐认为诸葛亮为蜀主所献的南征北讨之策确为良策，只是“运去”，结果诸葛亮做不成英雄。晚唐的薛能更明白地表示了他不欣赏诸葛亮，因而他在诗题《筹笔驿》下另立副题“余为蜀从事，病武侯非王佐才，因有是题”，他认为诸葛亮非辅主之才，诗中云：“葛相终宜马革还，未开天意便开山。”③ 与前两位诗人一样，他也是将诸葛亮的不成功归因于“天意未开”；而且他更认为诸葛亮虽多智多术，但逆天行事，所以他并不以诸葛亮鞠躬尽瘁的一生为然。

上引罗隐诗“时来天地皆同力，运去英雄不自由”，在五代短短数十年间，就曾数经征引，《资治通鉴》卷二百五十三记宋军压境，李后主问朱匡业以抵御方略，匡业诵罗隐诗“时来天地皆同力，运去英雄不自由”以应答。又《十国春秋》卷五十七记宋师伐后蜀，后蜀赵崇韬兵败匿于仓舍下，惟诵罗隐诗曰：“运去英雄不自由。”④ 可见时代思潮所趋。

---

① 薛逢：《题筹笔驿》，《全唐诗》，册16，卷548，页6330－6331。

② 罗隐：《筹笔驿》，《全唐诗》，册19，卷657，页7550。

③ 薛能：《筹笔驿》，《全唐诗》，册17，卷560，页6499。

④ 司马光：《资治通鉴》（北京：中华书局，1976年），卷293，页9566。又《十国春秋》，卷57，页829。

时代纷乱，国家之治与不治，以致个人荣辱名利，都不能掌握在自己手上，因此，自然而然便将一切附会到“天意”和“时命”之上，此亦时势使然。上文提到的杨贵妃，诗人何尝不是以“天意”来替她伸冤。论到西施，诗人又何尝不是以此来为她翻案？

前文引黄滔重评杨妃，提出倾覆出于天意（“天意从来知幸蜀”），非关人事；罗隐《西施》一诗中也重申“兴亡有时”，并且反问：越国没有西施为患，最终也难逃亡国的命运，那么越亡又关何人的事呢？①

且不说远世的旧史，就算是事在当前，五代人还是抱着“天意”、“时命”的悲剧意识去咏叹。何光远《鉴诫录》卷七云：

> 天成初，（后唐）明宗临朝，宣亡蜀旧宰臣王锴、张格、庾传素、许寂、御史中丞牛希济等，各赐一韵，试《蜀主降臣唐》诗，限五十六字成。王锴等皆讽蜀主僭号，荒淫失国，独牛希济得川字，所赋诗意但述数尽，不谤君亲。明宗览诗曰：“如牛希济才思敏捷，不伤两国，迥存忠孝者罕矣！”当日有雍州亚事之拜。至今京洛无不称之。诗曰：“满城文物欲朝天，不觉邻师犯塞烟。唐主再悬新日月，蜀王还却旧山川。非干将相扶持拙，自是吾君数尽年。古往今来亦如此，几曾欢笑几潸然。”②

明宗以“迥存忠孝”褒誉牛诗，但我们综览五代，读他“非干将相扶持拙，自是吾君数尽年。古往今来亦如此，几曾欢笑几潸然”，多少听得出一声时代的叹息。

五代诗人在咏史诗中所透出的天命难违的思想极为浓重，这种从天而不从人的想法，在吟咏过去、总结史事时常不经意（还是经意?）地流露出来。我们试由此而联想到诗人自己的遭际。他们大都寄望于应举得利，赢得一官半职；但屡遭失败后，不免失望而回。③ 面对“失败”，诗人归咎于天意弄人，而非力有不逮，这种宿命思想，或许能给予他们一点安慰。转而在咏史诗中，他们对杨妃等红颜“祸国”之说，也就不以为然。国之兴衰是天意，不能怪罪于谁；同样地，

---

① 《全唐诗》，册19，卷656，页7545。又《罗隐集》，页45。

② 《鉴诫录》，卷7，页4上下。

③ 罗隐十上不第（参《唐才子传校笺》，卷9，页115）；李山甫“累举进士，被黜”（参王仲镛：《唐诗纪事校笺》，册下，卷70，页1873）；郑遨“应百篇举不利，遂隐华山”（《唐诗纪事校笺》，册下，卷71，页1900）；曹松“久困名场”，最后到七十多岁才能得第（《唐诗纪事校笺》，册下，卷65，页1759）。

他们不遇，亦只能怨天意如此，非关人事。或许人在最失望痛苦的时候，天命便自然而然地成为挡箭牌。

第五节　五代咏史诗的其他特色

如上文提及，咏史诗大盛于晚唐五代年间，在体制和形式上，都得到大大的发展，与前代的咏史诗有很大的分别。事实上，五代的咏史诗，总的方向是承传自晚唐的咏史诗。孟浩然、李白、杜甫等盛唐诗人已有咏史之作；及至中唐，白居易、刘禹锡等亦有不少咏史诗流传下来；到了晚唐，许浑、杜牧、温庭筠、李商隐等都擅于咏史。透过历史，诗人寄寓了他们对历史人物的褒贬爱恨，同样也折射出他们对现实政治社会的看法。

有关内容在上文已谈过，这里要谈的是五代咏史诗的写法特色，并将这个时期的咏史诗与前期（晚唐以前或更早的年代）的作一比较。

一、体式方面

如前所述，最早的咏史诗可以追溯到《诗经》、《楚辞》的年代，收录在《楚辞》中的诗篇固然多为长篇，就算稍后时期的咏史诗，也大多是长篇或中篇，如左思的《咏史》便为一例。[①] 其他收录在《文选》内的魏晋咏史诗，也多为十句以上的。及至发展到唐代，初、中唐诗人所写的咏史诗，体式上多了一点变化，虽然也有长篇（如李白《望鹦鹉洲悲祢衡》）[②]，但较多的是律诗和绝句，如七律的有杜甫《咏怀古迹（五首）》[③]、刘禹锡《荆门道怀古》[④]、李商隐《筹笔驿》[⑤]；七绝的有杜牧《题乌江亭》[⑥]、《赤壁》[⑦]、《题桃花夫人庙》[⑧]；五律的有杜甫《禹

---

① 左思：《咏史》，载《文选》，卷21，页296－298。
② 王琦注：《李太白全集》（北京：中华书局，1977年），卷22，页1044。
③ 《杜诗详注》，卷17，页1499－1508。
④ 《刘禹锡集》，卷24，页302。
⑤ 《李义山诗歌集解》，页1318。
⑥ 《樊川诗集》，卷4，页279。
⑦ 《樊川诗集》，卷4，页271。
⑧ 《樊川诗集》，卷4，页274。

庙》[1]、戎昱《咏史》[2]、马戴《楚江怀古（三首）》[3]；五绝却甚少见。

由晚唐进入五代，诗人写作咏史诗的数目多了。[4] 唐末五代可以说是咏史诗的极盛时期，这个时期的咏史诗与前期的较明显的分别，主要是体式上的改变。中唐以后的咏史诗已较多为七言绝诗，[5] 到了五代的咏史诗，就大部分都是七绝，这种现象尤其容易反映在以同类史事作歌咏题材的诗篇中。比如唐玄宗和杨贵妃的故事，在有唐一代，已成为诗人墨客的写作材料，最早把他们的爱情搬上文学作品的，要算是诗人李白，李白写了《清平调（三首）》来赞颂杨贵妃，[6] 其后杜甫、白居易都曾写诗咏杨贵妃的事迹。[7] 自玄宗一朝后，以李杨爱情为题材的诗数不胜数，有怜惜、有嘲讽、有以此来劝谏，总之，终唐及五代，有关的诗篇数目着实不少。[8] 以下试从《全唐诗》中检出以“马嵬”为题的诗，共有23首，七言的有19首：

诗　人	篇　名	数目（首）	类　别
李益	《过马嵬二首》[9]	2	七律
李益	《过马嵬》[10]	1	七绝
刘禹锡	《马嵬行》[11]	1	五古
张祜	《马嵬坡》[12]	1	七绝

① 《杜诗详注》，卷14，页1225。

② 《全唐诗》，册8，卷270，页3011。

③ 《全唐诗》，册17，卷555，页6430－6431。

④ 过去有论者认为社会状况的改变，会直接影响诗歌的发展，在动荡的年代，咏史诗的数量远较和平时代多，甚至大多数的咏史诗作，都产生于“世乱浇离”的不幸岁月（见彭伟：《中国古代咏史诗歌初论》，页21）。

⑤ 有关这种说法，可以见丘良任：《论咏史诗》，页117。按：施子愉曾就《全唐诗》中各体的诗篇作一统计，得出以下的结论：中唐的七言绝诗有2 930首，晚唐有3 591首，这两个时期的七绝诗，远较初唐（77首）和盛唐（472首）时为多；据他的统计，唐代有七绝诗7 070首，中、晚唐已占去6 521首。[引录自沈祖棻：《唐人七绝诗浅释》（上海：上海古籍出版社，1981年），引言，页20－21]

⑥ 《全唐诗》，册5，卷164，页1703。又《李太白全集》，卷5，页304－306。

⑦ 有关的诗篇分别为杜甫《哀江头》（《全唐诗》，册7，卷216，页2268）及《北征》（《全唐诗》，册7，卷217，页2275），这两首诗都提及杨贵妃之死；另外，还有白居易的《长恨歌》（《白居易集》，卷12，页235－239）。

⑧ 有人认为这与唐人思想趋向开放，创作追求自由有关，因此，唐人咏史诗中的“史”，绝不局限于当朝以前的古代，而是将范围扩展到刚发生不久的“现代史”或“当代史”。[见季明华：《南宋咏史诗研究》（台北：文津出版社，1977年），页48]

⑨ 《全唐诗》，册9，卷283，页3219。

⑩ 《全唐诗》，册9，卷283，页3225。

⑪ 《全唐诗》，册11，卷354，页3963。又《刘禹锡集》，卷26，页338。

⑫ 《全唐诗》，册15，卷511，页5843。

（续上表）

诗 人	篇 名	数目（首）	类 别
张祜	《马嵬归》①	1	七绝
李商隐	《马嵬二首（其一）》②	1	七绝
李商隐	《马嵬二首（其二）》	1	七律
郑畋	《马嵬坡》③	1	七绝
贾岛	《马嵬》④	1	七绝
温庭筠	《马嵬驿》⑤	1	七律
温庭筠	《马嵬佛寺》⑥	1	七律
高骈	《马嵬驿》⑦	1	七绝
于渍	《马嵬驿》⑧	1	五古
罗隐	《马嵬坡》⑨	1	七绝
狄归昌	《题马嵬驿》⑩	1	七绝
黄滔	《马嵬》⑪	1	七绝
黄滔	《马嵬二首》⑫	2	七绝
徐夤	《马嵬》⑬	1	七绝
崔道融	《马嵬》⑭	1	七绝
苏拯	《经马嵬坡》⑮	1	五古
唐求	《马嵬感事》⑯	1	五律

① 《全唐诗》，册15，卷511，页5845。

② 《全唐诗》，册16，卷539，页6177。又《李商隐诗歌集解》，页307。

③ 《全唐诗》，册17，卷557，页6464。

④ 《全唐诗》，册17，卷574，页6693。又李嘉言编：《长江集新校》（上海：上海古籍出版社，1983年），页134。

⑤ 《全唐诗》，册17，卷578，页6721。又曾益等笺注：《温飞卿诗集笺注》（上海：上海古籍出版社，1980年），页90。

⑥ 《全唐诗》，册17，卷583，页6755。又《温飞卿诗集》，卷9，页186。

⑦ 《全唐诗》，册18，卷598，页6920。

⑧ 《全唐诗》，册18，卷599，页6925。

⑨ 《全唐诗》，册19，卷657，页7553。又《罗隐集》，页60。

⑩ 《全唐诗》，册20，卷688，页7907。

⑪ 《全唐诗》，册21，卷706，页8131。

⑫ 《全唐诗》，册21，卷706，页8132。

⑬ 《全唐诗》，册21，卷711，页8188。

⑭ 《全唐诗》，册21，卷714，页8207。

⑮ 《全唐诗》，册21，卷718，页8253。

⑯ 《全唐诗》，册21，卷724，页8306。

上表显示出收录在《全唐诗》中咏马嵬史事的七绝诗共有14首，约占全部的60%；若以七言诗而论，约为74%，但七绝在中、晚唐期占全期总诗数的比例不过是四分之一左右，[①] 可知咏史诗尤其偏重七绝这种形式。

我们再看看《全唐诗》中以前朝历史作为咏诵题材的咏史诗，它们在体制上有没有较明显的区别。以下是以“四皓”为题的诗：

诗　人	诗　篇	体　式
吴筠	《商山四皓》[②]	五律
李白	《商山四皓》[③]	五古
李白	《过四皓墓》[④]	五古
窦常	《商山（一作四皓）祠堂即事》[⑤]	七绝
元稹	《四皓庙》[⑥]	五古
白居易	《和答诗：答四皓庙》[⑦]	五古
白居易	《题四皓庙》[⑧]	七绝
蔡京	《责商山四皓》[⑨]	七绝
杜牧	《题商山四皓庙一绝》[⑩]	七绝
许浑	《题四皓庙》[⑪]	七律
李商隐	《四皓庙》[⑫]	七绝
李商隐	《四皓庙》[⑬]	七绝
温庭筠	《四皓》[⑭]	七绝

① 参施子愉所作的统计，见沈祖棻：《唐人七绝诗浅释》，引言，页20。
② 《全唐诗》，册24，卷853，页9658。
③ 《全唐诗》，册6，卷181，页1846。又《李太白全集》，卷22，页1031。
④ 《全唐诗》，册6，卷181，页1846。又《李太白全集》，卷22，页1032－1033。
⑤ 《全唐诗》，册8，卷271，页3034。
⑥ 《全唐诗》，册12，卷396，页4455。又《元稹集》，卷1，页11－12。
⑦ 《全唐诗》，册13，卷425，页4683。又《白居易集》，卷2，页44。
⑧ 《全唐诗》，册13，卷438，页4871。又《白居易集》，卷15，页313。
⑨ 《全唐诗》，册14，卷472，页5362。
⑩ 《全唐诗》，册16，卷523，页5987。又《樊川诗集注》，卷4，页308。
⑪ 《全唐诗》，册16，卷534，页6096。又《丁卯集笺证》，卷7，页185。
⑫ 《全唐诗》，册16，卷540，页6191。又《李商隐诗歌集解》，页572。
⑬ 《全唐诗》，册16，卷541，页6225。又《李商隐诗歌集解》，页592。
⑭ 《全唐诗》，册17，卷579，页6731。又《温飞卿诗集笺注》，卷5，页117。

（续上表）

诗　人	诗　篇	体　式
刘沧	《题四皓庙》①	七律
李频	《过四皓庙》②	五律
胡曾	《四皓庙》③	七绝
罗隐	《四皓庙》④	七绝
贯休	《四皓图》⑤	五律

以上共18首，七言绝句占9首，其中写于晚唐或以后的有6首，可见后来咏史诗以七绝为主的倾向。至于盛唐或以前的共3首，其中2首是五古。以下是收录在《全唐诗》中以“西施”为题的诗篇：

诗　人	诗　篇	体　式
王维	《西施咏（一作篇）》⑥	五古
李白	《西施》⑦	五古
楼颖	《西施石》⑧	七绝
罗隐	《西施》⑨	七绝
崔道融	《西施滩》⑩	五绝
崔道融	《西施》⑪	七绝
苏拯	《西施》⑫	五古
卢注	《西施》⑬	七绝

① 《全唐诗》，册18，卷586，页6799。
② 《全唐诗》，册18，卷588，页6825。
③ 《全唐诗》，册19，卷647，页7436。
④ 《全唐诗》，册19，卷655，页7537。又《罗隐集》，页30。
⑤ 《全唐诗》，册23，卷829，页9432。
⑥ 《全唐诗》，册4，卷125，页1251。又陈铁民校注：《王维集校注》（北京：中华书局，1997年），页306。
⑦ 《全唐诗》，册6，卷181，页1845。又《李太白全集》，卷22，页1027。
⑧ 《全唐诗》，册6，卷203，页2128。
⑨ 《全唐诗》，册19，卷656，页7545。又《罗隐集》，页45。
⑩ 《全唐诗》，册21，卷714，页8203。
⑪ 《全唐诗》，册21，卷714，页8207。
⑫ 《全唐诗》，册21，卷718，页8248。
⑬ 《全唐诗》，册22，卷768，页8721。

（续上表）

诗　人	诗　篇	体　式
胡幽贞	《题西施浣纱石》①	五绝
杜光庭	《咏西施》②	五绝

以上10首以“西施”为题的诗中，七绝诗占了4首。写于盛唐的2首都是五古。

我们再看看唐代以“咏史”为题的诗，包括专卷行世的大型咏史诗组：

诗　人	诗　题	数目（首）	体　式
卢照邻	《咏史四首》③	4	五古
张九龄	《咏史》④	1	五古
王丘	《咏史》⑤	1	五古
王昌龄	《咏史》⑥	1	五古
李华	《咏史十一首》⑦	11	五古
徐九皋	《咏史》⑧	1	五律
高适	《咏史》⑨	1	五绝
戎昱	《咏史》⑩	1	五律
皎然	《咏史》⑪	2	五古
柳宗元	《咏史》⑫	1	五古

① 《全唐诗》，册22，卷768，页8721。

② 《全唐诗》，册24，卷854，页9666。

③ 《全唐诗》，册2，卷41，页513－514。又徐明霞校点：《卢照邻集》（北京：中华书局，1980年），页8。

④ 《全唐诗》，册2，卷47，页569－570。又刘斯翰校注：《曲江集》（广州：广东人民出版社，1986年），页332。

⑤ 《全唐诗》，册4，卷111，页1136。

⑥ 《全唐诗》，册4，卷141，页1430。

⑦ 《全唐诗》，册5，卷153，页1586－1587。

⑧ 《全唐诗》，册6，卷203，页2120。

⑨ 《全唐诗》，册6，卷214，页2241。又孙钦善校注：《高适集校注》（北京：中华书局，1984年），页25。

⑩ 《全唐诗》，册8，卷270，页3011。

⑪ 《全唐诗》，册23，卷820，页9241。

⑫ 《全唐诗》，册11，卷353，页3958。又《柳宗元集》（北京：中华书局，1979年），卷43，页1257。

（续上表）

诗　人	诗　题	数目（首）	体　式
刘禹锡	《咏史二首》①	2	五绝
白居易	《咏史》②	1	七律
张祜	《咏史二首》③	2	五律
李商隐	《咏史》④	1	五绝
	《咏史》⑤	1	七律
胡曾	《咏史诗》⑥	150	七绝
罗隐	《咏史》⑦	1	七律
周昙	咏史⑧	193	七绝
孙元晏	咏史诗⑨	75	七绝
汪遵	咏史⑩	52	七绝

汪遵、胡曾、周昙、孙元晏的咏史诗，是专卷行世的，统统都是七绝。七绝占总诗数的比例是90%以上。而写于盛唐或以前的共6首，一律都是五古。

举出以上的例子，旨在说明唐末五代的咏史诗在诗体上有一个明显的发展方向——盛唐以前，五古是咏史诗的主要体式，但到了晚唐以后，七言绝句就成为主流，这意味着当时的咏史诗已完全摆脱了汉晋以来咏史诗的传统体式——长篇五言古诗。

二、咏史的态度

唐末五代，除了咏史诗大盛之外，讲史和修史的风气亦甚盛。在这个政权更替频繁的时期，奇怪的是史学发展并没有中断过，不管政局如何动荡、政权如何

① 《全唐诗》，册11，卷364，页4106。又《刘禹锡集》，卷21，页265。
② 《全唐诗》，册14，卷453，页5129。又《白居易集》，卷30，页686。
③ 《全唐诗》，册15，卷510，页5815。
④ 《全唐诗》，册16，卷539，页6173。又《李商隐诗歌集解》，页1384。
⑤ 《全唐诗》，册16，卷539，页6163。又《李商隐诗歌集解》，页347。
⑥ 《全唐诗》，册19，卷647，页7419－7438。
⑦ 《全唐诗》，册19，卷662，页7589。又《罗隐集》，页125。
⑧ 《全唐诗》，册21，卷728－729，页8337－8362。
⑨ 《全唐诗》，册22，卷767，页8702－8712。
⑩ 《全唐诗》，册18，卷602，页6954－6961。

短暂，唐史的修撰工作并没有受到很大的影响。五代十国时期的史学，虽然比不上唐朝史学丰富，但亦有相当可观的成就，不论是官修史，还是私修史，留存至今的史书，都可以为证。比如《旧唐书》，便是经历了后梁、后唐、后晋三代，努力不懈，方成此巨篇。①

历来修史者，不少是相信：史事的发展和演变，随时、地、人、事、物而推移，一治一乱，循环相续，② 修史可以知治乱兴替之由，所以修史向来是严肃的事业。唐初君主太宗（李世民，594—649，626—649 在位）对修史更提出了他明确的看法：

> 朕睹前代史书，彰善瘅恶，足为将来之诫。秦始皇（前259—前210）奢淫无度，志存隐恶，焚书坑儒。用缄谈者之口。隋炀帝虽好文儒，尤疾学者，前世史籍竟无所成，数代之事殆将泯绝。朕意则不然，将欲览前王之得失，为在身之龟镜。公辈以数年之间，勒成五代（周、北齐、梁、陈、隋）之史，深副朕怀，极可嘉尚。③

可见“览前王的得失，为在身之龟镜”，是唐初统治者的期望。有唐一代，史学家都受到这种“以史为镜”的思想影响。④ 风气所及，连诗人亦喜以诗咏史，向统治者提出鉴诫。

修史者治史的态度总是十分严谨的，因为他们肩负着一个重要的国家使命。至于有志于史的文士诗人，面对变幻升沉的历史，他们都不期然发出深沉的叹息，怀着感慨良多的心情来吟咏历史，像初唐诗人陈子昂在蓟丘览古，写了七首怀古诗，他在序中提到自己看见这些历史古迹时，想起昔日之霸业：“迹已芜没矣，乃慨然仰叹。”⑤ 他在诗中流露的感情强烈而幽怨，如当他遥望黄金台，不禁问：“昭王安在哉？霸图怅已矣！”⑥ 他想起燕太子丹时，表示“其事虽不立，千

---

① 有关五代十国唐史的修撰情况，谢保成有专章论述。参氏著：《隋唐五代史学》（厦门：厦门大学出版社，1995 年），页 307 – 315。

② 简后聪：《历史学的本质》（台北：五南图书出版社，1989 年），页 144 – 145。

③ 王钦若（962—1025）：《册府元龟》，册 2，卷 554，《国史部・恩奖》，页 1556。

④ 有关五代统治者对修史的态度和他们如何影响唐代的史学发展，可详参瞿林东：《唐代史学与唐代政治》，载氏著：《唐代史学论稿》（北京：北京师范大学出版社，1989 年），页 54 – 70。

⑤ 陈子昂：《蓟丘览古赠卢居士藏用七首》，徐鹏校点：《陈子昂集》（北京：中华书局，1960 年），页 21。

⑥ 陈子昂：《燕昭王》，徐鹏校点：《陈子昂集》（北京：中华书局，1960 年），页 22。

载为伤心”[①]；他提到田光先生时，哀恸得“感我涕沾衣”[②]；难怪他登幽州台时，会写下名句：“念天地之悠悠，独怆然而涕下。”[③] 陈子昂在怀古咏史诗中对历史所流露的悲怆之情可想而知。又如柳宗元（773—819）《读书》诗，提到自己读史书时说：

幽沉谢世事，俛默窥唐虞。
上下观古今，起伏千万途。
遇欣或自笑，感戚亦以吁。
缥帙各舒散，前后互相逾。
……[④]

随事悲喜，以致“缥帙各舒散，前后互相逾”，写其因史忘情之状，栩栩若活。然而，柳诗的起联“幽沉谢世事，俛默窥唐虞”是很值得注意的，诗人从“谢世事”的位置去咏世事，这种“出世”的姿态，在后来的咏史诗中是极为突出的，这也正是传统的修史与中唐以后的咏史一个显著的分别。我们再引周昙《咏史》的《吟叙》：

历代兴亡亿万心，圣人观古贵知今。
古今成败无多事，月殿花台幸一吟。[⑤]

他在另外一首诗《闲叙》中更以一个“闲人”的姿态来表达他对史事的看法：

考摭妍蚩用破心，翦裁千古献当今。
闲吟不是闲吟事，事有闲思闲要吟。[⑥]

诗人提到他以“闲”的态度，在“月殿花台”之中，看古今成败。“闲”的意

① 陈子昂：《燕太子》，徐鹏校点：《陈子昂集》（北京：中华书局，1960年），页23。
② 陈子昂：《田光先生》，徐鹏校点：《陈子昂集》（北京：中华书局，1960年），页23。
③ 陈子昂：《登幽州台歌》，徐鹏校点：《陈子昂集》（北京：中华书局，1960年），页232。
④ 柳宗元（773—819）：《柳宗元集》，册4，卷43，页1254。
⑤ 《全唐诗》，册21，卷728，页8337。
⑥ 《全唐诗》，册21，卷728，页8337。

味，可以徐夤咏“闲”诗来说明，此诗以“闲”为题，云：

客星辞得汉光武，却坐东江旧藓矶。①

“闲”就是“谢世事”的姿态，也就是“出世”的姿态。徐夤诗《和人经隋唐间战处》又云：

孤军前度战，一败一成功。
卷旆早归国，卧尸犹臂弓。
草间腥半在，沙上血残红。
伤魄何为者，五湖垂钓翁。②

最值得注意的是，这个咏史伤情的人是“五湖垂钓翁”。罗隐《渚宫秋思》又云：

……
襄王台下水无赖，神女庙前云有心。
千载是非难重问，一江风雨好闲吟。
……③

再如韦庄《北原闲眺》：

五凤灰残金翠灭，六龙游去市朝空。
……
欲问向来陵谷事，野桃无语泪花红。④

他的览古兴怀，是采用“闲眺”的姿态的。又李中《和浔阳宰感旧绝句（五首）》之一有言：

① 《全唐诗》，册21，卷710，页8182。
② 《全唐诗》，册21，卷708，页8140。
③ 罗隐：《渚宫秋思》，《罗隐集》，页68。
④ 《韦庄集校注》，卷3，页145。

追感古今情不已，竹轩闲取史书看。①

诗人对史兴怀，是从“竹轩”里的“闲”心出发。总之，唐末五代的览史、咏史，常常透露出诗人立身尘外的姿态。以“超然”的态度去俯览今古，固然能强化咏史效果（所谓“冷眼旁观”、“旁观者清”），这也许就是周昙要一提“月殿花台”的用心，但我们又不妨视之为五代人徘徊于出世与入世之间的心态表现。咏史诗提供了一个在闲退，甚至在世外去参与世务的方式，让沉郁下僚或者仕途无望的读书人高议国事，论尽帝皇，也就完成了为士为儒的自我期望。五代李九龄有《山舍偶题》云：

门掩松萝一径深，偶携藜杖出前林。
谁知尽日看山坐，万古兴亡总在心。②

杖藜看山，心系兴亡，这首诗应该是不少五代诗人的写照。

三、言语浅俗，意存讥讽

晚唐五代的咏史诗，多见嘲谑讥讽的口吻，而且浅言俗语，读者快心。这种特色，可以说是开辟了正史以外的另类史评。

刘知几《史通》卷十《杂述》说：

爰及近古，斯道渐烦，史氏流别，殊途并骛，搉而为论，其流有十焉。一曰偏记，……四曰琐言……③

对于“琐言”，刘知几进一步作出解释：

琐言者，多载当时辨对，流俗嘲谑，俾夫枢机者，藉为舌端，谈话者将为口实。④

---

① 《全唐诗》，册21，卷750，页8540。

② 李九龄：《山舍偶题》，《全唐诗》，册21，卷730，页8364。

③ 刘知几撰，赵吕甫校注：《史通新校注》（重庆：重庆出版社，1990年），卷10，《杂述》，页580。

④ 《史通新校注》，卷10，《杂述》，页582。

晚唐范摅的《云溪友议》，就是“以篇翰嘲谑”自称，“序”云：

余少游秦吴楚宋，有名山水者，无不弛驾踌躇，遂兴长往之迹。……谚云：街谈巷议，倏有裨于王化野老之言，圣人采择孔子聚万国风溪，以成其春秋也。江海不却细流，故能为之大。摅昔籍写多，因所闻记，虽未近于丘坟，岂可昭于雅量，或以篇瀚嘲谑，率尔成文，亦非尽取华丽，因事录焉。①

范摅所选取的材料不外是街谈巷议，为文方式是“以篇翰嘲谑”。晚唐五代的咏史诗，许多都近于“流俗嘲谑”，至少也是“讥刺”。胡曾在咏史诗序中便写道：“虽则讥讽古人，实欲裨补当代，庶几与大雅相近者也。”② 罗隐以咏史诗名于当世，诗亦“以风刺为主”③，他的咏史诗不但流露出对史事的独特看法，而且多带有强烈的嘲讽味道，如咏王濬墓，他写道：

男儿未必尽英雄，但到时来即命通。
若使吴都犹王气，将军何处立殊功？④

另外，他咏秦始皇陵时，诗中写道：

荒堆无草树无枝，懒向行人问昔时。
六国英雄漫多事，到头徐福是男儿。⑤

秦统一天下前，七国争雄，但罗隐竟说徐福才是男儿。（徐福便是传说中带领三千童男童女去采求仙丹的人）另外，又如章碣咏秦始皇（嬴政）焚书坑儒：

竹帛烟销帝业处，关河空锁祖龙居。

① 范摅：《云溪友议·原序》，《云溪友议》（上海：上海古籍出版社，1991年），页565。

② 胡曾：《咏史诗序》，《新雕注胡曾咏史诗》，页1上。

③ 《全唐诗》，册19，卷655，页7531；另亦见《旧五代史》，册1，卷24，《梁书》24，《列传》14，页326。按：文中记：“罗隐，……以诗名于天下，尤长于咏史，然多所讥讽，以故不中第。……”另《唐才子传》中载：“……以褊急性成，动必嘲讪，卒成谩作，顷刻相传。……夫何齐东野人，猥巷小子，语及讥诮，必以隐为称首。”（见《唐才子传校笺》，卷9，页129）

④ 罗隐：《王濬墓》，《罗隐集》，页75。

⑤ 罗隐：《始皇陵》，《罗隐集》，页26。

坑灰未冷山东乱，刘项原来不读书。[1]

秦始皇为了对付师古非今、惑乱民心的读书人，不惜下令焚书坑儒，讽刺的是带头作乱、要推翻他的“霸业”的人，竟是不识字、不读书的刘邦、项羽，那么，焚书坑儒又有何用?

同样把秦始皇焚书作为讽刺对象的，有罗隐的同题诗，云：

千载遗踪一窖尘，路傍耕者亦伤神。
祖龙算事浑乖角，将谓诗书活得人。[2]

读书本来是教人修身齐家、治世安民的，但罗隐却说始皇“算事浑乖角”，意谓“诗书”不能活人。黄周星《唐诗快》中评此诗道：

诗书不但不能活人，而且往往误人至死。此诗借以发之，真千古伤心之言。[3]

事实上，罗隐咏史诗的议论，总是与一般人有别，如他写了两首以韩信的事迹为题材的诗，诗中对韩信最后的收场别有看法：

翦项移秦势自雄，布衣还是负深功。
懦夫女子俱堪恨，却把余杯奠蒯通。[4]
寒灯挑尽见遗尘，试沥椒浆合有神。
莫恨高皇不终始，灭秦谋项是何人?[5]

罗隐提到韩信有“翦项移秦”之功，但刘邦（汉高祖，前247—前194，前206—前194在位）最后还是负了他。若韩信当天听蒯通所言，与刘邦、项羽“参分天下，鼎足而居”[6]，恐怕他的命运便会改写。只是韩信一心重言诺，结果

① 章碣：《焚书坑》，《全唐诗》，册20，卷669，页7654。
② 罗隐：《焚书坑》，《罗隐集》，页25。
③ 转引自任海天：《伤悼与反思：晚唐咏史诗的焦点指向》，《北方论丛》，1998年3期，1998年5月，页79。
④ 罗隐：《韩信庙》，《罗隐集》，页156。
⑤ 罗隐：《书淮阴侯传》，《罗隐集》，页158。
⑥ 司马迁：《史记》，卷92，《淮阴侯列传》，卷32，页2623。

难逃厄运，所以罗隐经过韩信庙时，便觉得蒯通想法透彻，不得不向他祭奠致意。在另外一首诗中，罗隐以“莫恨高皇”收束，出语惊人。过往的诗人总是站在韩信的立场，替韩信不值，试看刘禹锡的诗：

将略兵机命世雄，苍黄汉室叹良弓。
遂令后代登坛者，每一寻思怕立功。①

刘禹锡回顾韩信的遭遇，在叹息之余得出一个结论：“每一寻思怕立功”，这是从韩信之流的立场发出无可奈何的感慨。相对而言，罗隐是从另一个角度，以汉高祖的立场来看这一出杀韩的悲剧：韩信灭秦谋项，智猛过人，加上桀骜不驯，又怎能怪高祖“无终始”而先发制人呢？这一角度确为论史者开创了另一视野。

综合上例，可以发现这些咏史诗是偏爱用强势语，令咏史者的口吻更鲜明，以致带有讥嘲讽刺的味道。诗人有时是用“反问”来强化语势（如“将军何处立殊功?”；“灭秦谋项是何人?”），有时是用斩钉截铁的强势虚词来增强效果（如“**到头**徐福是男儿”；“刘项**原来**不读书”；“祖龙算事**浑**乖角”；“**将**谓诗书活得人”）。罗隐是最擅长塑造这种讥嘲语气的诗人，但其他诗人的咏史诗，不少也带有这种特色，像黄滔《司马长卿》：

汉宫不锁陈皇后，**谁肯**量金买赋来?②

崔道融《楚怀王》：

六里江山天下笑，张仪容易**去还来**。③

周昙《夷齐》：

将除暴虐诚能阻，**何异**崎岖助纣来?④

---

① 刘禹锡：《韩信庙》，《刘禹锡集》，卷24，页311。
② 《全唐诗》，册21，卷706，页8129。
③ 《全唐诗》，册21，卷714，页8211。
④ 《全唐诗》，册21，卷728，页8339。

除了对历史的看法有别于传统之外，唐末五代诗人的咏史诗，语言亦极浅俗，甚或是当时的口头语：

惆怅兴亡繁绮罗，世人犹自远青娥。
越王解破夫差国，**一个西施已是多**。①

信重何如不厌贫，伯龙孤子只修身。
固知生计还须有，**穷鬼临时也笑人**。②

罗隐诗用字更浅俗非常，与寻常百姓的口语无异，以下的诗句可见他用语之浅白：

六国英雄漫多事，**到头**徐福是男儿。
……③

家国兴亡自有时，吴人**何苦**怨西施。
……④

咏史诗的语言浅俗，尤其是七绝体的咏史，这可能与七绝诗的特色有关，徐嘉瑞《近古文学概论》说：

七言绝句起于民间歌谣，而始于六朝，唐代文人乃取作新体诗。⑤

众所周知，唐人乐府以七绝为主要体式，其民间性极强，俚俗易明便是其最大的特色。收录在《全唐诗》中《谐谑门》的诗，不论是嘲讽还是戏谑，大多都是七言绝诗，试看以下的例子：

---

① 卢注：《西施》，《全唐诗》，册22，卷768，页8721。
② 孙元晏：《刘伯龙》，《全唐诗》，册22，卷767，页8707。
③ 罗隐：《始皇陵》，《罗隐集》，页26。又《全唐诗》，册19，卷655，页7535。
④ 罗隐：《西施》，《罗隐集》，页45。
⑤ 转引自任半塘：《唐声诗》（上海：上海古籍出版社，1982年），册上，页417。

一双胡子着绯袍，一个须多一鼻高。
相对厅前搽且立，自惭身品世间毛。[①]

白在东都元已薨，兰台凤阁少人登。
冬瓜堰下逢张祜，牛屎堆边说我能。[②]

上述所举各诗，都是文词通俗，近市井语，并以七绝为嘲讽戏谑的主要诗体，由此可见七绝这种体裁的偏俗特性。唐末五代的咏史诗以七绝为主，多少反映出咏史诗与正史家“严肃沈深”相对的“闲吟”性格。总之，咏史诗语言倾向通俗，口吻带点讥嘲，大异于修正史的庄重严肃，倒是适合“政务之暇”的“闲吟”。张政烺认为讲史出于五代咏史诗，若从咏史诗的一般口吻语调观之，张说不可谓无见。

第六节　小　结

过去有论者提出自东汉起，历朝几乎每一位杰出的诗人都或多或少地写过咏史诗，咏史诗之所以历久不衰，与诗人及中国传统有密切的关系。首先是诗人具有鲜明的历史观，他们对中国的历史文化有一定的了解，因此会为历史上的挫折失败而感喟；此外，诗人具有强烈的现实观，他们对于现实环境有相当的认识，于是更关心社会问题，“而咏史诗正是一种表达他们政治主张、道德观念和社会认识”的工具，[③] 他们或以古喻今，或借古抒怀。事实上，李商隐的《咏史》正表达了这种看法：

历览前朝国与家，成由勤俭破由奢。
何须琥珀方为枕，岂得真珠始是车。
远去不逢青海马，力穷难拔蜀山蛇。
几人曾预南熏曲，终古苍梧哭翠华。[④]

---

① 韦铿：《嘲邵景萧嵩》，《全唐诗》，册25，卷869，页9852。
② 朱冲和：《嘲张祜》，《全唐诗》，页9858。
③ 李士龙：《试论古代的咏史诗》，页125。
④ 《李商隐诗歌集解》，页347。

诗人历览南朝国家的史事，了解到成败得失的关键。一个对历史缺乏认识、不能洞察时局的人，似乎很难说出这样的话。李商隐在诗中援引了“琥珀枕”、“真珠车”、“青海马”、“蜀山虻”等历朝典故，论者认为它表面咏史，实际是哀叹唐文宗。

诗人个人的修养学识，奠定了他们的根底；时代的因素，为诗人写作咏史诗提供了客观条件，这两者相互配合，直接造就了咏史诗在乱世时代大盛。诗歌在唐朝取得辉煌的发展，中、晚唐年间，国势转弱，但诗歌发展并没有因外在的政治情况而停止；甚至在唐末五代这个混乱纷扰的年代，诗人仍然努力写诗，诗的内容亦不限于田园、宴乐、酬酢，反而向另一个范围——吟咏史事——来开拓。历史永远在现实中得到回响，现实也永远在历史中得到折射。[①]

① 许纲：《咏史诗与中国泛历史主义》，页129。

第五章　五代诗风

唐末五代，人好吟咏，“吟癖”也就成了一时风气，[①] 不但诗量多，而且的确形成了一时的风格。但过去有论者认为这时期的诗人，主要继承了前期（盛、中唐）的诗风，其师承问题也就成为讨论的热点。以下尝试就师承、流派、特色等说法，对其加以归纳论析。

一、历来对唐末五代诗派的讨论

有关唐末五代诗人的诗歌风格，当时就已有人提出讨论。由于唐末、僖昭两代，时局混乱，政治不稳，诗人或以诗自遣，或以诗求名之余，也有锐意于风教的。譬如黄滔，他认为诗歌要有美刺教化的功用，所谓“刺上化下”，反对时人的艳丽辞章。[②] 他在《答陈磻隐论诗书》中说：“且诗本纪国风王泽，将以刺上化下，苟不如是，易诗人乎？”[③] 他认为诗歌要能“动天地，感鬼神，其次亦犹琴之舞鹤跃鱼，歌之遏云落尘，盖声之至也。琴之与诗尚尔，况惟诗乎”[④]！凡此主张，都可看出黄滔对诗歌创作的要求，因此他极不满晚唐五代的诗风，并认为自贾岛以后，诗风无复盛、中唐的盛况：

咸通（860—873）乾符（874—879）之际，斯道隳明，郑卫之声鼎沸，号之曰今体才调歌诗，援雅音而听者懵，语正道而对者睡。噫，王道兴衰，幸蜀移洛，兆于斯矣，诗之义大矣哉。[⑤]

---

① 岳继东：《论五代诗的“吟癖”》，《河南师范大学学报（哲学社会科学版）》，27 卷 1 期，2000 年 1 月，页 95。

② 罗根泽：《隋唐五代文学批评史》（台北：台湾商务印书馆，1969 年），页 27、28。

③ 黄滔：《答陈磻隐论诗书》，《全唐文》，册 9，卷 823，页 8671。

④ 同上。

⑤ 同上。

"郑卫之声鼎沸"，黄滔这个说法多少也反映了唐末诗歌的内容特色。事实上，不单黄滔提出这种对诗风的看法，另一位唐末诗人吴融亦有相近的意见。吴融认为："夫诗之作者，善善则歌颂之，恶恶则讽刺之，苟未能本此二者，词虽悲切，犹土木偶不生于气血，何所尚哉!"① 盛中唐以教化为之，但"李长吉以降，皆以刻峭拔飞的文集为第一流，而下笔不在洞房蛾眉神仙诡怪之间，则掷不顾，还来相教学者，靡漫浸淫，因不知变。……"② 从黄滔和吴融两人的意见，可见当时的诗风是着重于侈靡方面的，但同时亦看到有人反对这种艳丽派。不过，现今有学者认为黄滔等人"一再倡导教化，标榜风雅，那只是对以往文学济世传统的一种力不从心的追忆和眷恋，并不能反映当日文学思想的真实面貌"③。在主艳丽和抗艳丽之间，自然又有人提出要调和两者的折中之说，其中可以《旧唐书》的编修者赵莹等人为代表。④ 赵莹等认为"贞元（785—804）太和（827—836）之间，以文学耸动缙绅之伍者，宗元、禹锡而已。其巧丽渊博，属辞比事，诚一代之宏才"⑤。"然而向古者伤于太僻，徇华者或至不经，龌龊者局于宫商，放纵者流于郑卫，若品调律度，扬榷古今，贤不肖皆赏其文，未如元白之盛也。"⑥ 他们认为太僻或太纵都不当，反而元白体适得其中，雅俗共赏，别有特色，因此造成一时之盛。

有关晚唐以来诗歌的创作主张，除了艳丽说和排艳丽说两种之外，另有论者按中唐以后的情况，特别标举出当时诗人学习的几种不同风格，方回《送罗寿可诗序》中有以下记载：

诗学晚唐不自四灵始，宋刬五代旧习，诗有白体、昆体、晚唐体。白体如李文正、徐常侍昆仲、王元之、王汉谋；昆体则有杨刘西昆集传世；二宋、张乖崖、钱僖公、丁崖州皆是晚唐体。⑦

按方回之言，唐末五代以还的"旧习"，有宗法白居易的，有所谓西昆体的，亦有晚唐体的。所谓白体，简而言之，便是以白居易为学习对象；至于昆体，则

① 吴融：《禅月集序》，《全唐文》，册9，卷820，页8643。

② 同上。

③ 张兴武：《五代作家的人格与诗格》，页220。

④ 罗根泽：《晚唐五代文学批评史》（台北：台湾商务印书馆，1969年），页28。

⑤ 刘昫：《刘禹锡、柳宗元传后赞》，《旧唐书》，册13，卷160，页4215。

⑥ 刘昫：《元稹、白居易传后赞》，《旧唐书》，册13，卷166，页4360。

⑦ 方回：《送罗寿可诗序》，《桐江续集》（台湾商务印书馆，《景印文渊阁四库全书》本），卷32，页13下。

宗法李商隐，而晚唐体则宗法姚合、贾岛。这是文学史的常识。不过方回到底是谈宋诗，还不能完全移作五代诗的情况。尤其是他所列举的诗人，除了李昉（文正）、徐铉、徐锴（徐常侍昆仲）可归入我们限定的五代诗人范围，其余都是宋人。所以，到底不能完全据之以论五代。比方回早的蔡居厚，论到宋初诗风时，和方回的说法相似，他在《蔡宽夫诗话》中谈到：

国初沿袭五代之余，士大夫皆宗白乐天诗，如王重州主盟一时。祥符（1008—1017）天禧（1017—1022）之间，杨文公、刘中山、钱思公，专喜李义山，故昆体之作，翕然一变。而文公尤酷尝唐彦谦诗，至亲书以自随。①

蔡氏诗话中所述的虽是宋初诗风，但所谓"沿袭五代之余"，似乎主张五代诗风所尚者为白乐天。

蔡氏《诗话》另外又提到五代情况：

唐末五代，流俗以诗自名者，多好妄立格法，取前人诗句为例，议论锋出，甚有狮子跳掷，毒龙顾尾等势。览之每使人拊掌不已。大抵皆宗贾岛辈，谓之贾岛格。……②

这里进一步显示了唐末五代诗的另一种风格，即以贾岛为师法对象。综合这几条资料，可见蔡方两家都认为，五代诗最少有两体，即白体和贾体。

方回以后，后人稍有不同的看法，明杨慎（1488—1559）《升庵诗话》提出他对晚唐五代诗风的意见，特别是有关诗派之说：

晚唐之诗分为两派：一派学张籍，则朱庆余、陈标、任蕃、章孝标、司空图、项斯等人也；一派学贾岛，则李洞、姚合、方干、喻凫、周贺"九僧"其人也，其间虽多，不越此二派。③

晚唐惟韩柳为大家。韩柳之外，元白皆自成家。余如李贺、孟郊祖骚宗谢，

① 蔡居厚：《蔡宽夫诗话》，载《宋诗话全编》，册1，页622。

② 蔡居厚：《蔡宽夫诗话》，载《宋诗话全编》，册1，页629。

③ 杨慎：《升庵诗话》，卷11，载丁福保辑：《历代诗话续编》（北京：中华书局，1983年），册中，页851。

李义山、杜牧之学杜甫，温庭筠、权德舆学六朝，马戴、李益不坠盛唐风格，不可以晚唐目之。数君子真豪杰之士哉！彼学张籍贾岛者，真处裈中之虱也。①

杨慎将晚唐以来的诗风归为两派，分别以张籍和贾岛为宗，在他眼中，这两派的诗作成就都不高。

明代的许学夷论及五代诗风时，有以下一说：

大历（766—780）而后，五七言律，体制、声调多相类；元和间，贾岛、张籍、王建始变常调。张王五言清新峭拔，较贾小异，在唐体亦为小偏。张如“椰叶瘴云湿，桂丛蛮鸟声”、“夜鹿伴茅屋，秋猿守栗林”……皆清新峭拔，另外一种，五代诸公乃出此矣。②

他认为五代诗风主要出于张籍的“清新峭拔”。同是清人林昌彝（1803—1876）引李石洞说，认为五代诗除了以张籍为宗，亦有一派以贾岛为师：

李石洞曰：余读贞元以后近体诗，称赞其体格，得两派焉，一派张水部，天然明丽，不事雕琢而气味近道，学之可以除躁妄矫饰。一派学贾长江，力求险奥，不吝心思而气骨凌霄，学之可以屏浮靡，却凡俗。③

方回注《早梅》诗时，其实亦有相似的说法：

张洎序项斯诗，谓元和中，张水部律格不涉旧体，惟朱庆余一人亲授其旨，沿而下则有任蕃、陈标、章孝标、司空图等及门，项斯于宝历（825—827）开成（836—841）之际，尤为水部所赏。然则韩门诸人诗派分异，此张籍之派也，姚合、李洞、方干而下，贾岛之派也。④

以上胪列各家说法，不难看出，历来学者对五代诗风的承传，说法颇为纷

---

① 杨慎：《升庵诗话》，卷11，载丁福保辑：《历代诗话续编》（北京：中华书局，1983年），册中，页851。

② 许学夷：《诗源辨体》，卷27，页268－269。

③ 原载《射鹰楼诗话》，引自《唐诗汇评》，册下，页1894。

④ 方回：《〈早梅〉诗注》，载方回选评：《瀛奎律髓》（合肥：黄山书社，1994年），卷20，页443。

纭。综合言之，他们分别标举元稹、白居易、贾岛、张籍等为五代诗的祖师。

二、历来对五代个别诗人归属宗派的评论

唐末五代的诗风，其主流既不出元白、姚贾、张籍等数家，则五代诗人的归宗定派，亦自然是以归属这数家为多数。以下先胪列历来各家评论，据之将五代个别诗人的诗风归类，以见梗概。

（一）姚贾派

1. 郑谷

《中晚唐诗主客图》云：

守愚世但传其长律、绝句，不知五言诗生刻深细，抉贾氏之精而变其貌，至于如此之妙也。今直定为贾氏及门。①

《载酒园诗话》云：

诗家宗派，虽有渊源，然推迁既多，往往耳孙不符鼻祖。如郑谷受知于李频，李频受知于姚合，姚合与贾岛友善，兼效其诗体。②

2. 齐己

孙光宪《白莲集序》谈到齐己诗时说：

师趣尚孤洁，词韵清润，平淡而意远，冷峭而格高，郑谷郎中有与师云："应是逢新雪，高吟得好诗，格清无俗言，思苦有苍髭。"其为诗家称许如此。③

《唐音癸签》云：

齐己诗清润平淡，亦复高远冷峭，一径都官（按：即郑谷）点化，《白莲》

① 原载《中晚唐诗主客图》，引自《唐诗汇评》，册下，页2842。
② 贺裳：《载酒园诗话》，卷1，载郭绍虞：《清诗话续编》，册1，页215。
③ 王士禛编：《五代诗话》，卷8引，页328。

一集，驾出《云台》之上，可谓智过其师。[1]

齐已与郑谷应属同一流派。

3. 李建勋

《诗源辨体》对李建勋诗的评论是：

（李建勋）七律……皆清新峭拔，另为一种。究其所自，乃贾岛、张、王之余。[2]

4. 刘洞（？—975）

据《十国春秋》所载，刘洞"学诗于陈贶，精思不懈，或至浃日不盥。居庐山二十年，长于五字唐律，自号'五言金城'，得贾岛遗法"[3]。而《江南野史》对他的诗风亦有以下评述：

（刘洞）长于五言，……与同门夏宝松相善，为倡和俦侣。然洞之诗，格新而意古，语新而理粹，常自谓得浪仙之遗态，但恨不与同时言诗也。[4]

5. 裴说

《唐诗纪事》云：

（裴）说天祐三年登甲科，其诗以苦吟难得为工，且拘格律。尝有诗曰："苦吟僧入定，得句将成功。"[5]

《唐才子传》则记云：

说工诗，得盛名……为诗足奇思，非意表琢炼不举笔，有岛、洞之风也。[6]

---

① 胡震亨：《唐音癸签》，卷8，页69。
② 许学夷：《诗源辨体》，卷33，页311－312。
③ 吴任臣：《十国春秋》，卷31，页448。
④ 龙衮：《江南野史》，卷9，页3下。
⑤ 王仲镛校笺：《唐诗纪事校笺》，卷65，页1748。
⑥《唐才子传校笺》，卷10，页423－425。

另《唐音癸签》论裴氏诗特色，指出他“以苦吟难得为工，时出意外句耸人”[①]。而《重订中晚唐诗主客图》则云：

今读其诗，风骨矫矫，宜学贾氏有得者。其峭削微不及周、喻诸君，而沉刻过之。位马虞臣下，为升堂之次。[②]

事实上，《重订中晚唐诗主客图》有好几处提到裴说的诗，都将其与贾岛相提并论，如论裴说的《冬日作》，便说：“不惟诗格似贾，性情乃绝相近。”[③]

6. 唐求

《重订中晚唐诗主客图》评云：

（唐）隐居负性高古，诗冷峻，得贾生之骨。观其不苟传于后世，诗志可知矣。惜瓢中之诗，大半为屈正则所收，流传人间者，如食罕昧，忽忽欲尽耳。特附贾氏升堂之后，以褒其志。[④]

7. 陈贶

按上文评刘洞，刘洞向陈贶学诗，诗歌得贾岛之法；由是观之，陈贶的诗风理应亦倾向于贾氏。

8. 李中

《唐才子传》中提到李中诗时，记：“孟宾于赏其工吟，绝似方干、贾岛，时复过之。”[⑤] 事实上，孟宾于《碧云集序》中谈及李中诗，又说：

缘情入妙，丽则可知。出示全编，备多奇句。[⑥]

《近体秋阳》评云：

中诗澄夐、微挚，出口耸人心目，费人流连，如《昭君》、《闻笛》等篇，真

① 《唐音癸签》，卷8，页67。

② 《重订中晚唐诗主客图》，引自《唐诗汇评》，册下，页2979。

③ 《重订中晚唐诗主客图》，引自《唐诗汇评》，册下，页2981。

④ 《重订中晚唐诗主客图》，引自《唐诗汇评》，册下，页2986。

⑤ 《唐才子传校笺》，卷10，页474。

⑥ 孟宾于：《碧云集序》，载王士祯：《五代诗话》，卷3，页134。

堪卓绝终古。[①]

以上论述，可证李中为诗求奇、求险，为贾派一路。

9. 刘昭禹

《唐诗纪事》指出："（昭禹）少师林宽，为诗刻苦，不惮风雪。"[②] 林宽诗仿贾岛，得贾派之工；[③] 刘昭禹学诗于林宽，其诗风大概与林宽相去不远，《纪事》谓"为诗刻苦"，必是倾向于贾风。

10. 江为

《江南野史》卷八谓江为游庐山，师陈贶为诗，居二十年。[④] 陈贶诗以贾岛为宗，因此江诗理应亦属贾派。其名句"天形围泽国，秋色露人家"，工于状物而近于僻奇，确有贾风。

11. 夏宝松

《十国春秋》记云：

宝松，……少学诗于江为，为羁旅卧病，宝松躬尝药饵，衣不解带。为德之，与处数年，尽发其秘。……[⑤]

夏宝松当亦归为贾派。

12. 孙鲂

马令《南唐书·孙鲂传》云："唐末都官员外郎郑谷避乱归江淮，鲂从之游。故其所吟诗，颇有郑体。"[⑥] 可见孙鲂的诗风与郑谷为一脉而来，郑谷诗以姚贾为宗，孙氏之诗歌风格可想而知。

13. 栖蟾

齐己在《览延栖上人卷》中论及栖蟾的诗时说：

今体雕镂妙，古风研考精。何人忘律韵？为子辨诗声。贾岛苦兼此，孟郊清

① 《近体秋阳》，引《唐诗汇评》，册下，页3018。

② 《唐诗纪事校笺》，卷46，页1253。

③ 《载酒园诗话又编》记："林宽……大抵贾氏派也。"见《清诗话续编》，册1，页387。《重订中晚唐诗主客图》载："今检全集，实贾氏派也。才少力薄，不及李才江、马虞臣诸君，而幽僻苦涩，足征燕本衣钵。"

④ 《江南野史》，卷8，页8上。

⑤ 吴任臣：《十国春秋》，卷31，页449。

⑥ 马令：《南唐书》（《墨海金壶》本），卷13，页5上。

独行。荆门见编集，愧我老无成。①

栖蟾诗凄楚苦涩，写景“阴惨极矣”②。齐己以贾孟相比，可见其诗风特色。

14. 可朋

宋尤袤《全唐诗话》述及可朋诗风时，以之与孟郊、贾岛相比：

（可朋）少与卢延让为风雅之交，有诗千余篇，……曾题《洞庭》诗曰：“水涵天影阔，山拔地形高。”《赠友人》曰：“来多不似客，坐久却垂帘。”欧阳炯以此比孟郊贾岛。③

《十国春秋》中的《可朋传》亦有相近之说：

僧可朋……少与卢延让、方干为诗友。来蜀与欧阳炯相善，比之孟郊、贾岛，力荐于后主，后主赐钱帛有加等。④

15. 孙晟

《旧五代历史》中《孙晟传》云：

（孙晟）少为道士，工诗，于庐山简寂观画唐诗人贾岛像，悬于屋壁，以礼事之，观主以为妖妄。⑤

由此大致可推知孙晟诗是以贾岛为法。

16. 卢延让

《唐摭言》云：“延让业僻涩诗。”⑥

卢氏《苦吟》诗云：

---

① 《全唐诗》，册24，卷839，页9469。

② 黄生：《唐诗摘钞》（合肥：黄山书社，1995年），卷1，页144。

③ 《历代诗话》，页276。

④ 《十国春秋》，卷57，页830。

⑤ 《旧五代史》，卷131，《孙晟传》，页1732。

⑥ 王定保：《唐摭言》，卷12，页136。

莫话诗中事，诗中难天无。吟安一个字，捻断数茎须。
险觅天应闷，狂搜海亦枯。不同文赋易，为著者之乎。①

卢氏自言，为吟一字，不惜“捻断数茎须”，力求险奇。《唐摭言》又有言：

卢延让光化三年（890）登第，先是延让师薛许下为诗，词意入僻，时人多笑之。②

薛能诗峭特，近于贾岛。③ 卢延让诗之所宗，可见一斑。

（二）元白派

1. 韦庄（836—910）

《才调集补注》中提及韦庄的诗时，说：

韦相诗声调高亮，不用晚唐人细碎苦涩工夫，是此书律诗法也。④

所论认为韦庄诗没有贾岛一派的苦涩风格。《北江诗话》便明确指出韦庄的《秦中吟》等乐府诗是学白居易的，只是“学白乐天而未到”⑤。《三唐诗品》则上溯韦诗的源出，提到：

其源出于元稹，有排比之能，无温丽之采。专为律体，时代所尚，章台清瑟，秀发遥音；七古开宕，犹存初体。⑥

《诗源辨体》亦言：“韦庄律诗，七言胜于五言，……略与许浑相类。”⑦ 元方回评“（许浑）诗出于元白之后”⑧。

① 《全唐诗》，册21，卷715，页8212。

② 王定保：《唐摭言》，卷6，页64。

③ 《唐音癸签》，卷8，页78。又佘成教：《石园诗话》，收于郭绍虞编：《清诗话续编》，卷2，页1774。

④ 韦縠：《才调集》（台湾商务印书馆，《景印文渊阁四库全书》本），卷3，页1上。

⑤ 洪亮吉：《北江诗话》（北京：人民文学出版社，1983年），卷6，页100。

⑥ 《三唐诗品》，引自《唐诗汇评》，册下，页2926－2927。

⑦ 许学夷：《诗源辨体》，卷32，页301－302。

⑧ 方回：《晓发鄞江北渡寄崔韩二先辈》诗注，载方回：《瀛奎律髓》，卷14，页289。

2. 司空图

司空图诗文高雅，《升庵诗话》认为他是“晚唐第一流人物”①，《围炉诗话》则认为他的诗“大有高致，又甚细密”②。《三唐诗品》提到司空图诗的宗源时，云：

其源出于元、白，而更落一尘；显露词华，尤为缛累。其纵横议论，蕴藉变衰，已启宋元末派。③

《诗学渊源》对司空图诗有以下的评价：

（司空图）诗效长庆，平淡不尚雕琢；绝句典雅清丽，有大历风。④

3. 黄滔（840？—？）

宋洪迈云：

（滔）文瞻蔚有典则，策扶教化；其诗清淳丰润，若与人对语和气，郁郁有贞元、长庆风。⑤

这一种“若与人对语”的“贞元、长庆风”，大致上是指元白之风。《诗学渊源》则谓：

（滔）诗类韦庄，源出齐梁，惟七言高华，气力自胜，无卑靡之习。⑥

韦庄诗风浅白，后人认为源出元白；黄滔诗类韦庄，诗风自与元白相近。

4. 贯休

吴融《禅月集序》云：

---

① 《升庵诗话》，卷3，载丁福保：《历代诗话续编》，册中，页686。

② 吴乔：《围炉诗话》，卷2，载郭绍虞：《清诗话续编》，册1，页543。

③ 《三唐诗品》，引自《唐诗汇评》，册下，页2749。

④ 《诗学渊源》，引自《唐诗汇评》，册下，页2749。

⑤ 洪迈：《黄御史集序》，《黄御史集》，（台湾商务印书馆，《景印文渊阁四库全书》本），页36。

⑥ 《唐诗汇评》，引自《诗学渊源》，页2955。

上人之作，多以理胜，复能创新意，其语往往得景物于混茫之际，然其旨归必合于道。太白、乐天既殁，可嗣其美者，非上人而谁?①

《鉴诫录》载：

唐有十僧诗，选在诸集中，唯禅月大师所吟千首，吴融侍郎序之，号曰《巨岳集》，多为古体，穷尽物情。议者称白乐天为“广大教化主”，禅月次焉。②

5. 杜光庭（850—933）

王蜀广德杜先生，学海千浔，词林万叶，凡所著述，与乐天齐肩。③

6. 徐铉、徐锴

《五代诗话》引《宋诗钞》云：

江南冯延巳曰：凡人为文，皆事奇语，不尔则不足观。惟徐公（铉）率意而成，自造精极，诗冶衍遒丽，具元和风律，而无澳涩纤阿之习。④

前引方回《送罗寿可诗序》中提到五代诗人有宗白一体，并举徐铉、徐锴昆仲为例。⑤

7. 李昉

《青箱杂记》谓李昉“诗务浅切，效白乐天体”⑥，王禹偁《司徒相公挽歌》悼李昉云：“须知文集里，全似白公诗。”李氏宗白乐天，向来无异议。

（三）张籍派

崔涂

《载酒园诗话又编》云：

---

① 吴融：《禅月集序》，载李昉：《文苑英华》（台北：华联出版社，1965年），册9，卷714，页4442。

② 何光远：《鉴诫录》（《学海类编》本），卷5，页9下。

③ 何光远：《鉴诫录》，卷5，页6下。

④ 王士禛编：《五代诗话》，卷3，页148。

⑤ 方回：《送罗寿可诗序》，《桐江续集》，卷32，页13下。

⑥ 吴处厚：《青箱杂记》（北京：中华书局，1991年），卷1，页2。

崔长短律皆以一气斡旋，有若口谈，真得张水部之深者。①

《重订中晚唐诗主客图》又云：

今检其五言律，学水部尤切，但才短意近，不及朱庆余、项斯诸君。要其格律所承，固为张氏嫡派子孙也。②

《重订中晚唐诗主客图》一书曾多次提到崔氏诗，皆以为似不费力，是张水部的家数。

（四）温李派

1. 罗隐

《北江诗语》云：

七律至唐末造，惟罗昭谏最感慨苍凉，沉郁顿挫，实可以远绍浣花，近偭玉溪。盖由其人品之高，见地之卓，迥非他人所及。③

2. 韩偓

《唐音癸签》云：

韩致尧冶游情篇，艳夺温、李，自是少年时笔。④

《石洲诗话》云：

韩致尧《香奁》之体，溯自《玉台》。虽风骨不及玉溪生，然致尧笔力清澈，过于皮、陆远矣。⑤

《唐人绝句精华》评韩偓诗有言：

---

① 贺裳：《载酒园诗话又编》，《清诗话续编》，册1，页388。
② 《重订中晚唐诗主客图》，引自《唐诗汇评》，册下，页2859。
③ 洪亮吉：《北江诗话》，卷3，页99。
④ 《唐音癸签》，卷8，页68。
⑤ 翁方纲：《石洲诗话》，卷2，载郭绍虞：《清诗话续编》，册3，页1397。

晚唐诗有两种，一沿白居易新体乐府道路，……一效温、李绮丽之体，而有《香奁》一类之作。[①]

3. 王仁裕

《诗学渊源》云：

仁裕晓音律，喜为诗，微伤于浮艳，而其佳处亦足追温、李。[②]

（五）孟郊派

苏拯

《唐音癸签》云：

晚季以五言古诗鸣者，曹邺、刘驾、聂夷中……苏拯数家。其源似并出孟东野，洗剥到极净极真，不觉成此一体。[③]

（六）小结

从以上所综合的资料中，大致可以看出五代诗人诗风的取向和宗派，然而依前人评论，亦有一些诗人，不能片面归于某一派的，现举例如下：

1. 郑谷

郑谷诗似姚贾，但部分诗浅切又似元白，《载酒园诗话又编》有言：

郑谷诗以浅切而妙，……独绝句是一名家，不在浣花、丁卯之下。[④]

许浑诗（即“丁卯”诗）似元白，《瀛奎律髓》中已提及。此外，有部分郑诗风格，评家又以为近张籍，《重订中晚唐诗主客图》评郑氏《别同志》诗云：

澹语深情，味之无尽，似张氏派。……清浅有深味，似水部派。[⑤]

---

① 刘永济：《唐人绝句精华》（北京：人民文学出版社，1981年），页287。

② 《诗学渊源》，引自《唐诗汇评》，册下，页2996。

③ 《唐音癸签》，卷8，页65。

④ 《载酒园诗话又编》，见《清诗活续编》，册1，页389－390。

⑤ 引自《唐诗汇评》，册下，页2843。

2. 李建勋

前述李建勋的诗宗姚贾，但同时他亦有部分诗近张籍一派的，如《载酒园诗话又编》提到李氏《迎神》一诗时，云：

《迎神》一篇，不愧名家，张司业之耳孙，近来高季迪之鼻祖也。[①]

3. 卢延让

卢延让好苦吟，诗风属姚贾一派；然《鉴诫录》、《唐诗纪事》谓卢诗“多著寻常容易语”[②]，《居易录》又指出卢延让“好为俚语”[③]，可知卢氏诗歌浅白易明。《谈苑》亦云：

卢延逊（《渔洋诗话》指延逊当即延让，宋避让字故也）诗浅近，人多笑之。……虽浅近，亦自成一体。[④]

4. 李中

前文提到李中归宗姚贾派，然《诗学渊源》则云：“（中）为诗略似元、白，辞旨蕴藉，文采内映，五代之际，得此殊不易矣。”[⑤]

5. 司空图

司空图诗宗元白一派，但《中晚唐诗主客图》提到他的诗时说：“格韵清妙，与水部有神骨之肖”。[⑥] 而《唐才子传》则云：“（司空图）性苦吟，举笔缘兴，几千万篇。”[⑦] 似又与崇尚苦吟的贾岛风格相近。

这种诗风不主一体、兼而有之的问题，下文还会谈到。

三、贾白两派的诗风特色

以上所说的为宋及以后的评家，对五代诗人的家数和诗风的辨定，其中姚贾

① 《载酒园诗话又编》，见《清诗活续编》，册1，页394。
② 《唐诗纪事校笺》，卷65，页1744。又《鉴诫录》，卷5，页5下。
③ 《居易录》，今引自《五代诗话》，卷4，页167。
④ 原载于《谈苑》，今引自《五代诗话》，卷4，页166。
⑤ 《诗学渊源》，引自《唐诗汇评》，册下，页3018。
⑥ 《中晚唐诗主客图》，引自《唐诗汇评》，册下，页2749。
⑦ 《唐才子传校笺》，卷8，页147。

派的共16人，元白派的有7人，其余仿温李、李贺、孟郊的，一两人而已。可见依历来旧说，姚贾与元白两派是五代诗风的主要流派。以下即就此两派，略举诗例来说明其诗风，并论析两派趋向共融的现象。

（一）姚贾派

历来对贾岛诗的评价都离不开“险僻”、“峭奇”等字眼，如《唐摭言》载：“岛……变格入僻，以矫浮艳。”①《重订中晚唐诗主客图》亦云：“其五古、五七言律以及绝句，皆生峭险僻。”②《东目馆诗见》亦谓其诗“刻意无凡俗”③。从以上所见，可知贾岛诗的特色。贾岛仕途坎坷，因吟诗刺时而迭遭远贬，宦途上的失意和生活中的贫苦在贾诗中多有反映，形成了他每有忧愤落寞，“刻琢穷苦之言”④。至于姚合，生活虽没有贾岛的失意，但身处中唐以后，社会衰败，民生困敝，《唐才子传》说他：“多历下邑，官况萧条，山县荒凉，风景凋敝。”⑤ 由是姚合的诗歌创作在总体上表现为“思致清苦”⑥。除了“苦吟”这种创作态度之外，他的诗作还有一种独特的风格，如清人金圣叹所言：

> 先生作诗，不过仍是平常心思，平常格律，而读之每每见其别出尖新者，只为其炼字炼句，真如五代毛，三洗髓，不肯一笔犹乎前人也。⑦

则姚合诗认真不苟，立意求新，与贾岛的“二句三年得，一吟双泪流”⑧ 的确不相轩轾，都是为了“语不惊人死不休”，于是形成他们冷僻的诗风。⑨ 闻一多提到贾岛时，说过：

---

① 王定保：《唐摭言》，卷11，页121。

② 《中晚唐诗主客图》，引自《唐诗汇评》，页2579。

③ 《东目馆诗见》，引自《唐诗汇评》，册下，页2579。

④ 胡仔：《苕溪渔隐丛话》，前集，卷19，页125。

⑤ 《唐才子传校笺》，卷6，页124。

⑥ 高棅：《唐诗品汇》，五言律诗叙目，页508。

⑦ 金圣叹评贾岛《寄韩潮州愈》诗，见氏著：《贯华堂选批唐才子诗》，录自陈德芳校点：《金圣叹评唐诗全编》（成都：四川文艺出版社，1999年）。

⑧ 贾岛：《题诗后》，《长江集新校》，页133。

⑨ 许总对姚贾派的形成及诗歌风格有颇为细致的分析。许氏提到姚贾的诗歌创作，基本上局限在一个狭小的视界，所以在他们的作品中，描写有关草、萍、叶、苔、虫、蝉等细事琐物的篇章或词句占了相当大的比重。与狭小视界相表里，姚贾爱在诗中通过夕阳、暮色、残缺、枯瘦等景境意象的渲染，表达一种孤寂凄寒的心理感受。详参氏著：《唐诗体派论》（台北：文津出版社，1994年），页591－606。

于是他爱静，爱瘦，爱冷，也爱这些情调的象征——鹤、石、冰雪。黄昏与秋天是传统诗人的时间与季候，但他爱深夜过于黄昏，爱冬过于秋。他甚至爱贫、病、丑和恐怖。[①]

这段话大体上也适用于姚合。近人有的认为贾岛、姚合对后人的影响，首先在于那种寒狭诗境和孤寂情调，容易引起唐末文人前途无望、抑郁愁怨的共感；其次是贾姚诗中大量的佛禅境界的描写，使唐末文人视之为一种在尘俗环境中保持孤高节操的方法，因此唐末诗人描写禅院情景的诗篇空前增多；再次是他们的“苦吟”的创作态度，直接影响到五代处于乱世的文人。[②] 上面提到的五代诗人，一部分之所以被归为姚贾一派，就是因为其诗歌的题材风格与上述姚贾的特色相似。以下举出若干五代诗人为例，进一步探析这一派的诗风特色。

1. 孙鲂

孙鲂《题金山寺》：

山载江心寺，鱼龙是四邻。
楼台悬倒影，钟磬隔嚣尘。
过橹妨僧定，惊涛溅佛身。
谁言张处士，题后更无人。[③]

这首诗写金山寺，金山寺在江心，山寺被水环抱，诗人首句用“山载”金山寺，看似平常语，却是少见的写法。“载”，或车载、或舟载，唐杨洵美《答李昌期》诗云：“三山载群仙，峨峨咸浪中。”[④] 指蓬莱三神山浮海如舟；孙诗谓“山载”，亦以山比舟，用字切景而奇。寺的四面是水，这本也寻常，可是诗人在颈联说：“过橹妨僧定，惊涛溅佛身。”读者大可想见金山寺地势颇低而小，其运思取景，尖仄入险。位处这种地方的金山寺，环境定然是清幽的，所以诗人写嚣尘被“钟磬”所“隔”。这首诗的用字运思，都经过精心锤炼，与别不同，写禅境而得其孤绝。

---

① 闻一多：《唐诗杂论·贾岛》，载《闻一多全集》（北京：三联书店，1982年），卷3，页40。

② 许总：《唐诗体派论》，页607－610。

③ 《全唐诗》，册21，卷743，页8454。按：此诗首四句另有一作：“万古波心寺，金山名目新。天多剩得月，地少不生尘。”

④ 《全唐诗》，册15，卷512，页5852。

2. 李中

李中《书蔡隐士壁》：

> 病后霜髭出，衡门寂寞中。蠹侵书帙损，尘覆酒樽空。
> 池暗菰蒲雨，径香兰蕙风。幽闲已得趣，不见卜穷通。①

诗中写诗人病后的寂寞孤苦。他自述病后“霜髭出”，以“霜”来形容髭，表达出困顿潦倒之态，仿佛一病便衰老了。就《全唐诗》所见，“霜髭”是贾岛最先用，贾岛《送南卓归京》中有句：“残春别镜陂，罢郡未霜髭。”② 后来方干、吴融亦仿用其语。方干《早春》诗云：“不信风光疾于箭，年来年去变霜髭。”③ 吴融《寄尚颜师》诗云：

> 到阙不求紫，归山只爱诗。
> 临风翘雪足，向日剃霜髭。④

齐己《寄湘幕王重书记》中有句：“官好近闻加茜服，药灵曾说换霜髭。”⑤ 方干、齐己、吴融等人的诗风皆承贾风，其用字也承贾岛一脉而来。

此外，诗人在寂寞中留意到家中的蠹虫令书帙损坏，以“侵”来写蠹的活动，用字特别。“蠹侵”在《全唐诗》中最先见于李中本诗，而后为文家常用。用“侵”字亦可表现其渐而不迫急，新巧贴切。颈联的“蕙风”是诗家熟语，但“菰蒲雨”则首见于李中本诗，以后亦为诗词家所爱用，姜夔（1155—1221）的名篇《念奴娇》，其中上拍：“翠叶吹凉，玉容销酒，更洒菰蒲雨。嫣然摇动，冷香飞上诗句。”⑥ 词中的“菰蒲雨”就是源自李中诗。而李中用“菰蒲雨”比姜夔更胜，盖因“雨”应“暗”字，以“菰蒲雨”烘染暗景更为浓切。五代姚贾派其实是开发了不少诗家用语，后人读之以为陈套，殊不知当初开创之工，清新有味。

---

① 《全唐诗》，册 21，卷 747，页 8511。

② 《全唐诗》，册 17，卷 573，页 6663。

③ 《全唐诗》，册 19，卷 652，页 7494。

④ 《全唐诗》，册 20，卷 685，页 7864。

⑤ 《全唐诗》，册 24，卷 844，页 9543。

⑥ 姜夔：《念奴娇》，见夏承焘编校：《姜白石词编年笺校》（上海：上海古籍出版社，1981 年），页 30。

3. 卢延让

卢延让《苦吟》：

> 莫话诗中事，诗中难更无。吟安一个字，捻断数茎须。
> 险觅天应闷，狂搜海亦枯。不同文赋异，为著者之乎。[①]

卢延让写诗的态度可以说是深受姚贾影响，卢氏自言为吟一个字，居然费神至“捻断数茎须”，还要“险觅”和“狂搜”，这种态度与贾岛一派自是一脉相承的。

4. 张蠙

张蠙《登单于台》：

> 边兵春尽回，独上单于台。白日地中出，黄河天外来。
> 沙翻痕似浪，风急响疑雷。欲向阴关度，阴关晓不开。[②]

本诗写登上单于台的所见所感，诗中的“白日地中出，黄河天外来”别出心裁，太阳从地平线升起，本是平凡不过，但张蠙用“地中出”来写，设想新奇，而又逼肖眼前之景。黄河之水从“天外来”，比李白所说的“黄河之水天上来”[③]更夸诞险奇。《郡斋读书志》谓此两句“为世所称”[④]。

5. 齐己

齐己《听泉》：

> 落石几万仞，冷声飘远空。高秋初雨后，半夜乱山中。
> 只有照壁月，更无吹叶风。几曾庐岳听，到晓与僧同。[⑤]

此诗清远幽冷，具姚贾风味。首二句着题把“听泉”写得很明白，第二句云“冷声飘远空”，“声”谓“冷”，是交感作用（synaesthetic effect）。“飘远空”是点明幽寂，以下即从“冷”、“寂”两点着墨。“高秋”兼“初雨”，见出幽冷，

---

① 《全唐诗》，册21，卷715，页8212。
② 《全唐诗》，册20，卷702，页8068。
③ 李白：《将进酒》，《李太白全集》，卷3，页179。
④ 《郡斋读书志》，卷4中，页24下。
⑤ 《全唐诗》，册24，卷843，页9528。

"半夜乱山"，其幽寂可想而知。五、六两句写月和风，看似不相干，其实是诗人从另一角度侧写，"只有照壁月"，其凉色清冷，与"冷声"相应；又无"吹叶风"，则寂寥可知，意境孤清，别树一帜。《对床夜话》以为是诗僧诸作中"稍胜者"①。《唐诗摘钞》称："首二语已将本题尽情说透，以后只从题外层出，此前紧后松法也。"②

6. 江为

江为《送客》：

明月孤舟远，吟髭镊更华。天形围泽国，秋色露人家。
水馆萤交影，霜洲橘委花。何当寻旧隐，良石好生涯。③

江为诗似姚贾，大抵在于遣词取景，都尖新奇特。这首送客诗写晚景，明月当头，诗人在第三句写"天形围泽国"，"天形"就是《晋书》卷十一所说"天形穹窿如鸡子"的"天形"④。诗人着一"围"字来写，写法独特，衬出水边地势平旷。"秋色露人家"中的"露"字亦妙，写秋夜月色之景，人家约略可见，极生动逼肖，无怪《苕溪渔隐丛话》谓此两句"极脍炙人口"⑤。《诗人玉屑》记宋陈觉民有两句诗称道："却忆当时江处士，能言秋色露人家。"⑥

（二）元白派

以元稹和白居易为核心的诗歌流派，与姚贾派是两个截然不同的派别，苏轼在《祭柳子玉文》中以"元轻白俗"来概括元、白二人诗歌的特色，⑦ 无疑是确论。元、白二人的经历各自不同，但都在仕途上屡遭打击与挫折，际遇十分相似。⑧ 在诗歌创作上，他们二人都曾主张诗歌是裨补政治、有益教化的实用工具，

---

① 《对床夜话》（《知不足斋丛书》本），卷5，页11上。

② 黄生：《唐诗摘钞》，卷1，页143。

③ 《全唐诗》，册21，卷741，页8448。

④ 房玄龄等：《晋书》（北京：中华书局，1974年），卷11，页280。

⑤ 胡仔：《苕溪渔隐丛话》，后集，卷18，页130。

⑥ 魏庆之：《诗人玉屑》（北京：中华书局，1959年），册下，卷19，页439。

⑦ 苏轼：《祭柳子玉文》，载《苏轼文集》（北京：中华书局，1986年），册5，卷63，页1938－1939。

⑧ 白居易在《自河南经乱，关内阻饥，兄弟离散，各在一处，因望月有感，聊书所怀，寄上浮梁大兄、于潜七兄、乌江十五兄，兼示符离及下邽弟妹》［《白居易集》（北京：中华书局，1979年），页267］一诗中，自述个人的早年经历；元稹在《进诗状》中亦提到生活贫苦。载《元稹集》（北京：中华书局，1982年），页406。

所以元、白都有写民生疾苦的社会诗，通过委婉的方式来讽刺时政，如白居易的《卖炭翁》、《新丰折臂翁》、《杜陵叟》，元稹的《西凉伎》和《缚戎人》。[①] 在诗歌语言表达形式方面，白居易认为：

> 其辞质而径，欲见之者易谕也；其言直而切，欲闻之者深诫也；其事核而实，使采之者传信也；其体顺而肆，可以播于乐章歌曲也。[②]

白居易为求意尽，不惜用浅直晓畅的言辞。元白诗歌的浅俗，不只是表现在讽喻诗中，而始终贯穿于他们的创作中。[③] 今人许总指出："在元、白诗集中，无论何种选材的作品，都尽量写得通俗明畅，甚至如白话一般。"[④] 不过"浅俗"只是其中一面，其实唐人还留意到白体的另一面，就是"切情"。《唐国史补》说："元和以后……学浅切于白居易，学淫靡于元稹。"[⑤] "淫靡"指元稹《会真诗》一类的艳诗，并非五代元白派所尚，可以按下不表。但白居易的"切"却是五代人模仿的对象，如《青箱杂记》说李昉"务浅切效白乐天体"[⑥]。所谓"切"，就是元稹评白居易的所谓"道得人心中事"[⑦]。

至于选材方面，元白诗派对唐末及五代的诗人影响不小，以浅切平易的语言来摹写生活琐事，或讽刺或抒怀，现将元白派诗列举如下。

1. 韦庄

韦庄《送日本国僧敬龙归》：

> 扶桑已在渺茫中，家在扶桑东更东。
> 此去与师谁共到？一船明月一帆风。[⑧]

这首送僧诗的绝妙之处在于结句"一船明月一帆风"，明月清风，是人景两写，既是诗人设想之景，亦是称道其人。唐宋人禅宗语录多有用明月清风以喻道

---

① 有关这种文学主张，白居易的《议文章碑碣词赋》、《新乐府序》、《与元九书》，以及元稹的《叙诗寄乐天》、《乐府古题序》、《进诗状》等文章中都曾反复论述。

② 白居易：《新乐府序》，《白居易集》，页 52。

③ 许总：《唐诗体派论》，页 559。

④ 许总：《唐诗体派论》，页 562。

⑤ 李肇：《唐国史补》，卷下，页 57。

⑥ 吴处厚：《青箱杂记》（北京：中华书局，1991 年），卷 1，页 2。

⑦ 陈应鸾编：《岁寒堂诗话笺注》，卷上，页 69。

⑧ 《全唐诗》，册 20，卷 695，页 7996。

境，如《宏智禅师广录》卷九有颂云“明月清风富一生”①，指与世无争，自得自在，受用不尽。处默诗《忆庐山旧居》言：“明月清风旧相得，十年归恨可能赊。”② 大中时人智亮《戴云山吟》有诗句：“曾似老人岩上坐，清风明月与心齐。”③ 从以上所举可知，“明月清风”乃清雅之景，又可衬托其人之清高横放。此外，《人天眼目》提到如何是“人境俱不夺”时，举例云：“清风伴明月，野老笑相亲。”又有：“明月清风径往来。”④ 可知“明月清风”后来成为宋代禅宗以为自行自在之喻。韦庄写敬龙以清风明月为伴，是寓扬誉于清景之中。

2. 黄滔

黄滔《落花》：

落花辞高树，最是愁人处。
一一旋成泥，日暮有风雨。
不如沙上蓬，根断随长风。
飘然与道俱，无情任西东。⑤

此诗下半部分转出新意，所述断蓬，并非一般断蓬飘飖，如李商隐《无题》（昨夜星辰昨夜风）的“走马兰台类断蓬”⑥，而是得道之开豁：“飘然与道俱，无情任西东。”无是非，无粘滞，无情于物，是祥和无虑的象征。全诗遣词浅近，喻事切理。

黄滔《东林寺贯休上人篆隶题诗》：

师名自越彻秦中，秦越难寻师所从。
墨迹两般诗一首，香炉峰下似相逢。⑦

黄滔这首诗的立意，很像白居易的《蓝桥驿见元九诗》：

---

① 侍者编：《宏智禅师广录》（《大正藏》编号2001），卷2，页24。
② 《全唐诗》，册24，卷849，页9614。
③ 《全唐诗》，册23，卷823，页9279。
④ 《人天眼目》（《大正藏》编号2006），卷1，页301。
⑤ 《全唐诗》，册21，卷704，页8094。
⑥ 《全唐诗》，册16，卷539，页6163。
⑦ 《全唐诗》，册21，卷706，页8129。

蓝桥春雪君归日，秦岭秋风我去时。
每到驿亭先下马，循墙绕柱觅君诗。[①]

两首诗都是借题诗而思故人。黄滔见寺中的墨迹，仿佛与故人相会；白居易到驿亭下马，绕柱循墙，寻觅再三，对元稹思念不止。白黄两诗比较，白诗末句“循墙绕柱觅君诗”，写情浅近而深刻，其才情又胜于黄诗的“香炉峰下似相逢”。

3. 徐铉

徐铉《观人读春秋》：

日觉儒风薄，谁将霸道羞。
乱臣无所惧，何用读《春秋》![②]

五代是乱世，同样春秋也是乱世。孔子深觉“世道衰微，邪说暴行有作，……惧，作《春秋》。”[③] 孟子认为“孔子成《春秋》而乱臣贼子惧”[④]。徐铉这首诗的末两句正反用了孟子的说法，既然乱臣无所惧，那何用读《春秋》？这两句可说是切中乱世人心中所思。白风中所谓“浅切”，正是如此。

4. 贯休

贯休《春》：

自来自去动洪炉，无象无私无处无。
回雁不多消气力，染花应最费工夫。
溟蒙便恨豪家惜，浓暖深为政笔驱。
莫讶相逢只添睡，伊余心不在荣枯。[⑤]

这首诗用了很多平常熟悉的套语，如“自来自去”、“不多消气力”、“最费工夫”等，浅俗似白体，但笔法倒是超乎寻常，又极为熨帖。第二句“无象无私无处无”，连用四个“无”字，意指天地皆春。“染花应最费工夫”，暗点繁花争艳。末句“伊余心不在荣枯”，宕开一笔，情致又更深一层。诗人为有道僧人，其心

① 《全唐诗》，册13，卷438，页4870。
② 《全唐诗》，册22，卷752，页8555。
③ 孟子：《滕文公章句（下）》，载杨伯峻译注：《孟子译注》，卷6，页155。
④ 同上。
⑤ 《全唐诗》，册23，卷836，页9415。

澄明无虑，不为万事所动；其人眼中的“春”亦不过是自然时运，“荣枯”皆顺其自然，不必在意。综合而言，全诗切景合理，情致深远。

（三）五代元白、姚贾派诗风趋向共融的现象

如上文所述，五代诗无疑是分为姚贾和元白两派，只是两派又并非壁垒分明，而是互为影响，趋向于融合。先谈姚贾派，贾岛注重苦吟，喜欢用幽僻、怪奇的意象；姚合虽也重苦吟，但是他则偏用常见的意象，于平淡中时见清新而意味隽永。因此有论者认为贾岛诗偏于“求奇”，姚合诗偏于“求味”①。闻一多指出晚唐是贾岛的时代。② 五代的诗人多受贾岛影响，这是不争的事实，但细检他们的诗歌，他们虽师承贾岛，诗风却明显地起了变化，险僻趋于淡化，入于清新平易者为多，最突出的例子就是郑谷，郑谷受知于薛能、李频，③ 薛、李都是贾派中坚，但郑诗“以浅切而妙”④，因此有人认为五代诗歌的艺术旨趣偏向姚合而远离贾岛，⑤ 与贾岛的诗句相比，他们是“少了些孤寂奇僻，多了几分清丽、平和、流畅”⑥。

至于本来浅切直露的白风，到了五代，同样起了变化，诗人稍转入深奇一路，如诗风倾向元白派的贯休，吴融便指他的诗“能创新意”⑦，《瀛奎律髓》亦说：“（贯休）为诗有极奇处。”⑧ 以下为其中一例：

贯休《古离别》：

> 离恨如旨酒，古今饮皆醉。只恐长江水，尽是儿女泪。
> 伊余非此辈，送人空把臂。他日再相逢，清风动天地。⑨

简单几句写离别，但第三、四两句写长江水尽是儿女泪，却是在简易中显出

---

① 刘宁：《“求奇”与“求味”——论贾姚五律的异同及其在唐末五代的流变》，《文学评论》，1999年1期，1999年1月，页91。

② 闻一多：《贾岛》，载《唐诗杂论》，《闻一多全集》，页42。

③ 傅璇琮：《唐才子传校笺》，卷9，页169。

④ 《载酒园诗话又编》，见《清诗话续编》，页389。

⑤ 刘宁：《“求奇”与“求味”——论贾姚五律的异同及其在唐末五代的流变》，页91。

⑥ 王春青：《略论晚唐清浅诗风的成因》，《襄樊学院学报》，21卷，2000年1期，2000年1月，页54。按：王氏并说：晚唐诗人“对元白的浅俗和贾姚的险奇进行谨慎的、适合自己的改造，舍弃了元白鄙陋和姚贾求奇的一面，从而形成和谐平稳、清丽明白的诗风”。（页53）

⑦ 吴融：《禅月集序》，载李昉等编：《文苑英华》，册9，卷714，页4442。

⑧ 方回选评：《瀛奎律髓》，卷12，页245。

⑨ 《全唐诗》，册23，卷826，页9304。

奇妙的想法。后半部分思致深奇，写离别而不作儿女沾巾之态，于把臂之间寄情思于他日重逢之喜，其豪朗之情宛然在目；句末又不道重逢如何之喜，而以“景”烘出，“清风动天地”，深曲而切。

五代师从元白的诗人，也有一部分重视雕字琢句，偶然趋向于贾风的。韦庄的诗学元白，但《东目馆诗见》谓：“韦庄流丽中感慨顿挫，语关飞动。”[①] 可见评家是注意韦庄的诗亦讲求深致心思，并非一味地“浅切”。又许学夷评他的五言诗“语尽纤巧”[②]，以下即为一例：

韦庄《延兴门外作》：

芳草五陵道，美人金犊车。
绿奔穿内水，红落过墙花。
马足倦游客，鸟声欢酒家。
王孙归去晚，宫树欲栖鸦。[③]

诗中用字浅显，全诗直叙，但第三句“奔”字的主词是“绿”，第四句“落”字的主词是“红”，用法别开生面；“绿奔”和“红落”两组字给人以极强的色感和动感，生动切景，却又不落俗套。《唐风定》提到此诗时说：“从纤细中出，自是佳语。”[④]《唐诗近体》则有以下评说：

“奔”字、“过”字、“倦”字、“欢”字于此得炼字法，言因倦而憩酒家。[⑤]

《此木轩五言七言律诗选读本》亦言：“句句字字工，以工为事。”[⑥] 这反映出五代一部分基本上学元白的诗人还是讲求炼字的，有时倾向于纤仄新奇。

相对于中唐，此时的贾派和白派，分野是明显地缩小了；如上文提过郑谷诗“生刻深细……定为贾氏及门”[⑦]，但同时郑诗又“以浅切而妙”[⑧]。另外，李中的

① 《东目馆诗见》，引自《唐诗汇评》，册下，页 2926。
② 许学夷：《诗源辨体》，卷 32，页 302。
③ 《全唐诗》，册 20，卷 695，页 7995。
④ 原载于《唐风定》，现引录自陈伯海编：《唐诗汇评》，册下，页 2928。
⑤ 原载于《唐诗近体》，现引录自陈伯海编：《唐诗汇评》，册下，页 2928。
⑥ 原载于《此木轩五言七言律诗选读本》，现引录自陈伯海编：《唐诗汇评》，册下，页 2928。
⑦ 《重订中晚唐诗主客图》，引自《唐诗汇评》，册下，页 2842。
⑧ 《载酒园诗话又编》，载郭绍虞编选：《清诗话续编》，册 1，页 389。

诗绝似贾岛，[①] 为孟宾于所赏，但许学夷就说他“为诗略似元、白，辞旨蕴藉，文采内映”[②]。以下以李中两首诗为例说明：

李中《夕阳》：

影未沉山水面红，遥天雨过促征鸿。
魂销举子不回首，闲照槐花驿路中。[③]

诗人写赴举的心情，前两句写景，后两句写槐花开，点出这正是士子应举的时候。全诗看似平平无奇，正是所谓“文采内映”，完全没有贾风险奇的锋芒。诗中写夕阳闲照，举子赶路不回头，两者形成对比，互相映照，士子赴举的心情尽在不言中。诗人对举子亦怜亦讽，显出全诗的张力。

李中《都下寒食夜作》：

香尘未歇暝烟收，城满笙歌事胜游。
自是离人睡长早，千家帘卷月当楼。[④]

同样地，这首诗的文字浅易，无险僻之词，日暮黄昏之后，圆月当空，可惜月圆人未圆，离人独自在外，“千家帘卷”，就只有离人早睡，益显孤独，突出斯人独憔悴的心情，诗的意境深邃，但又不似贾岛诗的险奇。以上两诗可见李中虽师从贾姚派，但实践上并非一味地仿效贾岛的奇僻，反而更多地趋向于用字清浅，重字意的映衬、对比。[⑤]

上述反映了五代诗歌的总趋向，不管是姚贾派，还是元白派，诗人都会在两派之间各取其妙，一方面是文字运用趋于直接浅易，另一方面构思运意却又巧花心思，最终形成了此时期诗歌的独特风格——“辞易思难”。“辞易”已见于上述，至于“思难”，其实唐末五代人，不论白派还是贾派，都讲究“精搜”、“冥搜”、“苦吟”，如郑谷在《寄膳部李郎中昌符》一诗中便提到：“夜夜冥搜苦，

① 《唐才子传校笺》，卷10，页474。
② 《诗学渊源》，引自《唐诗汇评》，页3018。
③ 《全唐诗》，册21，卷747，页8511。
④ 《全唐诗》，册21，卷748，页8513。
⑤ 近人刘宁认为唐末五律主要继承了姚合锤炼语言的方式，反而少人得贾岛奇言僻句之神。详见氏著：《“求奇”与“求味”——论姚贾五律的异同及其在唐末五代的流变》，页99。

那能鬓不衰。"① 他在《读故许昌薛尚书诗集》中有言："属思看山眼，冥搜倚树身。"② 李中《献中书韩舍人》又云：

丹墀朝退后，静院即冥搜。
尽日卷帘坐，前峰当槛秋。
……③

另外他在《和昆陵尉曹昭用见寄》诗中提及："决狱多余暇，冥搜万象空。"④

齐己《题中上人院》有句："高房占镜幽，讲退即冥搜。"⑤ 他在《酬洞庭陈秀才》诗中还说："精搜当好景，得即动如音。"⑥

徐寅《长安述怀》云："十载公卿早言屈，何须课夏更冥搜。"⑦ 再看贯休的《怀方干张为》，诗中有句："冥搜入仙窟，半夜水堂前。"⑧ 另外他在《怀卢延让》诗中亦说："冥搜忍饥冻，嗟尔不能休。"⑨

韦庄亦在诗中常常提到"苦吟"，他在《婺州水馆重阳日作》中便记："吴国逢佳节，凭高独苦吟。"⑩《柳谷道中作却寄》亦载："莫怪苦吟鞭拂地，有谁倾盖待王孙。"⑪ 以上可见，不管是元白派或是姚贾派，皆提及苦吟或冥搜，这正是"思难"的表现。

一些历来诗评都没有将他们归入姚贾派或元白派的五代诗人，也可以用"辞易思难"来概括他们的诗风，罗隐便是其中一例。罗隐的诗风有谓近似温李派，然而，如诗评家所言："唐人诗句中用俗语者之多，罗隐居其中。"⑫ 罗隐用字俚俗，可想而知。然而，罗隐的诗亦时有警句，⑬ 戴京曾《罗昭谏集序》认为：

---

① 《全唐诗》，册20，卷674，页7713。
② 《全唐诗》，册20，卷676，页7759。
③ 《全唐诗》，册21，卷747，页8502、8503。
④ 《全唐诗》，册21，卷750，页8545。
⑤ 《全唐诗》，册24，卷838，页9451。
⑥ 《全唐诗》，册24，卷839，页9467。
⑦ 《全唐诗》，册21，卷709，页8156。
⑧ 《全唐诗》，册23，卷829，页9342。
⑨ 《全唐诗》，册23，卷834，页9407。
⑩ 《全唐诗》，册20，卷698，页8036。
⑪ 《全唐诗》，册20，卷695，页7997。
⑫ 原载于《野客丛书》，现引录自《唐诗汇评》，册下，页2805。
⑬ 《载酒园诗话又编》，载郭绍虞编选：《清诗话续编》，册1，页384。

或者以其语多平易而忽之，要之胜填词豪绝而无当于兴感者什佰矣。况其精邃自然处，正复不让唐之初、盛。①

以下举罗隐诗作一说明：

罗隐《自遣》：

得即高歌失即休，多愁多恨亦悠悠。
今朝有酒今朝醉，明日愁来明日愁。②

看似平平淡淡的四句，诗人除塑造了一个纵酒高歌的旷士形象之外，其构思亦甚为奇特。“得即高歌失即休”，句中重复运用“即”字，加强其豪直形象的描写。第二句同样重复运用“多”字，面对这么多的愁和恨，诗人亦闲淡处之，其想法与众不同，非一般人可想。第三句“今朝有酒今朝醉”，更成为流传古今的名句，《野客丛书》指出：“今人多引此语，往往不知谁作。”③《带经堂诗话》评此诗时说：“恶诗相传，流为里谚，此真风雅之厄。”④ 细观罗隐这首诗，每句皆重复迭用一字、两字或三字，如“……即……即”，“多……多……”，“今朝……今朝……”，“明日愁……明日愁”，这种迭用句早在盛中唐已甚为流行，白居易便写了不少这类诗歌，这是源自南方民间歌谣的一种俗体诗。⑤ 罗隐采用俗体，显然是有意引俗入诗，自成面貌。此外，五代徐衍的《风骚要式》提过：“言虽容易，理必求险。”⑥ 罗隐这首诗正好表现了此点，诗中无难解的文字，所言者亦是常人所想，但在此诗之前，又有谁敢在诗文中如此直截了当地呼出“今朝有酒今朝醉”的想法呢？再看罗隐另一首诗《雪》：

尽道丰年瑞，丰年事若何。
长安有贫者，为瑞不宜多。⑦

---

① 戴京曾：《罗昭谏集序》，载雍文华校辑：《罗隐集》，附录，页343。
② 《全唐诗》，册19，卷656，页7545。
③ 原载于《野客丛书》，今引录自《唐诗汇评》，册下，页2805。
④ 原载于《带经堂诗话》，今引录自《唐诗汇评》，册下，页2805。
⑤ 赵昌平：《郑谷诗集笺注》（上海：上海古籍出版社，1991年），前言，页12。
⑥ 徐衍：《风骚要式》，收于张伯伟编：《全唐五代诗格考》，页430。
⑦ 《全唐诗》，册19，卷659，页7570。

一般人皆以为瑞雪是丰年之兆，因而诗人墨客每多赞美之词。此诗虽同是写瑞雪，罗隐的文字简易，但诗意有别，他是反其意而作，指出长安城中有许多穷人，他们正饥寒相煎，如果大雪再带来奇寒，那即使来年丰收又如何？因此诗人说“为瑞不宜多”，借下雪一事，用通俗的言语表达出独特的看法。《唐人绝句精华》说：“此仁者别有用心，与寻常但描写雪色、寒气者不同。”[①]

四、总结

五代诗的特色与姚贾、元白两派关系甚深，已如前述。贾派险僻，白派浅俗，这是二者明显的分别；然而，仔细一读，贾派的用字其实并不艰涩，甚至字字浅近，就以贾岛自己“一吟双泪流”的两句为例：“独行潭底影，数息树边身。”字面上并不艰涩，没有一个词本身是险怪的。那么姚贾、元白两派的差异究竟在哪里？这其实是分析五代两种诗风的关键问题。作为本章的总结，我们尝试从词语搭配这个角度来重看白风和贾风的本质。

从语言学角度来看，词语搭配是指词语的惯性共现，[②] 即某些表示相关意思的词语，会在同一篇幅或段落中出现，[③] 词语搭配既有惯性，当然也有词语搭配的偏异，[④]“偏异”是指偏离一般的常用的搭配规则，因而显得异常和奇诡。元白和贾姚两派的诗歌，正体现了搭配这两种倾向：惯熟和偏异。如前人所言，白诗浅俗平易，《西清诗话》云：“诗家不妨间用俗语，尤见功夫。”[⑤] 然而诗歌中是否多用俗语，很多时候决定于作者的言语感觉和审美情趣。[⑥]《诗人玉屑》认为杜甫善用鄙俗之语，而白居易的情况与杜甫相似。[⑦] 白诗多用俗语，据说妇人小儿

---

① 刘永济选释：《唐人绝句精华》，页274。

② 所谓“搭配”，即英文的“collocation”，David Crystal 对此词的解释是“The habitual co-occurance of individual lexical items... a type of syntagmatic lexical relation.”见 David Crystal（ed.），*A Dictionary of Linguistics and Phonetics.*（Oxford：Blackwell，1997，4th edition），p. 69.

③ Roger Fowler，*Linguistic Criticism.*（New York：Oxford University Press，1996，2nd edition），pp. 88－89.

④ G. N. Leech 提出 lexical deviation 一词，deviation（偏异）是包含惯性程度的判断，亦即须分辨出怎样的惯性程度，还算是寻常的搭配，到了怎样的程度，就算是不寻常的搭配，不寻常的搭配便是一种词语搭配的偏异。［G. N. Leech，“Linguistics and the Figures of Rhetoric”，in R. Fowler（ed.），*Essays on Style and Language：Linguistic and Critical Approaches to Literary Style.*（London：Routledge and Kegan Paul，1966），p. 143.］

⑤ 无为子：《西清诗话》（台北：广文书局，1973年），卷上，页80。

⑥ 入矢义高著，董志翘译：《白居易作品中的口语表达》，《苏州大学学报（哲学社会科学版）》，1996年2期，1996年2月，页48。按：作者在文中便探讨到白诗使用俗语的情况。

⑦ 魏庆之：《诗人玉屑》，册上，卷6，页143。

皆懂其诗。《中山诗话》谓“诗以意为主，文词次之，或意深义高，虽文词平易，自是奇作。”① 可见用语浅俗合宜，亦成佳构。五代仿白派的诗人在用语上多采用当时流行语，便自然而然形成了一种风格。不过字眼的浅易，其实也见于姚贾派，像前面提过的“白日地中出”、“秋色露人家”，何尝不是字字浅白？可见用字浅白还不足以充分说明元白派的特色，我们还应引入一个新角度去探讨，那就是搭配。姚贾的诗歌用字不一定艰深难明，只是他们的词语搭配大多与别不同，所以显得不寻常，这就是上文所提到的语言搭配的偏异。相反，元白派的诗歌在词语的搭配上，却多采当时流行的套式，因而予人惯熟的感觉。试举罗隐诗为例。如上节所言，五代诗人罗隐的诗俚俗，明显地带有元白诗的色彩，试看《韩信庙》一诗的结尾：

懦夫女子俱**堪恨**，却把余杯奠蒯通。②

诗中“懦夫女子”为当时常用的套语，《旧唐书》评武则天时，有言：

史臣曰：治乱时也，存亡势也，使桀纣在上，虽十尧不能治；使尧舜在上，虽十纣不能乱；使**懦夫女子**乘时得势，亦足坐制群生之命，肆行不义之威。③

《宋名臣言行录》中收录了杨亿《谈苑》中的一段记载，文中谈及五代王彬之事：

彬曰：非尔所知，观（李）煜神器，**懦夫女子**之不若，岂能自引决哉。④

至于罗隐句的下半截，其中“堪恨”一词是常用词，白居易《移牡丹栽》中有句：

红芳堪惜还**堪恨**，百处移将百处开。⑤

白氏另一首诗《日渐长赠周殷二判官》又有句云：

---

① 刘攽：《中山诗话》，收于《历代诗话》，页285。

② 《罗隐集》，页15下。

③ 《旧唐书》，册1，卷6，页133。

④ 《宋名臣言行录·谈苑》（台北：文海出版社，1967年），前集，册1，卷1，页3。

⑤ 《白居易集》，卷19，页426。

万茎白发真**堪恨**，一片绯衫何足道。[①]

贾岛《上谷旅夜》亦有用此：

世难那**堪恨**旅游，龙钟更是对穷秋。[②]

可见“□堪恨”是诗家常套。从上例可知，罗隐诗之圆熟滑利，近于元白，和他喜用当时流行的套语有一定关系。

再举韦庄诗为例。如前述韦诗也属元白派，他的《衢州江上别李秀才》写道：

千山红树万山云，**把酒相看日又曛**。
一曲离歌两行泪，更知何地再逢君。[③]

诗中“把酒”与“相看”搭配，亦是唐诗的常式，司空曙《送郑明府贬岭南》写道：

青枫江色晚，楚客独伤春。
共对一尊**酒**，**相看**万里人。
……[④]

而杜甫有诗题为《醉为马坠诸公携**酒相看**》，[⑤] 由此等诗句诗题看来，“把酒相看”、“携酒相看”、“对酒相看”都是诗家常用语。

次句的“日又曛”，赵嘏及第自伤有诗曰：“寂寞堂前**日又曛**。”[⑥] 姚合诗《会将作崔监东园》有：

① 《白居易集》，卷21，页462。
② 《长江集新校》，卷9，页105。
③ 《韦庄集校注》，卷7，页343。
④ 《全唐诗》，册9，卷293，页3325。
⑤ 《杜诗详注》，卷18，页1590。
⑥ 赵嘏：《座上献元相公》，《全唐诗》，册17，卷550，页6376。

……

此会诚堪惜，穷秋**日又曛**。

人间唯有醉，醉后复何云?①

至于韦诗中的“一曲离歌”和“两行泪”，也是当时常见的搭配，许浑《颍州从事西湖亭燕饯》有：

西湖清燕不知回，**一曲离歌**酒一杯。

城带夕阳闻鼓角，寺临秋水见楼台。

……②

杜甫诗有：“封书**两行泪**，沾洒裛新诗。”③ 后来贾岛《古意》诗亦有：“眼中**两行泪**，曾吊三献玉。”④ 总之，韦庄诗两句的词语组合，几乎无不是当时惯见的常式。

再看徐铉《又听霓裳羽衣曲送陈君》：

清商一曲远人行，桃叶**津头月正明**。

此是**开元太平曲**，莫教偏作**别离声**。⑤

唐诗中“清商一□”是常式，如刘宾客《和乐天南园试小乐》中有句“先教清商一部成花木”，白居易《河阳石尚书破回鹘，迎贵主，过上党射鹭鹚，绘画为图，猥蒙见示，称叹不足，以诗美之》中亦有句：“**清商**一部管弦秋。”⑥

至于“月正明”、“津头月”亦为当时常见的词组。譬如《南唐近事·附录》中记郑仲贤诗《题缑氏山》：“秋阴漠漠秋云轻，缑氏山头**月正明**。”⑦ 此外，唐戴孚《广异记·松阳人》亦有句谓：“时夜**月正明**，备见所以。”⑧

至于“开元太平□”的搭配式，乃是由开元盛世而来，《云溪友议》记文宗

---

① 《全唐诗》，册17，卷549，页6349。

② 《丁卯集笺证》，卷8，页221。

③ 杜甫：《寄杜位》，《杜诗详注》，卷18，页1597。

④ 《长江集新校》，卷1，页1。

⑤ 《全唐诗》，册22，卷756，页8605。

⑥ 《白居易集》，卷37，页854。

⑦ 原见郑文宝：《南唐近事·附录》，今引自厉鹗辑撰：《宋诗纪事》，册上，卷4，页89。

⑧ 见戴孚：《广异记·松阳人》，收于李昉等编：《太平广记》，册9，卷432，页3504。

开成二年（837）省试，李肱诗云：“**开元太平时**，万国贺丰岁，梨园献旧曲，玉座流新制。”① 唐李玫《纂异记》记“白衣叟”诗云：“春草萋萋春水绿，野棠开尽飘香玉，绣岭宫前鹤发人，犹唱**开元太平曲**。”② 孙樵文《复佛寺奏》亦三见“开元太平事”一语。③

“别离声”一语，见于韦式的《赋竹》：“唯愁吹作**别离声**，回首驾骖舞阵速。”④ 元稹《别岭南熊判官》有句云：“十年常远道，不忍**别离声**。”⑤ 事实上，早在六朝时，庾信已有诗句：“哀笳关塞曲，嘶马**别离声**。”⑥ 从以上所胪列的诗例来看，徐铉这首诗所用的词语都是时人所惯用的，因此予人一种浅熟流利的感觉。

综观以上各例，可见五代元白派诗人的平易诗风，不但与他们用词浅近有关，而更重要的是他们选词搭配时亦多用常见的惯式或套语，所以显得通俗易明。作诗稍用惯套是在所难免的，但一篇之中，句句搭配惯熟，这就是有意的选择，也就造就出元白派的平易特色。与之相反的是效姚贾派的诗人，他们的“险奇”，往往是由于出人意表的搭配方式，《龙性堂诗话初集》便提到贾岛诗的奇诡，如“长江**人钓月**，旷野**火烧风**”，“流**星透疏木**，走**月逆行云**”，“**峰悬驿路**残云断，**海浸城根**老树秋”等。⑦ 细看之，长江、人、钓月；旷野、火烧、风；流星、透、疏、木；走、月、逆、行、云等，都是极寻常的字眼，其所以险奇入僻，就在于“人钓月”、“火烧风”、“星透疏木”、“月逆行云”的异常搭配，它们看似无理，却切中当前之景；由于前所未见，所以往往令人触目动心。就是因为这种出人意表，所以形成了独特险僻的风格。这种特色还可从五代一些属于姚贾派的诗例中得到反映，如江为的《岳阳楼》：

倚楼高望极，展转念前途。
晚叶红残楚，秋江碧入吴。
云中来雁急，天末去帆孤。
明月谁同我，悠悠上帝都。⑧

① 范摅：《云溪友议》（上海：古典文学出版社，1957 年），卷上，页 15 – 16。
② 李昉等编：《太平广记》，册 7，卷 350，页 2769。
③ 孙樵：《孙可之集》（台湾商务印书馆，《景印文渊阁四库全书》本），卷 6，页 4 上。
④ 《全唐诗》，册 14，卷 463，页 5266。
⑤ 《元稹集》，页 167。
⑥ 庾信：《庾子山集》（台北：台湾中华书局，1968 年），册 1，卷 3，页 10。
⑦ 《龙性堂诗话初集》，载郭绍虞编选：《清诗话续编》，册 2，页 987 – 988。
⑧ 《全唐诗》，册 21，卷 741，页 8447。

诗中的第三、四句令人耳目一新。首先，“红”和“碧”两个颜色字作对，大胆鲜明；其次，“残”和“入”相对，作动词用，带有毁伤的意思。“红残楚”，“楚”为“红”所残，设想新颖，楚地一片殷红，可想而知。“碧入吴”，则“碧”字极有流动之感，亦极其鲜活。两句字皆浅白，但搭配起来，却成独特之词语。

再看李中的《春日野望怀故人》，诗云：

野外登临望，苍苍烟景昏。
暖风医病草，甘雨洗荒村。
云散天边野，潮回岛上痕。
故人不可见，倚杖役吟魂。①

方回《瀛奎律髓》评曰：“第三句新异，第四句淡而无味。”② 如何“新异”？方回言之未详。但看句中的词语搭配：“暖风”、“医”、“病”、“草”，“病草”于唐诗屡见，但“医”、“草”是一奇想；而“医”、“草”的主语又是“风”，新异独特，令人耳目一新。至于“雨洗荒村”，则是寻常路数。

郑谷的诗向来被认为易晓，欧阳修《六一诗话》谓：“人家多以教小儿。”③ 贺裳《载酒园诗话又编》称其诗“浅切而妙”④，凡此可见郑谷诗的特点。然而，郑谷诗承姚贾派，为薛能、李频所赏，⑤ 王夫之（1619—1692）评郑诗时说：“匀好不入俗。”⑥ 浅易匀好而不入俗，这是郑诗的独特之处，试看郑谷的《旅寓洛南村舍》：

村落清明近，秋千稚女夸。
春阴妨柳絮，月黑见梨花。
白鸟窥鱼网，青帘认酒家。
幽栖虽自适，交友在京华。⑦

---

① 《全唐诗》，册21，卷747，页8500。
② 方回选评：《瀛奎律髓》，卷10，页184。
③ 欧阳修：《六一诗话》，页7。
④ 《载酒园诗话又编》，载郭绍虞编：《清诗话续编》，册1，页389。
⑤ 《唐才子传校笺》，卷9，页169。
⑥ 王夫之：《唐诗评选》（北京：文化艺术出版社，1997年），卷4，页221。
⑦ 《郑谷诗集笺注》，卷1，页123。

《秋窗随笔》认为“月黑见梨花”是佳句,[①]《重订中晚唐诗主客图》亦指出第三、四句中的“妨”字和“见”字,“皆造微景,与情并到”,“字似嫩,而有情味”。[②]“春阴”与“妨”、“月黑”与“见”这两组词的搭配,就有点不寻常。“阴”如何“妨柳絮”?“月黑”如何能“见”?正是这种理解上的障碍,促使读者去破解,并在破解的过程中,领会到“皆做微景”之妙(柳絮轻,春时阴潮,则难于飞扬;梨花白,月黑则反而易见)。《诗人玉屑》认为“眼用活字”,“妨”、“见”两字正是一例,[③] 但须视其搭配如何,始可知是否“活字”。

以上可见贾派诗人选词用字并不特别,妙处却在搭配。西方语言学家认为这种表达形式是“陌生化”的表现,就是作者的做法往往打破常规,因而使读者得到崭新体会,眼界大开。[④] 虽然贾岛诗过去被评为“在唐体尚为小偏”[⑤],但其实是忽略了他如何在配词上,开发一新异离奇的感官世界。

事实上,唐末五代不少诗人都喜欢琢句炼字,给读者一个惊喜。试看崔涂《鹦鹉洲即事》中的:“幽岛暖闻燕雁去,晓江晴觉蜀波来。”[⑥] 诗人因谗被放,心情怅惘自是必然,句中写“闻”和“觉”两种感官反应,却用“暖”和“晴”来作搭配,写法新奇。此外,殷文圭在《八月十五夜》中写月光时,提到:“满衣冰彩拂不落,遍地水光凝欲流。”[⑦] 以“水光”来写月色并不特别,但以“满衣冰彩”来描绘月色,却是少见,《五朝诗善鸣集》谓“从来绘月无此妙句”[⑧],由此可见诗人的别出心裁,有意突破常格,予读者一个新的观感。再看裴说《春早寄华下同人》,诗中有句:“岳面悬青雨,河心走浊冰。”[⑨] 句中的“青”原是山岳之春色,隔雨看山,两色如青,诗人径直以“青”写雨;而雨又“悬”于岳之“面”上,这样的想象和搭配,既奇特,又新颖。五代诗可读的原因之一,正是因为有这样的贾派,为后人开辟了一个新异的经验世界,功同造化,昭烁今古,自有不可磨灭之价值。

---

① 引录自《唐诗汇评》,册下,页2845。

② 《重订中晚唐诗主客图》,引自《唐诗汇评》,册下,页2845。

③ 魏庆之:《诗人玉屑》,卷3,页75。

④ Roger Fowler 指出:“The defamiliarizing effects of lexical collocation in literary texts result from the fact that the context is not given in advance and so the reader has to construct a context which makes sense of the lexical patterns.”(op. cit., p. 87). 另 G. W. Turner 亦提到词语陌生化所造成的效果:“There will be a little of the unexpected, something to catch our attention and make us really look at the scene.”[G. W. Turner, *Stylistics*. (Harmondsworth: Penguin, 1973), p. 130]

⑤ 许学夷:《诗源辨体》,卷25,页257。

⑥ 《全唐诗》,册21,卷707,页8133。

⑦ 《全唐诗》,册21,卷707,页8133。

⑧ 原见《五朝诗善鸣集》,现引录自《唐诗汇评》,册下,页2958。

⑨ 《全唐诗》,册21,卷720,页8261。

第六章　结　论

五代诗歌的发展是独特的，但同时它又是上承李唐而下开赵宋的，在文学发展史上，有承前启后的作用。本章一方面要总结前面几个章节提出对五代诗的一些了解；另一方面要指出五代诗在唐宋文化转型的过程中，在什么地方显出了这个转型的轨迹。

一、本书的内容总结

除第一章引论外，本书的主要部分有四章，每章探讨一个题目。由人而及诗，由诗的内容转到呈示内容的诗风。这四个题目，过往还没有人注意到的，或者注意得不够的，本书都尝试为之补白。

第二章提出了五代诗的发展是承唐代的大势，诗人众多，诗量惊人，而且诗人普及到社会各阶层，像牛希济所说的，不少是口不知书而在吟咏之列。我们特别提出了由于五代的社会巨变，令低下层能跃居上流，把持权位，也参与文学活动。如梁太祖家贫，而只略知文墨。① 王建“少无赖”，里人称为“贼王八”②。钱镠亦为“无赖，不喜事生产，以贩盐为盗”③。他们都成为诗人投献的对象，甚至品评诗文的高下。换句话说，参与诗歌创作的人，以及对诗歌创作方向有影响力的人，其身份特征，都可以说与唐前期（初、盛唐时期）大不相同。有了这个背景认识，我们对浅近的“白体”，在唐末至宋初能取得主导的地位，便更容易理解。

第三章与第四章分“出”与“处”两方面来讨论五代诗的内容，第三章主要是论述五代诗的“退隐”内容，即“处”这个方面。我们讨论过“退隐”的模式，提出亦官亦隐是唐末五代的时尚模态。“公退”生活的内容也就是“隐”的

① 欧阳修：《新五代史》，册1，卷1，《梁本纪》，1，页1。
② 欧阳修：《新五代史》，册3，卷63，《前蜀世家》，3，页783。
③ 欧阳修：《新五代史》，册3，卷67，《吴越世家》，7，页835。

生活内容，[①] 包括游山、访僧、炼丹、读书、弈棋、饮酒、品茶。但重要的是，由于尚隐思想，"公退"生活袭取了"隐"的模态，这意味着"隐"能融化于出而用世的生活之中，于是催生出一种新的士人型范，就是具有琴、棋、书、画种种素养嗜好的士人典型。这里并不是说前代的诗人没有琴、棋、书、画等嗜好，像王维（699—759）便善画，好音乐；杜甫（712—770）深于书画的鉴赏。但这类素养和造诣，到底还不是社会上对士人身份的普遍期望，到了五代，徐知诰设聚贤馆，置琴弈游戏之具以待之，这是前所未见的招贤方式，也就反映了社会对士人的期望有了变化。琴、棋、书、画之类的社会价值确立了，成为士人身份的构成成分。我们在下文谈到宋代时，还要探讨一下。总之，五代诗的内容，正是这种士人模态的反映。

第四章以咏史诗为中心，讨论五代诗所反映的社会关怀，也就是"出"的范围。我们提到五代咏史诗的一些突出的内容：天命时运说的流行、对女祸说的反驳、仕隐之间的矛盾心理。五代诗人既有尚隐思想，但又在诗中常流露出对用世的功业的期盼，这正好与前章所言相吻合，就是亦官亦隐为时尚的生活模态，并发展出以公退为隐的想法。

至于天命时运之说，行于乱世，事属寻常。托名为李淳风（唐高宗时人）著的《推背图》，是一部讲时运的预言书，这本书大行于五代，宋岳珂《桯史》卷一云："唐李淳风作《推背图》，五季之乱，王侯崛起，人有幸心，故其学益炽。"[②] 据说当时连契丹的耶律德光也有所闻，而"欲一见之"[③]，可见其流行。天命时运说大行于时，其实对于传统赏善惩恶的道德观念，是一个大挑战。唐末五代所流行的天命时运说，并没有道德性，也没有赏强罚弱的常理性。牛希济诗论前蜀之亡云："非干将相扶持拙，自是君臣数尽年。"[④] 罗隐《王濬墓》曰："若使吴都犹王气，将军何处立殊功。"[⑤] 就是否定人世功业的价值。黄滔诗又言："天意从来知幸蜀，不关胎祸自蛾眉。"[⑥] 依此则可认定沉溺女色与否，与国家的衰败无关。天命时运之说流行，令贤愚善恶与赏罚利害在观念上脱钩，贤与善不

---

① 由五代入宋的王禹偁有《竹楼记》中云："公退之暇，披鹤氅，戴华阳巾，手执《周易》一卷，焚香默坐，消遣世虑。"见氏著《小畜集》（《景印文渊阁四库全书》本），卷17，页17下。"鹤氅"、"华阳巾"是隐者的服饰。以公退为隐，于此益为昭晰。

② 岳珂：《桯史》（北京：中华书局，1981年），卷1，页1。

③ 据载耶律德光曾说："我闻中国有《推背图》，欲一见之。"原见秦再思：《石晋坠石》，《洛中纪异录》，引自《分门古今类事》（《景印文渊阁四库全书》本），卷2，页12下。

④ 牛希济：《奉诏赋蜀主降唐》，《全唐诗》，册22，卷760，页8631。

⑤ 罗隐：《王濬墓》，《全唐诗》，册19，卷658，页7561。

⑥ 黄滔：《马嵬》，《全唐诗》，册21，卷706，页8131。

一定受赏，愚与恶不一定受罚，传统价值与道德的结构也就宽松了不少。唐末五代诗不少是否定红颜祸国的观念，这可以说是传统道德价值结构渐趋宽松而催生出来的。我们甚至看见五代罗隐拿文宣王（孔子）来开玩笑，他诗里的孔子劝人不要读书："吾今尚自披蓑笠，你等何须读典坟。"[①] 另外，他咏韩信，更转向歌颂劝韩信造反、背弃高祖的蒯通，写道："懦夫女子俱堪恨，却把余杯奠蒯通。"[②] 可见唐末五代的咏史诗，其实埋藏了最具危害性的反传统道德的种子，但也最能表达五代乱世心理的特征。

第五章论五代诗风，我们大略谈过前人对五代整体诗风，以及对个人诗风的评述，归纳出五代诗风主要是白派与贾派。白派浅俗，贾派险僻，这是一般的认识，但我们审视五代诗的实际，提出两派到了五代其实有融合的趋势，形成辞易思难的特点，贾派的主要由僻涩趋向平易，白派的也讲究冥搜、苦吟，不过，虽是趋向融合，但两派大体上还是自成泾渭，诗风各别。我们提出了一个分析贾派险涩与白派平易的途径，就是从"语言批评"（linguistic criticism）的"搭配"（collocation）观点来说明两派的特征。贾派基本上是追求清新特异、出人意表的词语搭配，白派则是尽量用惯熟的套语，形成流利上口、平浅易入的效果。

二、五代：唐宋转型的一个阶段

以上谈过五代诗的一些特点，以下即探讨五代诗如何能被视为唐宋转型过程中的一个文化过渡现象。这方面，我们看看宋代的一些发展，就可以明白。

（一）诗人群体与诗社

宋代词学之外，诗学亦极盛，除了有政治舞台上的大诗人，如欧阳修、晏殊（991—1055）、苏轼（1036—1101）、黄庭坚（1045—1105），其实还有庞大的下层诗人群体，这是唐后期经五代发展而来的结果，诗歌渗透到社会各阶层，成为社会广泛参与的文学形式。南宋（1127—1279）吴可《藏海诗话》记云：

> 幼年闻北方有诗社，一切人皆预焉。屠儿为蜘蛛诗，流传海内。[③]

① 罗隐：《代文宣王答》，《全唐诗》，册19，卷657，页7551。
② 罗隐：《韩信庙》，《全唐诗》，册19，卷664，页7608。
③ 吴可：《藏海诗话》，《历代诗话》，册上，页341。

> 元祐（1086—1094）间，荣天和先生客金陵，僦居清化市，为学馆。质库王四十郎，酒肆王念四郎，货角梳陈二叔，皆在席下，余人不复能记，诸公多为平仄之学，似乎北方诗社。[①]

从这项资料可见，宋代大概是南北都有这类屠儿、货郎、酒保的诗文之会。[②]诗社之名，文献可考者，起于唐末五代，《江南野史》有记："（孙鲂）与沈彬尝游于李建勋，为诗社。"[③] 五代诗僧应物所撰的《九华山录》一书，尝提到结社、旧社、吟社、诗社，有关的具体情况虽难确考，但可以肯定的是唐末五代已出现了诗社之称，[④] 这类诗社到了宋元是越趋炽盛。以"诗社"名之者，宋代有邹浩（1060—1111）之颍川诗社、贺铸（1063—1120）之彭城诗社、叶梦得（1077—1148）之许昌诗社、徐俯之豫章诗社、王十朋（1112—1171）之楚东诗社、乐备和范成大（1126—1193）之昆山诗社，以及南宋在西湖活动的一系列诗社；元代则有谢翱（1249—1295）之汐社、吴渭之月泉吟社，以及越中诗社、山阴诗社、武林诗社等。[⑤] 另外，诗社又称吟社，如有名的月泉吟社。吟社之名也是起于唐末五代的，高骈《寄鄠社李遂良处士》中有句："吟社客归秦渡晚，醉乡渔去渼波晴。"[⑥] 总之，以"诗"、"吟"为名去结社，见于唐末五代，而大盛于宋元。但值得注意的是，这类诗社除了有贵族官宦之外，其实还有社会下层百姓。这类低下层的诗社，被《藏海诗话》偶一提及，当然不会大量著录于文献。不过，除了《藏海诗话》提到的，我们还可以从江湖诗派的材料中，看到这些低下层的诗人组织是如何的派势壮大。宋代的江湖诗派主要由低下层组成，因为有陈起这个大书商，再加上有涉及南宋理宗（赵昀，1203—1264，1225—1264 在位）得立的江湖诗祸，[⑦] 所以关于江湖诗派，还有好些材料可供后人参考。

这个江湖诗派，其成员"多为布衣、清客，有些人后来虽曾入仕，但官做得也并不大"[⑧]。我们单看组织人陈起的临安府书商身份，以及其书铺成为江湖诗人

---

① 吴可：《藏海诗话》，页 341。

② 李修松在《唐宋时期的文人会社》一文中指出，唐宋时期，民间有不同类型的文社组织，按类型来分，有文学型会社、老年文人会社、教育型会社、文艺型会社、宗教型文人会社、娱乐型文人会社，可见结社在当时社会的流行程度。详见氏著：《唐宋时期的文人会社》，《中国史研究》，1995 年 3 期，1995 年 3 月，页 152 - 158。

③ 龙衮：《江南野史》，卷 7，页 4 下。

④ 欧阳光：《宋元诗社研究丛稿》（广州：广东高等教育出版社，1996 年），页 152。

⑤ 欧阳光：《宋元诗社研究丛稿》，页 153。

⑥ 《全唐诗》，册 18，卷 598，页 6917。

⑦ 有关江湖诗祸，详见张宏生：《江湖诗派研究》（北京：中华书局，1995 年），页 358 - 370。

⑧ 张宏生：《江湖诗派研究》，页 4。

的活动中心之一,[①] 就可以想象出这一派的诗人主要来自哪个阶层。这些江湖诗人一样有诗社，今人欧阳光检视现存江湖诗人的诗作，发现不少涉及诗社的活动。[②] 而且值得注意的是，这些诗社似乎比五代的吟社和诗社更进一步，已不再以王侯贵宦为中心。[③] 这反映出唐代经五代而过渡到宋代的一个诗学趋势，就是“诗”这个文学品种逐步进入社会下层而普及，在宋人的文献中留下了这个普及现象的零散痕迹。

（二）士人新型范

我们提到五代退隐的诗表现了一种士人的新型范，合之前引陆游《南唐书》中有关聚贤院一节，可知所谓的“贤”，即士人之理想型，已非只具才智道德，而是兼有“琴弈游戏”之艺的艺术趣味。把广泛的艺术趣味（譬如书画琴弈）视为一种高尚的社会价值，而期之于士人，这自五代入宋越趋明显，我们试看苏轼的《墨宝堂记》：

> 世人之所共嗜者，美饮食，华衣服，好声色而已。有人焉自以为高，而笑之，弹琴弈棋，蓄古法书图画，客至，出而夸观之，自以为至矣。则又有笑之者曰：古之人所以自表见于后世者，以有言语文章也，是恶足好？而豪杰之士又相与笑之，以为士当以功名闻于世，若乃施之空言而不见于行事，此不得已者之所为也。而其所谓功名者，自知效一官，等而上之，至于伊吕稷契之所营，刘项汤武之所争，极矣。[④]

东坡这篇文章举了四种社会价值：嗜欲之快（美饮食、华衣服、好声色）、琴棋书画、著述立言、功名闻达。除了琴棋书画之外，其余三种都是旧传统的社会价值，不必细辨，“琴棋书画”一项，把四类事物合起来成为一套艺术修养，期于士人，与功名富贵、立言垂后这些传统价值等量齐观，这是唐后期的发展，而定型于五代。我们再多举欧阳修为例，他晚年自号为“六一居士”，这样一个名号，其实就是一种自我型塑（self-fashioning），南宋王偁《东都事略》云：

---

① 张宏生：《江湖诗派研究》，页22。按：据张氏所言，时人可在陈起的书铺借书，书铺兼有图书馆的性质；对一些无力购书的贫士，陈起还赠送书籍，并允许他们赊书。

② 欧阳光：《宋元诗社研究丛稿》，页246－253。

③ 按：五代的“吟社”，其中心人物高骈为西川节度使，“诗社”的中心人物李建勋为南唐权相。

④ 苏轼：《墨宝堂记》，《苏轼全集》，卷11，页880。

……晚年又自号六一居士，曰：吾集古录一千卷，藏书一万卷，有琴一张，有棋一局，而尝置酒一壶，吾老于其间，是为六一。①

其中“藏书”、“琴”、“棋”三项，都是我们讨论五代诗内容时所注意过的事项，至于“集古录一千卷”，是集录金石碑刻，欧序云：

汤盘孔鼎岐阳之鼓，岱山邹峄会稽之刻石，与夫汉魏已来圣君贤士桓碑彝器，铭诗序记，下至古文籀篆分隶，诸家之字书，皆三代以来至宝，怪奇伟丽，工妙可喜之物。②

可见欧阳修对待这些金石碑刻，其实是艺术性的赏玩，留意于“怪奇伟丽，工妙可喜”，类同于书法艺术之鉴赏。总之，欧阳修“六一”之号所呈现的自我型塑中，琴、棋、藏书、古金石法书占了四项，可说是唐末五代以来士人新型范的体现。本书仅就此型范之形成提出一种观察，对于其在思想史上之来龙去脉、成因影响，实需另一专著讨论。

（三）对传统道德价值的重建

宋代承接五代，既有继承发展，也有反动转向，尤其在天道伦常的问题上。宋人对五代深恶痛绝，视五代为道德沦丧之极乱之世，司马光（1019—1086）《传家录》卷二十一《五规》云：

至于五代，三纲颓绝，五常殄灭，怀玺未暖，处宫未安，朝成夕败，有如逆旅。③

又《上谨习疏》云：

至于五代，天下荡然，莫知礼义为何物矣。是以世祚不永，远者十余年，近者四五年，败亡相属，生民涂炭。④

① 王偁：《东都事略》（济南：齐鲁书社，2000年），卷72，页602。

② 欧阳修：《集古录目序》，见李逸安点校：《欧阳修全集》（北京：中华书局，2001年），页599-600。

③ 司马光：《传家集》（《景印文渊阁四库全书》本），卷21，页3下。

④ 司马光：《传家集》，卷24，页16上。

欧阳修《新五代史·一行传序》云：

五代之乱，君不君，臣不臣，父不父，子不子，至于兄弟夫妇，人伦之际，无不大坏，而天理几乎其灭矣。[①]

可见宋人心目中的五代是怎样的一个乱世。事实上，自宋初开始，统治阶层即有意与五代划清界线，大力提倡礼义，奖励名节，《宋史·忠义传序》云：

士大夫忠义之气，至于五季，变化殆尽。宋之初兴，范质、王溥，犹有余憾，况其它哉！艺祖首褒韩通，次表卫融，足示意向，厥后西北疆埸之臣，勇于死敌，往往无惧。真、仁之世，田锡、王禹偁、范仲淹、欧阳修、唐介诸贤，以直言谠论倡于朝，于是中外缙绅知以名节相高，廉耻相尚，尽去五季之陋矣。[②]

宋代自太祖立国开始，有意识地奖励名节，重整道德，一洗五代风气。及乎欧阳修撰《新唐书》，其反五代之意识更为明炽。试比较两唐书《武后本纪》的"史臣曰"，即可见其一二。《旧唐书》云：

史臣曰：治乱，时也；存亡，势也。使桀纣在上，虽十尧不能治，使尧舜在上，虽十桀不能乱，使懦夫女子乘时得势，亦足坐制群生之命，肆行不义之威。[③]

这段话明言治乱因乎时势，时势之力，是不辨善恶贤愚的，所以历史的演变并没有道德性，亦无赏贤罚愚的理性。到了欧阳修的《新唐书》，同样在《武后本纪》之后大发议论：

夫吉凶之于人，犹影响也，而为善者，得吉常多，其不幸而罹于凶者有矣，为恶者未始不及于凶，其幸而免者亦时有焉。而小人之虑，遂以为天道难知，知善未必福，而为恶未必祸也。武后之恶，不及于大戮，所谓幸免者也。至中宗（李显，656—710，705—710在位）、韦氏，则祸不旋踵矣。[④]

---

① 欧阳修：《新五代史》，册2，卷34，《一行传》22，页370。
② 脱脱：《宋史》，册38，卷446，《列传》205，《忠义》1，页13149。
③ 刘昫（887—946）：《旧唐书》（北京：中华书局，1975年），卷6，页133。
④ 欧阳修：《新唐书》，卷4，页113。

欧阳修这段话显然是针对《旧唐书》而发，重申天道的道德性，即善有善报，恶有恶报。在此我们应该留意到五代和宋代在道德争论上的关键点，就是天道。天道之理性和道德性，是人间道德的依据。我们在第四章论咏史诗时，提到五代流行时运之说，连耶律德光也对《推背图》产生了兴趣。宋太祖（赵匡胤，927—976，960—976 在位）立国不久，即行镇压私习天文、妖言利害，而且严刑峻法，雷厉风行，犯者“弃市”、“黥面”、“流海岛”[①]，这是从消极方面打击时运学说。积极方面，就是重建“天”的道德性格。宋初的经学，在这方面可谓不遗余力。宋真宗（赵恒，968—1022，998—1022 在位）咸平三年（1000），邢昺（932—1010）以翰林侍读学士身份，受诏主持《周礼》、《春秋》等七经义疏的校定工作，邢昺对“天”的性格，重新进行划定。他疏解《礼记》时说：

天本无体，亦无言语之命，但人感自然而生，有贤愚、吉凶，若天之付命遣使之然，故云天命。[②]

他注《论语》时说：

畏天命者，谓作善降之百祥，作不善降之百殃，顺吉逆凶，天之命也，故君子畏之。[③]

可见邢昺的“天”，是自然的“天”而近于“理”，这个“理”是具有趋善远恶的道德性的“理”。另一个宋初的思想家李觏（1009—1059）也说：

吉凶由人，乃《易》之教也。黄帝尧舜通其变，使民不倦，神而化之，使民宜之，是以自天佑之，吉无不利，若夫释人事而责天道，斯孔子所罕言。[④]

这种说法和欧阳修在《新五代史·伶官传序》中所说的，基本精神是一致的：“呜呼！盛衰之理，虽曰天命，岂非人事哉？”[⑤] 他们尽管说天命，其实是更重人

① 姚瀛艇：《宋代文化史》（开封：河南大学出版社，1992 年），页 176－177。

② 《礼记注疏》（《景印文渊阁四库全书》本），卷 52，页 2 上。

③ 《论语注疏》，载李学勤主编：《十三经注疏》（北京：北京大学出版社，2000 年），卷 16，页 259。

④ 李觏：《删定易图序论》，《盱江集》（《景印文渊阁四库全书》本），卷 4，页 25 上。

⑤ 欧阳修：《新五代史》，册 2，卷 37，《伶官传》25，页 397。

事；他们的“天”，近乎一种像邢昺所说的“顺吉逆凶”的具道德性的“理”。合乎此“理”，则行无不利。换句话说，吉凶最终还是系乎人，顺天行善则昌，逆天行恶则亡，这种思想贯穿着宋代的思想界。在此思想氛围之下，影响所及，宋代的咏史诗，也是一反五代的道德模糊性，而是鲜明地道出历史的道德教训，以下我们试看宋人几首咏诸葛亮、韩信和唐明皇的诗。石延年（994—1041）咏诸葛武侯的《筹笔驿》，云：

……
出师功自著，治国志谁铭。
历劫兵如水，临秦策若瓴。
举声将溃虏，横势欲逾泾。
仲达耻巾帼，辛毗严壁扃。
可烦亲细务，遽见堕长星。
战地悲陵谷，来贤赏德刑。
……①

钱昆［太宗淳化二年（991）进士］的《题淮阴侯》有诗句云：

筑台拜日恩虽厚，蹑足封时虑已深。
隆准早知同鸟喙，将军应起五湖心。②

钱易（968—1026）的《温泉诗》云：

悲哉天宝时，帝耄政不修。
宠幸尊妇人，阴极阳已柔。
……
因知帝王业，坚固宣鸿猷。
岂可信嗜欲，侮弄生疮疣。
……③

---

① 石延年：《筹笔驿》，《全宋诗》（北京：中华书局，1991 年），册 3，卷 176，页 2004。
② 钱昆：《题淮阴侯》，《全宋诗》，册 2，卷 104，页 1183。
③ 钱易：《温泉诗》，《全宋诗》，册 2，卷 104，页 1187。

石延年咏诸葛武侯，主要歌咏其功业德行，而无时运之叹；钱昆咏淮阴侯，是申明其知机退让之德智；钱易咏明皇杨妃，是以女色祸国为君主之诫。这种传统道德之伸张，在宋前期的著述中是很寻常的。我们要了解宋初这种思想倾向，不妨视之为宋初人从“治”世回顾五代“乱”世而产生的“厌恶”与“恐惧”。在唐宋转型的过程中，宋人对五代教训犹有余悸，因而对“天理”更异常地感兴趣，对传统道德的重建又异常地热心，从而建立起宋儒独特的道德学问。

以上所说似乎主要是思想演变的问题，但这个思想演变的问题，又怎能不与文学息息相关？吉川幸次郎的《宋诗概说》有专节论“宋诗的人生观——悲哀的扬弃”，内云：

> 宋诗好谈哲学道理，而且观察人生及其周围的世界情况时，喜从大处着眼。这是一种视界最为开阔的达观态度。这种达观的态度产生了对人生的新看法。我以为这才是宋诗最大的特性，也是与从前的诗最显著的不同之处。①

这种体会大致不差，宋诗之扬弃悲哀，与它“好谈哲学道理”是分不开的，宋代思想基本上建立在具有人间道德意味的天理之上，对于人生的不幸，都可以回归到这个根本——天道本然的良善优美——而得以化解。吉川引苏轼《夜起对月》为说明，诗中云：

……
峤南瘴疠地，有此江月寒。
乃知天壤间，何人不清安。
……②

这的确是宋诗最优美的境界。此外，吉川对“悲哀”也是深有体会的，其书同节云：

> ……当人们意识到人生的眇乎其小，感到对命运的支配无能为力时，自然会

① 吉川幸次郎著，郑清茂译：《宋诗概说》（台北：联经出版事业公司，1977年），页32。

② 吉川幸次郎著，郑清茂译：《宋诗概说》，页34。又参清王文诰辑注：《苏轼诗集》（北京：中华书局，1982年），页2386。

产生绝望的情绪。……[①]

虽然吉川没有特别提到五代，但这正是五代人感受得最为深切的。五代人对此的其中一种回应，就是像罗隐咏史诗中所发泄的嘲讽人生，或者是像“运去英雄不自由”的无奈慨叹。

我们在上文引录过一些宋初的咏史诗，像罗隐的嘲讽和无奈，几乎都一扫而空了。总之，宋初建立的思想基调，是对唐末五代乱世的反动。宋诗的思想基调，其实也可视为对五代反动的结果。

（四）“辞易”诗风

诗风从五代转入宋代期间的演变，文学史言之最详。一般是引用方回之说而分“宋初三体”，即白体、西昆体、晚唐体。提倡白体的五代入宋诗人有徐铉、李昉；提倡晚唐体的诗家众多，有潘阆、魏野（960—1019）、林逋（967—1028）；提倡西昆体的有杨亿（924—1020）、刘筠（970—1030）、钱惟演（977—1034）等。就时代而论，白体为先导，晚唐体次之，西昆体殿后，盛于宋真宗、仁宗（赵祯，1010—1063，1023—1063 在位）之世。[②] 我们分析过五代诗风，认为主要为元白与贾姚两派，两派在宋代有所承续，自不为奇。至于西昆体，它本身就是对宋初诗风的一种改革，宋人早已言之，譬如《蔡宽夫诗话》说：

国初沿袭五代之余，士大夫皆宗白乐天诗，故王黄州主盟一时。祥符（1008—1017）天禧（1017—1022）之间，杨文公刘中山钱思公专喜李义山，故昆体之作，翕然一变。又文公尤酷嗜唐彦谦诗，至亲书以自随。[③]

宋末入元的方回，其《瀛奎律髓》卷三又说：

盖一变晚唐诗体、香山诗体，而效李义山，自杨文公刘子仪始。[④]

---

① 吉川幸次郎著，郑清茂译：《宋诗概说》，页 33。

② 程千帆、吴新雷：《两宋文学史》（上海：上海古籍出版社，1991 年），页 1－2。按：有关宋初“晚唐体”的形成，另可参黄奕珍：《宋代诗学中的晚唐观》（台北：文津出版社，1998 年），页 444－445。

③ 吴文治编：《宋诗话全编》（南京：江苏古籍出版社，1998 年），册 1，页 622。

④ 《瀛奎律髓汇评》，卷 3，页 124。

杨、刘诸人好李义山、唐彦谦,[①] 与五代诗的主流关系较疏远，可以按下不表。

白风由五代漫入宋初，由徐铉、李昉等人主之，此说向无疑问，但对于宗法姚贾的晚唐体，今人却对宋初有晚唐体之说提出怀疑，而认为迟至刘克庄（1187—1269）时期才提出："国初诗人，如潘阆、魏野，规规晚唐格调。"[②] 今人提此疑问，不无兴味，因为潘阆等人一方面的确是崇尚贾岛的，潘阆有《忆贾阆仙云》云：

> 风雅道何玄，高吟忆阆仙。人虽终百岁，君合寿千年。
> 骨已西埋蜀，魂应北入燕。不知天地内，谁为读遗编。[③]

他的另一首诗《叙吟》写道：

> 高吟见太平，不耻老无成。发任茎茎白，诗须字字清。
> 搜疑沧海竭，得恐鬼神惊。此外非关念，人间万事轻。[④]

这两首诗完全是贾派口吻，所说的"字字清"、"搜沧海"、"万事轻"，这种苦吟穷搜、以诗安身立命的态度也是贾派作风。魏野亦有句"驴上吟诗贾岛同"[⑤]，他赠潘阆的诗说"只应图继贾司仓"[⑥]，语气是崇敬贾岛的。但是，我们又不得不指出，潘阆、魏野的诗，几乎是完全看不出贾派的奇险僻涩，反而时有白体的浅切，譬如：潘阆句"长喜诗无病，不忧家更贫"[⑦]，"须信百年都似梦，莫嗟万事不如人"[⑧]，"白日升天易，明时取仕难"[⑨]；魏野句"有名闲富贵，无事小神仙"[⑩]，"前程贫岂易，后会老应难"[⑪]，"古今魂易吊，贵贱骨难分"[⑫]。要在潘、

---

① 叶梦得《石林诗话》卷中有言："杨大年、刘子仪皆喜唐彦谦诗，以其用事精巧，对偶亲切。"（《宋诗话全编》，册3，页2696），亦见前引《蔡宽夫诗话》，（载《宋诗话全编》，册1，页622）。

② 刘克庄：《江西诗派小序》，转引自黄奕珍：《宋代诗学中的晚唐观》，页449。

③ 《全宋诗》，册1，卷56，页620。

④ 《全宋诗》，册1，卷56，页623。

⑤ 魏野：《送马共之任内江县尉兼主簿》，《全宋诗》，册2，卷79，页908。

⑥ 魏野：《闻沛阆新授滁州散参因以寄贺》，《全宋诗》，册2，卷79，页902。

⑦ 潘阆：《暮春漳川闲居书事》，《全宋诗》，册1，卷56，页622。

⑧ 潘阆：《樽前勉兄长》，《全宋诗》，册1，卷56，页625。

⑨ 潘阆：《上李学士》，《全宋诗》，册1，卷56，页623。

⑩ 魏野：《述怀》，《全宋诗》，册2，卷83，页932。

⑪ 魏野：《送冯介迎觐》，《全宋诗》，册2，卷83，页939。

⑫ 魏野：《过古战场》，《全宋诗》，册2，卷86，页960。

魏诗中找出一点我们常提到的姚贾风，就只是偶然才有“松色浓经雪，溪声涩带冰”①，“隔城钟似磬，远岫烧如灯”②，“风高一雁小，云薄四天低”③ 等句的幽细纤巧而已。换句话说，从宋初的所谓晚唐体，我们可以更清晰地看见自唐末以来贾、白趋向融合的现象，贾派诗的确是逐步洗脱了险僻，而代之以清新浅近的诗风。郑谷这个被评为“耳孙不肖鼻祖”的人物，其实就是这种趋向的典型。诗走向“辞易”，经过五代，到了宋初，已经是一条通衢大道。

以上概括地描画出一个五代诗到宋诗的演变的轮廓，此演变有顺势，也有逆势，但都不离五代的影响。不过，要再讨论这个概图，就需要另著专述了。五代乱世，后人以“衰敝”目之，但乱世诗人顽强以求存者，历历可见，此事实即表明“衰敝”非可以囿限五代，其中必有积极奋发之精神，甚或成为日后宋人豁达开扬之种子。罗隐有诗《长明灯》云：

破暗长明世代深，烟和香气两沉沉。
不知初点人何在，只见当年火至今。
晓似红莲开沼面，夜如寒月镇潭心。
孤光自有龙神护，雀戏蛾飞不敢侵。④

孤灯破暗，世世长明，诗人于昏昏乱世，对此一灯茕然，怜爱之，颂美之，未尝不是对人间光明美善之坚执。

① 魏野：《冬日书事》，《全宋诗》，册2，卷78，页896。
② 魏野：《冬暮郊居》，《全宋诗》，册2，卷80，页910。
③ 潘阆：《自诸暨抵剡》，《全宋诗》，册1，卷56，页624。
④ 《全唐诗》，册19，卷665，页7622。

参考文献

一、中文书目

白居易:《白居易集》(北京：中华书局，1979 年)。
白居易:《白居易集笺校》(上海：上海古籍出版社，1988 年)。
蔡絛:《西清诗话》(台北：广文书局，1973 年)。
藏嵘、王宏凯:《中国隋唐五代习俗史》(北京：人民出版社，1994 年)。
曹操:《曹操集》(北京：中华书局，1962 年)。
晁公武:《郡斋读书志》(《景印文渊阁四库全书》本)。
陈伯海编:《唐诗汇评》(杭州：浙江教育出版社，1995 年)。
陈盖:《新雕注胡曾咏史诗》(《四部丛刊》本)。
陈尚君:《陈尚君自选集》(桂林：广西师范大学出版社，2000 年)。
陈尚君校订:《全唐诗补编》(北京：中华书局，1992 年)。
陈顺烈、许佃玺选注:《五代诗选》(上海：上海古籍出版社，1988 年)。
陈思:《书苑菁华》(《景印文渊阁四库全书》本)。
陈寅恪:《金明馆丛稿初编》(上海：上海古籍出版社，1980 年)。
陈子昂撰，徐鹏校点:《陈子昂集》(北京：中华书局，1960 年)。
程千帆:《唐代进士行卷与文学》(上海：上海古籍出版社，1980 年)。
程千帆、吴新雷:《两宋文学史》(上海：上海古籍出版社，1991 年)。
程颐:《易程传》(台北：文津出版社，1987 年)。
淡江大学中文系编:《晚唐的社会与文化》(台北：学生书店，1990 年)。
《道藏》(北京：文物出版社，据涵芬楼影印本影印，1996 年)。
丁福保辑:《历代诗话续编》(北京：中华书局，1983 年)。
丁福保辑:《清诗话》(上海：上海古籍出版社，1978 年)。
董诰等编:《全唐文》(北京：中华书局，1983 年)。
杜甫撰，仇兆鳌注:《杜诗详注》(北京：中华书局，1980 年)。

杜光庭：《道德真经广圣义》，收于《道藏》（北京：文物出版社，1996 年）。
杜牧著，冯集梧注：《樊川诗集注》（上海：上海古籍出版社，1978 年）。
范摅：《云溪友议》（上海：上海古典文学出版社，1957 年）。
范晞文：《对床夜话》（《知不足斋丛书》本）。
范晔：《后汉书》（北京：中华书局，1965 年）。
方回：《桐江续集》（《景印文渊阁四库全书》本）。
方回选评：《瀛奎律髓》（合肥：黄山书社，1994 年）。
房玄龄：《晋书》（北京：中华书局，1974 年）。
《分门古今类事》（不著撰人名氏）（《景印文渊阁四库全书》本）。
傅璇琮主编：《全宋诗》（北京：中华书局，1991—1999 年）。
傅璇琮：《唐代科举与文学》（西安：陕西人民出版社，1986 年）。
傅璇琮主编：《唐才子传校笺》（北京：中华书局，1990 年）。
高棅：《唐诗品汇》（上海：上海古籍出版社，1982 年）。
高楠顺次郎等编：《大正新修大藏经》（东京：大正一切经刊行会，1924—1932 年）。
高适撰，孙钦善校注：《高适集校注》（北京：中华书局，1984 年）。
郭绍虞编：《清诗话续编》（上海：上海古籍出版社，1983 年）。
郭绍虞编：《宋诗话辑佚》（北京：中华书局，1980 年）。
郭思：《林泉高致集》（《景印文渊阁四库全书》本）。
何光远：《鉴诫录》（《学海类编》本）。
何金兰：《五代诗人及其诗》（国立台湾大学博士学位论文，1979 年）。
何文焕辑：《历代诗话》（北京：中华书局，1981 年）。
何焯：《义门读书记》（上海：上海古籍出版社，1992 年）。
贺贻孙：《诗筏》，载《清诗话续编》（上海：上海古籍出版社，1983 年）。
霍松林编：《万首唐人绝句集评》（太原：山西人民出版社，1991 年）。
洪亮吉：《北江诗话》（北京：人民文学出版社，1983 年）。
胡应麟：《诗薮》（上海：上海古籍出版社，1979 年）。
胡震亨：《唐音癸签》（上海：上海古籍出版社，1981 年）。
胡仔：《苕溪渔隐丛话》（北京：人民文学出版社，1962 年）。
黄伯思：《东观余论》（《丛书集成初编》本）。
黄生：《唐诗摘钞》，见《唐诗评三种》（合肥：黄山书社，1995 年）。
黄滔：《唐黄御史公集》（《景印文渊阁四库全书》本）。

黄奕珍：《宋代诗学中的晚唐观》（台北：文津出版社，1998 年）。

霍松林编：《万首唐人绝句集评》（太原：山西人民出版社，1991 年）。

吉川幸次郎撰，郑清茂译：《宋诗概说》（台北：联经出版事业公司，1977 年）。

季明华：《南宋咏史诗研究》（台北：文津出版社，1997 年）。

纪昀等编修：《四库全书》（台北：台湾商务印书馆，景印文渊阁本，1986 年）。

贾岛撰，李嘉言编校：《长江集新校》（上海：上海古籍出版社，1983 年）。

简后聪：《历史学的本质》（台北：五南图书出版社，1989 年）。

姜夔撰，夏承焘编校：《姜白石词编年笺校》（上海：上海古籍出版社，1981 年）。

蒋星煜：《中国隐士与中国文化》（上海：中华书局，1943 年）。

金圣叹：《贯华堂选批唐才子诗》（成都：四川文艺出版社，1999 年）。

空海著，王利器注：《文镜秘府论校注》（北京：中国社会科学出版社，1983 年）。

李白著，王琦注：《李太白全集》（北京：中华书局，1977 年）。

李昉等编：《太平广记》（北京：中华书局，1961 年）。

李昉等编：《文苑英华》（台北：华联出版社，1965 年）。

李觏：《盱江集》（《景印文渊阁四库全书》本）。

李商隐撰，刘学锴等编校：《李商隐诗歌集解》（北京：中华书局，1988 年）。

李调元：《全五代诗》（成都：巴蜀书社，1991 年）。

李学勤主编：《十三经注疏》整理本（北京：北京大学出版社，2000 年）。

李肇：《唐国史补》（上海：上海古籍出版社，1957 年）。

李志慧：《唐代文苑风尚》（西安：陕西人民出版社，1988 年）。

厉鹗辑撰：《宋诗纪事》（上海：上海古籍出版社，1983 年）。

镰田茂雄著，关世谦译：《中国佛教史》（台北：新文丰出版公司，1982 年）。

刘道醇：《五代名画补遗》（《景印文渊阁四库全书》本）。

刘俊文编：《日本学者研究中国史论著选译》（北京：中华书局，1992 年）。

刘若拙：《三洞修道仪》，收于《道藏》（北京：文物出版社，1996 年）。

刘熙载：《艺概》（上海：上海古籍出版社，1978 年）。

刘昫：《旧唐书》（北京：中华书局，1975 年）。

刘永济选释：《唐人绝句精华》（北京：人民文学出版社，1981 年）。

刘义庆撰，徐震堮校笺：《世说新语校笺》（香港：中华书局，1987 年）。

刘禹锡：《刘宾赠集》（北京：中华书局，1990 年）。

刘知几撰，赵吕甫校注：《史通新校注》（重庆：重庆出版社，1990 年）。
柳宗元：《柳宗元集》（北京：中华书局，1979 年）。
逯钦立辑校：《先秦汉魏晋南北朝诗》（北京：中华书局，1983 年）。
龙衮：《江南野史》（《豫章丛书》本）。
龙榆生编选：《唐宋名家词选》（香港：商务印书馆，1953 年）。
卢照邻撰，徐明霞校点：《卢照邻集》（北京：中华书局，1980 年）。
陆游：《南唐书》（《四部备要》本）。
罗根泽：《隋唐五代文学批评史》（台北：台湾商务印书馆，1996 年）。
罗龙治：《进士科与唐代的文学社会》（台北：国立台湾大学文学院，1971 年）。
罗隐撰，雍文华校辑：《罗隐集》（北京：中华书局，1983 年）。
罗宗强：《唐诗小史》（西安：陕西人民出版社，1987 年）。
马令：《南唐书》（《墨海金壶》本）。
欧阳光：《宋之诗社研究丛稿》（广州：广东高等教育出版社，1996 年）。
欧阳修：《新五代史》（北京：中华书局，1976 年）。
欧阳修：《六一诗话》（北京：人民文学出版社，1983 年）。
彭定求等编：《全唐诗》（北京：中华书局，1960 年）。
卿希泰：《中国道教史》（成都：四川人民出版社，1996 年）。
邱添生：《唐宋变革期的政经与社会》（台北：文津出版社，1999 年）。
任半塘：《唐声诗》（上海：上海古籍出版社，1982 年）。
阮阅编，周本淳校点：《诗话总龟》（北京：人民文学出版社，1987 年）。
沈汾：《续仙传》，收于《道藏》（北京：文物出版社，1996 年）。
沈祖棻：《唐人七绝诗浅释》（上海：上海古籍出版社，1981 年）。
史虚白：《钓矶立谈》（《景印文渊阁四库全书》本）。
司马光：《传家集》（《景印文渊阁四库全书》本）。
司马光：《资治通鉴》（北京：中华书局，1976 年）。
司马迁：《史记》（北京：中华书局，1959 年）。
宋祁：《新唐书》（北京：中华书局，1975 年）。
苏轼撰，王文诰注：《苏轼诗集》（北京：中华书局，1982 年）。
苏轼：《苏轼文集》（北京：中华书局，1986 年）。
孙光宪：《北梦琐言》（上海：上海古籍出版社，1981 年）。
孙棨：《北里志》（上海：古典文学出版社，1957 年）。
孙樵：《孙可之集》（《景印文渊阁四库全书》本）。

汤用彤:《隋唐及五代佛教史》(台北:慧炬出版社,1986年)。
陶谷:《清异录》(《丛书集成初编》本)。
陶岳:《五代史补》(《豫章丛书》本)。
陶宗仪等编:《说郛三种》(上海:上海古籍出版社,1988年)。
脱脱:《宋史》(北京:中华书局,1978年)。
王偁:《东都事略》(《景印文渊阁四库全书》本)。
王谠撰,周勋初校证:《唐语林校证》(北京:中华书局,1987年)。
王定保:《唐摭言》(上海:上海古典文学出版社,1957年)。
王夫之:《唐诗评选》(北京:文化艺术出版社,1997年)。
王国良:《魏晋南北朝志怪小说研究》(台北:文史哲出版社,1984年)。
王明清:《挥麈录》(《津逮秘书》本)。
王明清:《挥麈余话》(《津逮秘书》本)。
王钦若:《册府元龟》(台北:台湾中华书局,1989年)
王仁裕:《开元天宝遗事》(上海:上海古籍出版社,1985年)。
王世贞:《弇州四部稿》(《景印文渊阁四库全书》本)。
王士祯原编,郑方坤删补:《五代诗话》(北京:人民文学出版社,1998年)。
王维撰,陈铁民校注:《王维集校注》(北京:中华书局,1997年)。
王禹偁:《小畜集》(《景印文渊阁四库全书》本)。
王仲镛:《唐诗纪事校笺》(成都:巴蜀书社,1989年)
韦縠:《才调集》(《景印文渊阁四库全书》本)。
韦庄撰,李谊校注:《韦庄集校注》(成都:四川省社会科学院出版社,1986年)。
魏庆之:《诗人玉屑》(北京:中华书局,1959年)。
温庭筠撰,曾益等笺注:《温飞乡诗集笺注》(上海:上海古籍出版社,1980年)。
文莹:《湘山野录》(北京:中华书局,1984年)。
文莹:《玉壶清话》(北京:中华书局,1984年)。
闻一多:《闻一多全集》(北京:三联书店,1982年)。
吴处厚:《青箱杂记》(北京:中华书局,1991年)。
吴任臣:《十国春秋》(北京:中华书局,1983年)。
吴文治主编:《宋诗话全编》(南京:江苏古籍出版社,1999年)。
吴在庆:《唐五代文史丛考》(南昌:江西人民出版社,1995年)。

吴之振编:《宋诗钞》(《景印文渊阁四库全书》本)。
吴宗国:《唐代科举制度研究》(沈阳:辽宁大学出版社,1997 年)。
萧丽华:《唐代诗歌与禅学》(台北:东大图书股份有限公司,1997 年)。
萧统编,李善注:《文选》(北京:中华书局,景印胡克家刻本,1977 年)。
谢保成:《隋唐五代史学》(厦门:厦门大学出版社,1995 年)。
许钢:《咏史诗与中国泛历史主义》(台北:水牛图书出版事业有限公司,1997 年)。
许浑著,罗时进笺校:《丁卯集笺证》(南昌:江西人民出版社,1998 年)。
徐松:《登科记考》(北京:中华书局,1984 年)。
许学夷:《诗源辨体》(北京:人民文学出版社,1987 年)。
许总:《唐诗史》(南京:江苏教育出版社,1994 年)。
许总:《唐诗体派论》(台北:文津出版社,1994 年)。
《宣和书谱》(上海:上海书画出版社,1984 年)。
薛居正:《旧五代史》(北京:中华书局,1976 年)。
严羽著,郭绍虞校释:《沧浪诗话校释》(北京:人民文学出版社,1962 年)。
燕国材:《唐宋心理思想研究》(长沙:湖南人民出版社,1987 年)。
杨伯峻译注:《孟子译注》(香港:中华书局,1984 年)。
杨家骆编:《唐书经籍艺文合志》(台北:世界书局,1963 年)。
姚思廉:《梁书》(北京:中华书局,1973 年)。
姚瀛艇:《宋代文化史》(开封:河南大学出版社,1992 年)。
雍文华校辑:《罗隐集》(北京:中华书局,1983 年)。
庾信:《庾子山集》(台北:台湾中华书局,1968 年)。
元稹:《元稹集》(北京:中华书局,1982 年)。
岳珂:《桯史》(北京:中华书局,1981 年)。
《越史略》(不著撰人)(《景印文渊阁四库全书》本)。
赞宁:《宋高僧传》(北京:中华书局,1987 年)。
曾慥:《类说》(北京:书目文献出版社,景印明天启六年岳钟秀刻本,1988 年)。
张伯伟:《全唐五代诗格校考》(西安:陕西人民教育出版社,1996 年)。
张衡撰、张震泽编校:《张衡诗文集校注》(上海:上海古籍出版社,1986 年)。
张宏生:《江湖诗派研究》(北京:中华书局,1995 年)。
张九龄著,刘斯翰校注:《曲江集》(广州:广东人民出版社,1986 年)。
张戒撰,陈应鸾注:《岁寒堂诗话笺注》(成都:四川大学出版社,1990 年)。

张溥：《汉魏六朝白三家集》（扬州：江苏广陵古籍刻印社，景印光绪五年信述堂刊本，1990年）。

张齐贤：《洛阳搢绅旧闻记》（《知不足斋丛书》本）。

张唐英：《蜀梼杌》（《学海类编》本）。

张兴武：《五代作家的人格与诗格》（北京：人民文学出版社，2000年）。

张咏：《乖崖集》（《景印文渊阁四库全书》本）。

赵晔：《吴越春秋》（南京：江苏古籍出版社，1992年）。

赵雨乐：《唐宋变革期之军政制度》（台北：文史哲出版社，1994年）。

郑谷撰，赵昌平等注：《郑谷诗集笺注》（上海：上海古籍出版社，1991年）。

郑樵：《通志》（北京：中华书局，1987年）。

郑文宝：《南唐近事》（《景印文渊阁四库全书》本）。

郑学檬：《五代十国史研究》（上海：上海人民出版社，1991年）。

中国佛教协会编：《中国佛教》（北京：知识出版社，1980年）。

《中国野史集成》编委会编：《中国野史集成》（成都：巴蜀书社，1993年）。

周勋初主编：《唐人轶事汇编》（上海：上海古籍出版社，1995年）。

朱熹等撰：《宋名臣言行录·谈苑》（台北：文海出版社，1967年）。

朱翌：《猗觉寮杂记》（《学海类编》本）。

朱越利：《道藏分类解题》（北京：华夏出版社，1996年）。

二、外文书目

Bloom, Harold. *The Western Canon* (N. Y. Harcourt Brace, 1994).

Bol, Peter K., *This Culture of Ours: Intellectual Transitions in T'ang and Sung China* (Stanford: Stanford University Press, 1992).

Crystal, David. ed., *A Dictionary of Linguistics and Phonetics* (Oxford: Blackwell, 1997, 4th edition).

Eagleton, Terry. *Literary Theory: An Introduction* (Oxford: Basil Blackwell, 1983).

本田济：《东洋思想研究》（东京：创文社，1987年）。

Fowler, R. *Essays on Style and Language: Linguistic and Critical Approaches to Literary Style* (London: Routledge and Kegan Paul, 1966).

Fowler, R. *Linguistic Criticism* (New York: Oxford University Press, 1996, 2nd edition).

Milner, Andrew. *Literature, Culture and Society* (N. Y.: New York University Press, 1996).

Turner, G. W. *Stylistics* (Harmondsworth: Penguin, 1973).

Williams, Raymond. *The Long Revolution* (Harmonds worth: Penguin, 1965).

吉田寅等编:《五代史研究文献目录》(东京: 立正大学文学部东洋史研究室, 1990 年)。

吉川忠夫 (Yoshikawa Tadao) 编:《唐代の宗教》(京都: 盟友书店, 2000 年)。

三、中文论文目录

陈尚君:《〈全唐诗〉误收诗考》,《陈尚君自选集》(桂林: 广西师范大学出版社, 2000 年)。

陈尚君:《石刻所见唐人著述辑考》,《陈尚君自选集》(桂林: 广西师范大学出版社, 2000 年)。

陈万成、罗婉薇:《陈陶〈朝元引〉与〈黄庭经〉》, 载邝健行编:《中国诗歌与宗教》(香港: 中华书局, 1999 年)。

崔小敬:《一竿风月、无限烟霞: 中国古典诗词中渔父形象探源》,《文史杂志》, 2000 年 1 期 (2000 年 1 月)。

龚鹏程:《论唐代的文学崇拜与文学社会》, 载 (台) 淡江大学中文系编:《晚唐的社会与文化》(台北: 台湾学生书局, 1990 年)。

宫泽知之:《唐末社会变革论》,《中国史研究动态》, 1999 年 6 期。

郭丹:《论〈昭明文选〉中的咏史诗》,《福建师范大学学报》, 1994 年 3 期 (1994 年 7 月)。

贺中复:《五代十国的温李、贾姚诗风》,《阳山学刊 (社会科学版)》, 1996 年 1 期。

贺中复:《五代十国诗坛概述》,《北京社会科学》, 1996 年 4 期 (1996 年 11 月)。

胡大雷:《咏史: 个体抒情在时间上的扩张——中古咏史诗抒情分析》,《广西师范大学学报 (哲学社会科学版)》, 33 卷 1 期 (1997 年 3 月)。

胡遂:《晚唐山林隐逸诗派概论》,《湖南师范大学学报 (社会科学版)》, 1992 年 6 期 (1992 年 11 月)。

黄雅歆:《魏晋咏史诗之发展与构成形式》, 载《中国文学研究》(台北: 国立台湾大学中国文学研究所，1990年)，1990年4期。

瞿东林：《唐代史学与唐代政治》，《唐代史学论稿》（北京：北京师范大学出版社，1989年)，页54-70。

江艳华：《魏晋南北朝咏史诗论略》，《云南师范大学学报（哲学社会科学版)》，26卷4期（1994年10月)。

赖峰：《王仁裕和他的诗歌创作》，《社科纵横》，1999年5期。

李士龙：《论古代咏史诗》，《学习与探索》，1996年6期（1996年11月)。

李修松：《唐末时期的文人会社》，《中国史研究》，1995年3期（1995年3月)。

林启兴：《罗隐的"十举不第"与晚唐科举》，《北京师范大学学报（社会科学版)》，1994年2期（1994年3月)。

刘宁：《"求奇"与"求味"——论贾姚五律的异同及其在唐末五代的流变》，《文学评论》，1999年1期（1999年1月)。

刘翔飞：《论唐代的隐逸风气》，《书目季刊》，12卷4期（1979年3月)。

刘学锴：《李商隐咏史诗的主要特征及其对古代咏史诗的发展》，《文学遗产》，1993年1期（1993年1月)。

罗时进：《晚唐诗人的仕隐矛盾与许浑隐逸诗》，《文史哲》，1997年5期（1997年10月)。

牛林杰：《韩国文献中的〈全唐诗〉逸诗考》，《文史哲》，1998年5期（1998年5月)。

彭伟：《中国咏史诗歌初探》，《史学理论研究》，1994年3期（1994年9月)。

彭伟：《中国古代咏史诗歌初论》，《史学理论研究》，1994年3期（1994年9月)。

齐涛：《唐代隐士略论》，《山东大学学报（哲学社会科学版)》，1992年1期（1992年3月)。

齐益寿：《谈六朝咏史诗的类型》，《中华文化复与月刊》，10卷4期（1977年4月)。

邱良任：《论咏史诗》，《华侨大学学报（哲学社会科学版)》，1995年2期（1995年6月)。

任海天：《伤悼与反思：晚唐咏史诗的焦点指向》，《北方论丛》，1998年5月。

入矢义高著，董志翘译：《白居易作品中的口语表达》，《苏州大学学报（哲学社会科学版)》，1996 年 2 期（1996 年 2 月）。

孙菊园：《唐代文人和妓女的交往及其与诗歌的关系》，《文学遗产》，1989 年 3 期（1989 年 6 月）。

孙立：《论咏史诗的寄托》，《中山大学学报（社会科学版)》，1997 年 1 期（1997 年 1 月）。

陶敏：《试论马楚时期的湖湘文学》，《求索》，1996 年 6 期。

田耕宁：《深沉的反思意识：晚唐诗歌特色之一略论》，《社会科学辑刊》，1988 年 4 期（1988 年 7 月）。

王春青：《略论晚唐清浅诗风的成因》，《襄樊学院学报》，2000 年 1 期（2000 年 1 月）。

吴在庆：《关于曹松的若干问题》，载吴在庆著：《唐五代文史丛考》（南昌：江西人民出版社，1995 年）。

吴在庆：《罗隐〈投同州杨尚书启〉之杨尚书及作年》，载吴在庆著：《唐五代文史丛考》（南昌：江西人民出版社，1995 年）。

许总：《论五代诗》，《学术论坛》，1994 年 6 期（1994 年 11 月）。

严耕望：《唐人习业山林寺院之风尚》，载严耕望著：《唐史研究丛刊》（香港：新亚研究所，1969 年）。

杨仲仪：《咏史诗的基本特征和美学鉴赏》，《文史知识》，1994 年 8 期（1994 年 8 月）。

余恕诚：《晚唐两大诗人群落及其风貌特征》，《安徽师范大学学报》，1996 年 2 期（1996 年 2 月）。

岳继东：《论五代诗的“吟癖”》，《河南师范大学学报（哲学社会科学版)》，27 卷 1 期（2001 年 1 月）。

张伯伟：《全唐五代诗文赋格存目考》，《全唐五代诗格校考》（西安：陕西人民教育出版社，1996 年）。

张其凡：《关于“唐末变革期”学说的介绍与思考》，《暨南学报（哲学社会科学版)》，23 卷 1 期，2001 年。

张兴武：《论五代诗在中国诗歌发展史上的位置》，《西北师范大学学报（社会科学版)》，32 卷 3 期（1995 年 5 月）。

张学忠：《唐宋绝句议论化的差异及衍变》，《陕西师范大学学报（哲学社会科学版)》，25 卷 4 期，1996 年。

张政烺：《讲史与咏史诗》，《历史语言研究所集刊》（北京：中华书局，1987 年）。

周小龙:《唐代的咏史诗》,《中南民族学院学报（哲学社会科学版)》, 1993年6期（1993年11月)。

四、外文论文目录

今井清:《全五代诗について》,《东方学报（京都)》, 41册, 1970年3月。

釜谷武志:《贯休の诗と宗教》, 吉川忠夫编:《唐代の宗教》,（京都: 朋友书店, 2000年)。

Leech, G. N. "Linguistics and the Figures of Rhetoric", in R. Fowler. ed. *Essays on Style and Language: Linguistic and Critical Approaches to Literary Style*, pp. 135 – 156.

后　记

这本书是根据我二零零一年提交的博士论文《五代诗研究》增删修订而成的。现在回头看，从最初选题、拟题、搜集资料、研读书刊，到下笔撰写，那段日子过得十分充实，我既要应付学校的教务和授学工作，又要照顾家庭，后期更怀了女儿。多少个夜深人静的晚上，伴着我挑灯夜读（写）的，便只有一桌子的书和那台电子计算机。时间虽然紧绌，但是在那些不眠的晚上，精神却特别畅旺，每每晨光曦微时，稍作休息便上班去。现在屈指一数，原来那已是上世纪的事了，能不叫人唏嘘！

这次萌生将博士论文出版的念头，委实要感谢论文指导老师陈万成教授的鼓励和支持。陈老师不但在我修读博士学位期间，谆谆教诲，而且总在我对学术前途感到困惑时，给我极大的安慰和劝勉。犹记得最初搜集五代诗人的资料时，老师总是提醒我多看书，多做资料搜集的功夫，不必急于求成，多了解背景才能较准确地掌握到五代的特殊精神面貌。经老师提点后，我乘假期之便，特意跑到台湾的国立中央图书馆看书和阅读论文，因而取得极大的收获，在台北独个儿生活的日子，也让我得着极宝贵的经验。追随恩师这么多年，他对学问追求的执著和坚持，是我这个小徒终生学效的楷模。是次出版，更蒙恩师挥笔题签，实在受宠若惊，感激之情，难以言传，惟望在学术道路上，继续向前，不辜负老师的厚爱。

筹备出版此书时，得蒙香港大学中文学院名誉教授、珠海书院中国文史研究所所长何沛雄老师和香港大学中文学院前主任单周尧教授慨允赐序，不胜感谢。在香港大学肄业期间，得到何教授和单教授两位学者的教导，得益匪浅。毕业多年，每年总与同学约请何教授雅叙数次，聆听教益。另亦有幸于不同的学术研讨会上，与单教授相遇，每次老师总是慈祥和蔼地关心学生的近况和教学工作，让学生感受到老师的关爱。是次亦得到两位老师的提点，就书稿内容提出宝贵的意见，这都令我万分感谢。

另外，日本京都大学文学研究所川合康三教授为我的博士论文担任校外考试委员，对这次出版，亦给予鼓励支持。我的日语程度，是几乎连五十音也念不全的地步，所以我另外还要感谢香港城市大学语文学部的同事高桥李玉香博士，她在百忙之中义不容辞地为我撰写日文书信和电邮，并对我多番鼓励，她的襄助，让我感动，我会铭感于心。

一本书能面世，酝酿和生产过程是漫长的，当中我不能不感谢暨南大学出版社的责任编辑崔军亚女士的帮忙。由于学务工作繁忙，所以我总不能完全按时将文稿或所需补添的资料准时邮递给她，但每次她都以无比耐心包容；此外，有时匆忙中文稿难免有错，她又总是细心地校对，并予以一一订正。她和出版社的众同事、美编等人对我的忍耐，实在令我过意不去，也在此向他们一并致谢。

最后，我一定要感谢父母的教导和栽培，以及家人的体谅，没有他们的支持，恐怕我也难以完成博士论文，更遑论将之付梓。我特别要多谢双亲，尤其是爸爸的身教，他让我知道凡事必须持之以恒；至于妈妈，她让我明白凡事不必太紧张，放开怀抱，海阔天空。他俩的处事方式截然不同，一张一弛，却充分地使我明白治学做人，固然必须认真严谨，但也要给自己适当的空间。他们经历过人生中无数的风雨，我相信他们的智慧非一本学术著作可涵盖，也非一个博士学位可抵上，他们教晓我的是对生命应有的执持。

时间如飞，当时赶论文时怀着的女儿，现已九岁多。她正处于学习初阶，学海无涯，但我真希望她也能从外公外婆身上学懂待人处世，那才是毕生受用的瑰宝。

罗婉薇

2009 年 11 月